아름다운 길

연영흠 지음

아름다운 길을 돌아보며

민 병 희
강원도 교육감

100일은 우리가 이 세상에 와서 공개적으로 여럿에게 기쁨을 주고 축하를 받은 첫 번째 잔칫날이었습니다. 그날의 풍경과 마음을 기억하는 사람은 없을 테니, 이 세상에 오기 전 100일이야 말해 무엇 하겠습니까? 궁금하긴 하나 누구도 그것을 표현할 순 없었고 앞으로도 없겠지요.

이 책을 쓴 연영흠 선생님은 토종 강원도 사람입니다. 올곧으나 고집 부리지 않고, 나대지 않으면서도 민첩하지요. 한평생을 강원도의 중학교 아이들과 우리말 우리글을 보듬고 나누고 키워내는 평교사로 지내다 작년 여름에 정년퇴직하셨습니다.

퇴임 무렵에 평창 어느 골짜기에서 만나 손잡고 헤어졌는데, 유난히 더운 올해 여름엔 불쑥 원고뭉치가 찾아왔습니다. 짜임이 아주 독특하더군요. '교단생활이 100일 남'은 날부터 막상 퇴임하는 날까지의 내면 풍경이 회한과 애틋함과 뿌듯함과 부끄러움과 안도감으로 꼼꼼하게 채색되어 있습니다.

매일 반복되는 구절, '이제 00일만 지나면 나는 더 이상 교사가 아닙니다'의 숫자가 줄어들 때마다 읽는 저의 마음도 조바심과 안타까움과 아쉬움과 기대감으로 때론 뒤척이고 때론 출렁거렸습니다.

이미 퇴직 100일 전을 보내신 분, 앞으로 그런 날을 맞이하실 분, 무엇보다 일기가 역사가 되는 경험의 실례가 궁금하신 분들께 일독을 권합니다.

나누고 전파해 주길

네이버후드어워드

　지식이라는 것이 얻는 것보다 누군가에게 나누고 베푼다는 것이 더 어려운 일일 텐데 직업이 아이들을 가르치는 교사면서 또한 인터넷 상에서 지식을 나누는 분.

　10여 년 전 네이버 지식iN 관련행사에서 연선생님을 기억하는 제 첫인상이었습니다. 저와는 전공이라든지 지식iN과 블로그 활동도 겸하는 공통적인 부분들이 있었고 몇 차례 함께 뵐 수 있는 기회가 생겼는데 새삼 인연이라는 것이 신기하고 소중함을 느낍니다.

　연선생님께서는 남들이 가지지 못한 대단한 능력이 있으신데 그것은 사진과 글과 같은 기록에도 열심이시고 이러한 기록들을 본인의 것으로 소유하는데 그치지 않고, 블로그라든가 리뷰와 같이 대중이 함께할 수 있는 정보로 변화시켜 여러 사람들과 함께 나누고 소통하는 컨텐츠로 변화시키는 것입니다.

　비록 이제는, 연선생님께서 오랜 시간 명예롭게 지켜 오신 교단에서 내려오셨지만 한편으로는 그 여유로움으로 앞으로 더 많은 글과 지식을 더 많은 사람들에게 나누고 전파해주실 것이라 믿고 기대합니다.

　끝으로, 또 하나의 값진 기록의 출판을 진심으로 축하드립니다.

차례
아·름·다·운·길

묶음 하나
바라본 길

교단에 첫발을 내딛으면서
나는 내게 다가올 길을 바라보았습니다.
그 길이 아름답기를 소망하면서…….

바라본 길

2015년 5월 24일 일요일
하늘은 맑았고, 더위가 느껴지는 날씨였습니다.

오늘로써 교단생활이 100일 남았습니다.
백일기도를 하는 마음으로 남은 나날을 견디고 싶습니다.

2015년 5월 24일 일요일
맑은 날씨처럼 마음도 그랬으면 좋겠습니다.

이제 99일만 지나면 나는 더 이상 교사가 아닙니다.
지금의 기분은 전역을 앞둔 병사나
출옥을 기다리는 죄수의 마음이라고 할까요?
하루하루가 지나가는 것이 즐겁고,
해가 지는 것이 기쁘며 내일이 다가오는 것이 기다려집니다.

2015년 5월 26일 화요일
날씨는 맑지만 여름에 가까운 듯 무덥군요.

이제 98일만 지나면 나는 더 이상 교사가 아닙니다.
지금까지 학교를 옮길 때면
그 학교와 학생들을 생각하면서 아쉬움을 느끼곤 했습니다.
정년을 맞아 완전히 떠날 때는 얼마나 허전할까 두려웠는데,
이상할 정도로 그런 마음이 떠오르지 않는군요.
이렇게 미련 없이 떠날 날만 기다리면서
교단생활에 연연하지 않게 해 준 학교의 분위기가
오히려 고맙기만 합니다.

2015년 5월 27일 수요일
맑은 날씨이지만 견디기는 쉽지 않은 무더위군요.

이제 97일만 지나면 나는 더 이상 교사가 아닙니다.
37년간의 교직 생활에서 이런저런 아쉬움을 느낄 만도 한데,
그저 날짜가 지나는 것이 즐겁기만 합니다.
퇴직 이후의 생활이 어떻게 펼쳐질지는 모르지만,
지금의 생활에 대해 애착이나 아쉬움은 전혀 없습니다.

2015년 5월 28일 목요일
여름이라고 할 수 있는 더운 날씨였습니다.

이제 96일만 지나면 나는 더 이상 교사가 아닙니다.

수업이건, 업무건, 모든 것이 허망하기만 하네요.
학교나 동료들에 대한 애착도 없고요.
진작 명퇴를 신청하지 못한 것,
최소한 작년에라도 명퇴를 했어야 하는데……,
그런 후회뿐입니다.
그저 답답하고 허무한 생각만 드는군요.

2015년 5월 29일 금요일
오후부터 약간 흐리기는 했지만
덥고 맑은 날씨였습니다.

이제 95일만 지나면 나는 더 이상 교사가 아닙니다.
지금 심정은 제대를 기다리는 사병의 심정이라고 할까요?
군대 시절에 신성한 병역의무라던가,
국가에 대한 충성심이 있었던가요?
그런 것을 생각한 기억이 거의 없었습니다.
어쩔 수 없이 의무감으로 그 자리에 있었을 뿐입니다.
지금의 내 마음도 그렇고요.
모든 애착은 사라지고 떠날 날만 기다리고 있습니다.
조금이라도 실수를 줄이기 위해 노력을 하자,
그런 마음이 남아있는 것이 다행일 뿐입니다.

2015년 5월 30일 토요일
오전에 잠시 비가 내리다가 갰습니다.

이제 94일만 지나면 나는 더 이상 교사가 아닙니다.
'지금'이라는 시기는 내년이면 그리운 추억이 되겠지요.
후회가 없도록 열심히 생활하고 싶은 마음은 있으나
몸은 무겁고, 일은 힘겨우며, 능력은 달리는군요.
'최선을 다하겠다는 생각만은 잊지 말자.'
그런 다짐을 하고 있는 것만이라도 다행입니다.

2015년 5월 31일 월요일
무덥기는 해도 맑은 날씨였습니다.

이제 93일만 지나면 나는 더 이상 교사가 아닙니다.
방학이나 주말을 빼면 학교에 갈 날은 40일 남짓이네요.
완전하게 한 달을 출근하는 달은 6월 한 달 뿐입니다.
이제 와서 무엇을 열심히 한다는 것도 의미가 없을 테고,
그렇게 할 시간도 부족합니다.
오직 최선을 다하겠다는 다짐을 반복할 뿐입니다.

묶음 둘

꿈꾸며 걸은 길

가끔 비틀거리기도 했지만
나는 아름다운 꿈을 꾸면서
내가 가야할 길을 걸었습니다.

꿈꾸며 걸은 길

2015년 6월 1일 월요일
여름에 어울리는 무더운 날씨였습니다.

이제 92일만 지나면 나는 더 이상 교사가 아닙니다.
강산이 네 번 바뀔 만큼의 세월을 돌아보니
꽤 많은 일이 스쳐간 듯합니다.
37년 전 10월 4일에
교단의 첫 학교인 제일중학에 첫 출근을 했습니다.
그 전날인 10월 3일에 어머니께서 함께 오셔서
하숙집을 구해주시면서 첫 달치 방세도 내주셨고요.
어머니께서 나를 챙겨 준 마지막 순간이었습니다.
그 이후 나는 독립된 존재로 살아갔으니까요.
이 날은 첫 출근이자 부모님 슬하를 떠난 첫날이 되겠지요.
어머니께서는 일곱해 전 제구중학에 근무할 때
세상을 떠나셨습니다.

지금까지 계셔주셨다면 얼마나 좋을까,
그런 생각을 하니 가슴이 뭉클해지는군요.

2015년 6월 2일 화요일
맑기는 하지만 시원함이 그리운 날입니다.

이제 91일만 지나면 나는 더 이상 교사가 아닙니다.
첫 학교인 제일중학에서 첫 상사로 만난 A교장선생님은
나의 모교인 서석중학에서도 재직하신 바 있습니다.
A교장선생님은 나의 어머니와 동생들에 대해서도
자세히 기억하시더군요.

또한 제일중학에서 만난 행정실장님 중에는
어린 시절 성당의 주일학교 선생님이었던
B누나의 남편도 계셨습니다.

특히 잊을 수 없는 것은 지금까지 가깝게 지내는
C선생님과 만났다는 것입니다.
C선생님은 나의 고향 후배인 D를 아내로 맞았습니다.
나도 제일중에서 아내를 만났고, 아들아이를 얻었고요.
가정을 이룬 인연을 공유하고 있는 C선생님과 나는
지금까지도 가족끼리 만나는 만남이 이어지고 있습니다.

그러고 보니 첫 학교가 있던 제일면은
교단에서 첫발을 내딛은 곳이자
고향과 연결되는 인연이면서 가정을 이룬 곳입니다.

2015년 6월 3일 수요일

맑은 날씨지만 몸과 마음은 무거웠던 하루였습니다.

이제 90일만 지나면 나는 더 이상 교사가 아닙니다.
제일중학에 첫 담임을 맡은 학급은 2학년 2반입니다.
다음해에 1학년 3반, 그 다음해에 2학년 3반,
다음다음 해에는 3학년 3반을 맡았고요.

두 번째 해에 만난 아이들은 3년간 내게 국어를 배웠고,
대부분 내가 한 번 정도는 담임을 맡았습니다.
3년 내내 담임을 맡았던 학생들도 10여 명은 되네요.
교직 생활에서 3년간 가르친 학생들은 더러 있었어도
3년간 담임까지 한 경우는 제일중학이 유일했습니다.

그 아이들과 정이 많이 들었지만,
나로 인해 더 많은 것을 배울 기회를 뺏긴 것이 아닌가,
그런 생각을 할 때면 미안한 마음도 느껴집니다.

2015년 6월 4일 목요일

여전히 맑은 날씨가 이어지고 있습니다.

이제 89일만 지나면 나는 더 이상 교사가 아닙니다.
제일중학에서 근무한 기간은 5년 5개월입니다.
강원도 공립중학교 근무 규정은
한 학교에서 5년까지만 근무하게 되어 있습니다.
그러나 10월에 중간 발령으로 추가 된 5개월은 제외되므로
5년 5개월을 근무할 수 있었던 것이지요.

여섯 해 동안에 내가 담임했던 학년은
2-2, 1-3, 2-3, 3-3, 3-1, 3-1입니다.
학생들을 3년간 데리고 올라간 것도 이 학교가 유일하고,
3년을 연이어 3학년 담임을 한 곳도 제일중학뿐입니다.

제일중학에서는 개인적으로도 이룬 것이 많았습니다.
결혼을 해서 아내와 아들을 얻었고,
가족끼리 가깝게 지내게 된 A선생님 내외를 만났으며,
아내 역시 그곳에서 사귄 A선생님 사모님과 B엄마 등
40년 가까이 인연이 이어지는 절친들을 얻었습니다.

가장 모범적인 상사로 생각하는 C선생님을
교감으로 모시면서 깨우침을 얻는 행운도 있었습니다.
여름방학 동안에 1급정교사 연수를 갔을 때입니다.
C선생님은 열심히 공부하라는 격려 엽서를 보냈고,
춘천까지 찾아오셔서 점심을 사주시기도 했는데……,
지금까지 각종 연수에서 편지를 보내고
찾아와서 격려까지 해주셨던 상사는 C교감선생님뿐입니다.
물론 내게만 그렇게 하신 것이 아니라,
장기 연수를 가신 모든 선생님께 그렇게 하셨고요.
그분은 상사로서 귀감이 될 만한 처신을 보여주셨습니다.
관리자가 된다면 C선생님 같은 분이 되고 싶었지요.

2015년 6월 5일 금요일
새벽부터 비가 내렸지만,
땅을 겨우 적실 정도로 내린 뒤에 오후에 갰습니다.

이제 88일만 지나면 나는 더 이상 교사가 아닙니다.
제일중학에서 만난 A군, B양, C양이 생각나네요.

A군은 1학년부터 3학년까지 담임을 맡는 동안
항상 출석번호가 1번이었습니다.
그때는 키순서로 출석번호를 정했는데,
그는 키가 자라지 않는 체질이었던 듯합니다.
우등권에는 들지 못했지만 항상 상위권을 유지했고,
티 없이 순박하기만 해서 그를 안쓰럽게 바라보곤 했지요.

B양은 3학년 때 담임을 했습니다.
나는 6년 동안 그의 언니와 남동생까지
삼남매를 모두 가르치는 인연이 있었습니다.
B양은 3년간 실장이나 부실장이었던 재원이었습니다.
사범대학교에 진학하면서 교단의 동료가 되었고,
2009년 교무부장 연수 때는 동료 교무부장으로 상봉했지요.

C양은 제일면에서 가장 벽지에 살았습니다.
그의 남매와 사촌들까지 대여섯 명이 내게 배웠고,
그들 남매는 우리가 순희네 집에서 전세로 살 때는
옆방에서 자취를 하기도 했습니다.
졸업한지 수십 년이 지났지만
매년 연락을 주고받는 인연이 이어지고 있고요.

어찌 즐거운 인연뿐이겠습니까?
우리 집에 여러 차례에 돌을 던졌던 D군도 있습니다.
그 사실이 밝혀져서 그는 징계를 받았고,
그로 인해 내게 불편한 감정을 갖고 졸업을 했고요.

그러나 D군이 우리 집에 왜 돌을 던졌는지
아직도 이유를 모릅니다.
나는 학생들에게 놀림을 받을지언정
원한을 사는 일은 거의 없었습니다.
나를 싫어하는 학생은 있었겠지만,
해코지를 행동에 옮긴 학생은 그가 유일했습니다.

그가 왜 그랬는지 돌을 던질 만큼 미웠던 까닭이 무엇인지,
아무리 생각해도 이렇다 할 사연이 떠오르지 않습니다.
아마도 이런 것이 악연인가 봅니다.

뒷날 술자리에서 어떤 선생님에게 이 이야기를 했더니
혹시 그 아이가 좋아하는 여학생에게
어떤 관심을 보인 적이 없느냐고 하더군요.
전혀 기억이 나지 않지만 그랬을지도 모르겠습니다.
나는 여학생들에게는 '예쁘다',
남학생들에게는 '잘 생겼다'라는 말을 자주 했으니까요.

그 학생이 좋아하는 여학생에게
내가 '예쁘다'는 말을 했을 수도 있고,
그 여학생을 바라보는 나의 눈길도 달랐을 수도 있으며,
그것이 그의 마음이 상했을 수도 있겠지요.

하지만 설사 그런 일이 있었다고 하더라도
눈길 한 번 건넸다고 해도
밤마다 돌을 던질 이유가 되는지는 잘 모르겠습니다.

2015년 6월 6일 토요일
약간 흐린 듯했지만 하루 종일 맑았습니다.

이제 87일만 지나면 나는 더 이상 교사가 아닙니다.
제일중학에서 근무하는 동안 집을 세 번 옮겼습니다.
1년 정도는 제일여인숙에서 하숙을 하다가,
순희네 집으로 옮겨서 자취를 했습니다.
이 집에서 결혼까지 하면서 2년 정도 살았고,
마지막 2년은 광희네 집에서 살았습니다.

제일여인숙에서 옮긴 이유는 하숙비를 아끼기 위해서였고,
순희네 집에서 옮긴 이유는 순희 오빠가 결혼을 하면서
우리가 살던 방에서 살림을 차리기로 했기 때문입니다.

세 집 모두 학교까지 걸어서 10분 이내였으므로
출근할 때 어려움은 없었습니다.

2015년 6월 7일 일요일
맑은 날씨가 이어지고 있습니다.

이제 86일만 지나면 나는 더 이상 교사가 아닙니다.
제일중학에서 가정을 이루면서 생활하는 동안
갖가지 추억과 함께 인간관계도 많이 맺었습니다.
지금까지 친밀한 사이로 만나는 사람들은
학생이건 이웃이건 이때의 인연인 경우가 많고요.
순수함이 남아있던 마지막 시기였기 때문일까요?

그에 비해 마지막 학교인 제십중학은 아쉬움이 남습니다.
하지만 그것을 꼭 나쁘게만 볼 것은 아니겠지요.
세상을 떠나는 사람은 남은 가족과 정을 끊기 위해서
일부러 쌀쌀하게 대하면서 마음을 거둔다고 하더군요.
교단을 떠나는 입장에서는 이런 서운함이 오히려 다행이고
꼭 필요한 통과의례일 수도 있을 테니까요.

2015년 6월 8일 월요일
약간 구름이 끼어서 걷기 좋은 날씨였습니다.

이제 85일만 지나면 나는 더 이상 교사가 아닙니다.
이제 두 번째 학교인 제이중학을 떠올려 보겠습니다.

그 학교에서는 3년 동안 근무를 했는데,
부임할 때는 섭섭한 마음이었습니다.
당시 나는 시내학교로 지망을 했지만
여전히 면지역 학교로 발령이 났기 때문입니다.
당시에는 시골학교에서 3년 정도 근무를 하면
시내로 가는 것이 관례였습니다.
그런데 나는 5년 만기를 채웠으면서도
면지역 중에서도 가장 기피하는 지역이라고 할 수 있는
제이중학으로 가게 되었기 때문이지요.

물론 장학사님들이 내게 억하심정을 갖고
일부러 그 학교로 배정했던 것은 아닙니다.
하필이면 그해에는 시내에 자리가 하나도 없었고,

면지역 중에서 시내와 가까운 학교는
국어교사의 이동이 없었다고 합니다.
담당 장학사님은 매우 미안하다는 전화를 주었으며,
다음해에는 꼭 시내로 보내주겠다고 약속했습니다.

하지만 그것은 별로 의미가 없는 말이지요.
제이중학에 근무하는 선생님들은
가능하면 시내로 나가려고 하셨으므로
'내신 범위는 30%이내'라는 규정에 묶여서
내게는 내신을 낼 수 있는 차례조차 오지 않았으니까요.

2년 뒤에 시내 학교로 들어갔다고 해도
지역 만기 1년을 남긴 상태에서
시내에서 근무하고 싶다며 굳이 전근을 간다면
옮기는 학교에서는 그런 교사를 좋아하겠습니까?
결국 제이중학에서 3년을 채우게 되었습니다.

2015년 6월 9일 화요일

기다리는 비 소식은 없고, 맑은 날씨가 이어졌네요.

이제 84일만 지나면 나는 더 이상 교사가 아닙니다.
제이중학 시절에서 특별히 기억나는 일을 꼽는다면
글짓기 지도에서 좋은 결과를 얻었다는 것입니다.
전국재활문고글짓기대회의 지도교사상을 비롯해서
원주시 예능경시대회 등 각종 글짓기대회에서
해마다 20회에 가깝게 학생들을 입상시켰습니다.

A양, B군, C군, D양, E양, F양, G군 등
여러 명의 학생이 글짓기에서 두각을 나타냈고요.

이후 교단에 근무하는 20여 년 동안
나는 글짓기 지도에서 빼어난 성적을 올렸는데
그 바탕은 제이중학 시절에서 비롯된 듯합니다.

교학상장(教學相長)이라고 했던가요?
학생을 가르치면서 나의 문장력도 더불어 자란 듯합니다.

2015년 6월 10일 수요일
하늘은 여전히 맑았습니다.

이제 83일만 지나면 나는 더 이상 교사가 아닙니다.
제이중학에서 기억에 남는 동료로 A선생님이 생각납니다.
제일중학에서 같이 근무를 하다가 함께 옮긴 그 선생님은
정서적인 면에서 여러모로 대화가 되는 사이였습니다.
뒷날 그 선생님이 기막힌 사연으로 교단을 떠날 때는
긴 통화를 나누며 격려 및 위로의 마음을 전하기도 했고요.

지금도 동지적인 심정으로 만남이 이어지고 있으니
서로 깊은 신뢰를 주고받은 벗이라고 할까요?.
진취적이면서 자신감이 넘치는 그녀를 만났다는 것이
내 교단생활에서 적지 않은 영향을 주었습니다.

2015년 6월 11일 목요일
오후부터 흐리다가 밤사이에 비가 내렸습니다.

이제 82일만 지나면 나는 더 이상 교사가 아닙니다.
제일중학에서 결혼을 한 후 아들아이를 얻었고,
제이중학에서 딸아이를 얻으면서 가족이 완성되었습니다.
이곳에서는 내가 딸아이를 안고서
아내나 아들아이와 함께 산책을 자주 다녔습니다.
이 시기가 가장 가정에 충실했던 기간이었나 봅니다.

2015년 6월 12일 금요일
흐릴 듯하면서도 맑은 날씨였습니다.

이제 81일만 지나면 나는 더 이상 교사가 아닙니다.
제이중학에서 만난 동료 중에 한 분인 A선생님이
지금 근무하는 제십중학에서 함께 근무하고 있습니다.
그때 별다른 충돌이 있었던 것도 아닌데
지금은 무언가 껄끄러운 감정이 느껴지네요.
내가 지닌 마음을 그분도 느끼고 있을 테니
우리는 좋은 인연은 아닌 듯합니다.

그 학교에서 만난 B선생님도 생각납니다.
그는 제삼중학에서도 함께 근무했지요.
두 번째로 만나면서 몹시 반가웠고,
가족끼리도 친밀하게 오가는 사이가 되었습니다.
그러나 헤어질 때는 좋은 감정이 아니었습니다.

그러고 보니 제이중학에서는
좋은 인연이라고 할 수 없는 동료를 두 분이나 만났군요.

2015년 6월 13일 토요일
밤부터 단비가 내리다 개더니, 오후에는 우박이 내렸습니다.

이제 80일만 지나면 나는 더 이상 교사가 아닙니다.
제이중학에서 인상에 남는 것은 글짓기 지도를 하면서
내가 각종 지도교사상을 수상했다는 것입니다.
교육감 표창을 2회나 수상했고,
전국재활문고 글짓기대회에서 지도교사상을 받으면서
영친왕비 이방자여사로부터 상패를 받기도 했습니다.

또한 제일중학에서 시작한 학급문집 만들기도 이어져서
8년을 연속해서 학급 문집을 만드는 기록을 세웠습니다.
그때는 복사기가 없던 시절입니다.
제일중학 때는 철필을 사용해서 줄판에 쓴 뒤
행정실 기사님에게 부탁해서 등사를 했습니다.

제이중학에서는 철필을 쓰지는 않았으나
아직은 컴퓨터가 출현하기 이전의 시절입니다.
모든 원고를 일일이 손으로 써서 복사를 한 뒤,
행정실 기사님에게 맡겨서 등사를 하는 체제였습니다.
그런 과정을 몇 번이나 되풀이하면서
문집의 제본까지 손수 해서 학생들에게 주었으니……,
지금 생각해도 그때의 나는 꽤 열정적이었던 듯합니다.

2015년 6월 14일 일요일
맑고 흐리기를 반복하면서 간간히 비가 내렸습니다.

이제 79일만 지나면 나는 더 이상 교사가 아닙니다.
제이중학에서 만난 학생 중에 글짓기로 많은 상을 받았던
A양, B양, C양, D양, E양, F양 등이 기억에 남습니다.
그중에 상당한 재원이지만 신체적인 장애가 있었던 A양은
지금 생각해도 가슴이 찡합니다.

또한 B양이 전국재활문고 글짓기에서 은상에 입상하면서
나는 전국대회의 지도교사상을 처음으로 받았습니다.
뒷날 제사중학 시절에 교원대학교에서 연수를 받을 때는
그곳에 재학하고 있던 B양을 만나기도 했고요.
B양은 얼마 전에 박사학위를 받았다고 들었습니다.
제이중학에서는 학교 역사 찾기 차원에서
그녀를 자랑스러운 선배로 선정하였다고 하더군요.
나로서는 청출어람의 제자를 둔 것이지요.

나는 제이중학 이후 교단생활에서
글짓기 지도에 상당한 노력했고 성과도 제법 있었습니다.
그중에서도 제이중학 시절에 입상자도 많았고
기억에 남는 학생들도 상대적으로 많은 편이었고요.
나로서는 그 무렵이 글짓기 지도의 황금기라고 할까요?

이제 와서 돌아보며 아쉬운 것은
내가 중점적으로 지도한 6명이 여학생뿐이라는 것입니다.
내가 여학생을 선호했다기보다는
남학생들은 나의 지도에 따르지 않았습니다.

나의 글짓기 지도 방법은
어떤 글을 쓰게 한 뒤에 몇 곳을 고친 뒤 다시 쓰게 했고,
두 번째 써 오면 재차 교정을 보고 또 쓰게 했습니다.
이런 과정을 최소한 다섯 번 이상 되풀이 했는데,
나의 학창 시절 국어선생님이 내게 해주신 방법입니다.

내게 문장력이 어느 정도 있다면
중학 시절의 그런 지도가 도움이 되었을 것입니다.
나는 내가 받았던 교육을 그대로 활용을 한 것이고요.

원고지 열 장 정도의 글을 쓰려면
베끼기만 해도 한 시간 이상 걸릴 것입니다.
그런 것을 일주일 내내 반복하면서
자신의 생각까지 덧붙여서 써오라고 하니
학생들로서는 몹시 지겨웠을 것입니다.
중학시절에 나도 그랬으니까요.

나는 가능성이 있는 남녀학생들을 이렇게 지도했으나
남학생들은 나의 지도를 받지 않으려고 했습니다.
내놓고 반발하지는 않았지만
써오라고 해도 안 써오니 지도를 못한 것이지요.

나의 지도를 받아들인 학생은 대부분 여학생이었으니
자연히 여학생만 지도를 하게 되었고요.
나로서는 어쩔 수 없는 측면이 있으나
여학생 위주로 지도한 것이 아쉽게 느껴집니다.

2015년 6월 15일 월요일

기다리는 비는 소식이 없고 맑으면서 덥기만 합니다.

이제 78일만 지나면 나는 더 이상 교사가 아닙니다.
오늘부터 제삼중학의 추억에 대해 떠올려 보겠습니다.

원주권의 교사들은 대개 영월·평창·정선 쪽으로 가고,
춘천권의 교사들은 홍천·양구·화천 쪽으로 갑니다.
강릉이나 속초권의 교사들은 영동권에서 근무를 하고요.

인제는 넓은 의미에서 춘천권입니다.
그 당시 나는 성장지인 춘천을 연고지로 할 것인지,
8년간 정이 들었던 원주를 연고지로 택할지 고심하다가
어중간한 지역인 인제를 선택했습니다.

생각하면 조상들의 계시가 아닌가 싶기도 합니다.
우리 문중의 태두이자 실질적인 시조인 정후공(연사종)께서
세종 시절에 잠시 유배를 왔던 곳이 인제였습니다.

숙종 시절에 송시열의 제자였던 의민공(연최적)께서
인현왕후의 폐비를 반대하다가 옥사했을 때
후손들이 낙향을 하는 사태가 있었습니다.
그때 장손인 연태노 선조는 원주로 왔고,
차남인 연영노 선조는 홍천으로 내려왔습니다.
즉 강원도에서 나의 뿌리와 관계있는 곳이
홍천·원주·인제인 것이지요.
나는 홍천에서 태어나서 원주와 인제에서 근무했습니다.

보학 연구에 관해서는 문중에서 어느 정도 인정을 받는

그런 '나'를 만들기 위해서
선조들이 계시와 인도가 있었던 것이 아닌가 싶네요.

2015년 6월 16일 화요일
맑은 날씨가 여전히 이어지고 있습니다.

이제 77일만 지나면 나는 더 이상 교사가 아닙니다.
6년이나 근무했던 제삼중학은
나로서는 가장 긴 기간 근무한 학교이기도 합니다.
군에서 제대하자마자 발령을 받았던 제일중학에서는
5년 5개월을 근무했고,
두 번에 걸쳐 근무한 학교도 5년 6개월에 불과합니다.
그러니 제삼중학은 가장 인연이 깊은 학교인 것이지요.

또한 가족들에게도 추억이 많은 곳입니다.
그때는 승용차가 일반화되지 않던 90년대 전후입니다.
따라서 이곳에서 살림을 하는 교직원이 많았고요.
아내는 6년간 생활하면서 많은 사람들과 사귀었을 테고,
초등학교에 입학하는 등 어느 정도 철이 든 아이들도
제삼중학시절을 기억하고 있을 것입니다.
이곳에서 사귄 아들아이의 친구가 찾아오기도 했으니까요.
초등학교 3학년짜리 두 명이 버스를 타고
인제에서 원주까지 왔으니 정말 대단한 아이들입니다.
우리 아이도 인제까지 답방을 가기도 했고요.

한편 처제네 딸인 조카딸도 이곳에서 우리가 키웠습니다.

우리로서는 처음이자 마지막으로
다섯 식구의 대가족이 생활한 추억이 있는 곳이기도 합니다.

2015년 6월 17일 수요일
가끔 흐리기는 했지만 비는 오지 않았습니다.

이제 76일만 지나면 나는 더 이상 교사가 아닙니다.
제삼중학시절은 나의 글짓기 지도가 꽃핀 시기였습니다.
전국납세글짓기대회에서 A양이 대상에 입상해서
나는 지도교사상인 국세청장표창을 받았고,
동방생명에서 주최한 전국좋은책읽기 대회에서는
제삼중학이 중등부 단체상을 받는 등
해마다 많은 학생들이 각종 글짓기대회에서 입상했습니다.
과장을 한다면 인제군의 글짓기를 휩쓸었다고 할까요.

내게 문장력이 어느 정도 있다면
그것은 학창시절에 글쓰기가 취미였다거나
국어교육과에서 학문으로 배운 것도 있었겠지만,
학생지도를 통해서 갈고 닦은 것도 있을 것입니다.

제일중학에서부터 만들기 시작한 학급문집은
제이중학을 거쳐 제삼중학에서도 계속 만들었습니다.
제사중학부터는 문집을 만들지 못했으니
제삼중학은 글짓기와 문집을 통해 추억을 남겼던
마지막 학교이기도 합니다.

이제 와서 생각하면 아쉽기도 합니다.

지금까지 매년 학급문집을 만들었다면
그래서 37권의 문집을 남겼다면
그것도 의미가 있지 않았을까, 라는…….

2015년 6월 18일 목요일
저녁에 몇 방울의 비가 내렸지만, 대체로 맑았습니다.

이제 75일만 지나면 나는 더 이상 교사가 아닙니다.
제삼중학에서 우리 가족은 신앙생활을 열심히 했습니다.
아내와 아이들이 주일마다 성당에 나갔고,
나는 청년레지오인 '착한의견의 어머니 쁘리스디움'에서
부단장을 맡아서 활동을 했습니다.
레지오 기사교육 1~2기에 다녀왔고,
가톨릭 평신도 최고교육인 꾸르실료도 여기서 마쳤습니다.

대학시절에 레지오 활동을 할 때는 단원들 중에
막달레나, 헬레나, 소피아 등 젊은 여성들이 많았는데,
여기서도 모니카, 테레사, 로마나, 루갈다 등
단원들이 대부분 처녀들이었습니다.

대학시절도 그렇고 제삼중학 시절에도 그랬지만
레지오가 여성 중심의 신심단체였던 것은 아닙니다.
내 또래의 남자 단원들이 몇 명 입단을 했으나
얼마 있지 않아 포기하고 나가다 보니
단원들 중에 남성은 나 혼자일 때가 많았지요.

대학생활 4년 내내, 또 제삼중학에서도 긴 기간 동안

나는 여성 단원들과 함께 레지오 활동을 했습니다.
아, 농담으로 어떤 여성단원이 이런 말을 했습니다.
"선생님이 10년만 젊었다면 좋았을 텐데요.
제 이상형인데……."

나도 비슷한 농담으로 화답했지요.
"내가 15년쯤 젊었으면 좋겠어요.
그러면 우리가 어느 정도 맞잖아요."
"아니 10년이면 돼요. 5년은 충분히 극복할 수 있어요."

그러자 단장님이 말문을 막았지요.
"두 분 스톱! 사모님이 안 계시다고 이러실 거예요?"

레지오 활동을 하면서 그런 쪽으로 말이 나지 않도록
나로서는 상당히 조심하기도 했습니다.
이성 관계에 문제가 생기면 상당히 복잡해지니까요.

아무튼 제삼중학 시절은 우리 가족이
성가정을 이루었던 행복한 시기인 듯합니다.

2015년 6월 19일 금요일
일기예보에 비 소식이 있었지만 내리지는 않았습니다.

이제 74일만 지나면 나는 더 이상 교사가 아닙니다.
제삼중학에서 만난 인연 중에 A선생님이 있습니다.
우연히 그 집 아들과 우리 아들아이의 생일이
같은 날인 것을 알게 되었습니다.
다시 확인해 보니 같은 병원에서 태어났더군요.

같은 날 같은 병실에서 태어난 두 아이가
서로 모른 채 떨어져 살다가 같은 초등학교에 입학했고,
부모끼리는 동료이고 아이들은 한 반이 되었으니……,
이것도 묘한 인연인 듯합니다.

또한 B교장선생님은
내가 생각하는 이상적인 관리자 중의 한 분이십니다.
직원회 때는 전달할 내용을 적은 유인물로 나눠준 뒤
조용한 음성으로 차분하게 설명하는 것이 인상적이었고요.
지금은 직원회의에서 회의 자료와 주제를
유인물로 주는 것이 일반화 되었지만 그때는 드물었습니다.

그분은 내가 만난 상사 중에
부드러우면서도 절도를 갖추고 조리 있게 말씀을 하신
대표적인 상사 중에 한분이셨습니다.

B교장선생님 다음에 오신
C교장선생님은 금전적으로 깨끗하면서
독특한 카리스마로 교직원을 장악하신 분입니다.
지금은 대부분의 교장선생님들이
금전적인 의혹이 많지 않으나
그 무렵 그 정도 깨끗한 교장선생님은 드물었습니다.
그 분은 뒷날 교육국장이 되어 강원교육의 중심이 되셨으니
그만큼 능력도 있었던 듯하고요.

그러고 보니 제삼중학에서 만나서 함께 근무한 분 중에서
두 선생님이 교육국장을 역임했군요.
당시만 해도 그 학교가 인제군에서 경합지였으므로

힘 있는 선생님들이 많이 오셨나 봅니다.

제삼중학은 벽지이니 벽지점수를 얻을 수 있고,
관사가 구비되어 있으니 주거가 어느 정도 안정되며,
시골이지만 12학급이라서 부장 점수를 딸 수 있는 등
교사로서는 가장 이상적인 조건이었기 때문이지요.

2015년 6월 20일 토요일
종일 비가 오락가락하더니, 오후에는 세차게 내렸습니다.

이제 73일만 지나면 나는 더 이상 교사가 아닙니다.
나는 제삼중학에서 3년간 담임, 2년은 부장교사를 했으며,
1년은 담임과 부장 모두 맡지 않았습니다.

제삼중학에서 가르친 학생들이 누가 있을까?
6년이나 근무했음에도 불구하고
이상할 정도로 떠오르는 학생이 많지 않네요.
이곳에서도 글짓기 지도를 해서 입상한 학생이 수십 명이고,
전국 1위를 해서 국세청장 표창을 받기도 했습니다.
그런데 왜 이렇게 생각나는 학생이 없을까요?
오히려 함께 근무했던 동료 교사들이 더 많이 떠오릅니다.

제삼중학 시절에는 동료 선생님과 가족들이
대부분 관사에서 생활했습니다.
학생들보다는 가족이나 동료들과의 이런저런 추억이
더 인상 깊게 얽혔기 때문인지도 모르겠습니다.

그래도 기억에 남는 학생을 떠올린다면

첫해 1학년 담임을 맡았을 때 실장이었던 A군입니다.
3형제의 막내였던 그는
훗날 두 형에 이어 가톨릭 사제가 되었습니다.
지금도 춘천교구에서 유일한 3형제신부님이고요.
1학년 때 학생들의 기본 상황을 파악할 때
A군의 장래 희망이 '신부'라는 것을 알았습니다.
두 형이 신학교에 다닌다고 들었는데,
막내까지 신부가 되면 어쩌나 싶어서
A군의 집으로 전화를 했지요.

A군 아버님께서는 이렇게 대답을 하시더군요.
"하느님 뜻이고 본인이 원한다면 그렇게 되겠지요."
그렇게 하느님의 뜻을 더 생각한 부모니까
3형제 모두를 사제로 보낼 수 있었을 것입니다.

2015년 6월 21일 일요일
맑은 날씨를 보이고 있습니다.

이제 72일만 지나면 나는 더 이상 교사가 아닙니다.
제삼중학에서는 관리자에 대한 생각을 많이 하였습니다.
A교장선생님이나 B교장선생님같이 긍정적인 분도 만났지만
C교감선생님이나 D교감선생님을 통해
부정적인 모습도 느끼기 시작했습니다.

C교감선생님은 인간성 자체는 무난한 편입니다.
그러나 제삼중학 학생들이 나의 지도로

전국좋은책읽기대회에서 단체상을 받아
부상으로 동아세계백과사전 전질을 받게 되었을 때
약간의 의혹을 느꼈습니다.
제삼중학 도서관에는 이 사전이 이미 구비되어 있었습니다.
똑같은 사전이 두 질씩 있을 필요가 있을까 논의가 있더니,
결국 이 책은 C교감선생이 가져간 것으로 알고 있습니다.
지금은 인터넷의 영향으로 백과사전의 가치가 크지 않지만,
당시만 해도 백과사전을 선호하던 시절입니다.

만약에 학교에 두 질이 필요 없다면
상을 받도록 지도를 한 내가 가져야 하지 않겠나,
최소한 내게 고맙다는 치사가 있어야 하지 않나…….
그런 생각을 했습니다.

D교감선생님은 내가 지금까지 만난 관리자 중에서
최악에 가까운 상사였습니다.
금전에 대한 의혹은 손으로 헤아리기 힘들 정도였고요.
그중에 백미는 산업체 학교에 진학하는 여학생들을
반드시 자기가 데리고 가서 담당자를 만났다는 것입니다.
그때마다 이런 말씀을 하셨지요.
"상급학교 진학을 못하는 불쌍한 여학생들이잖아.
교감이 그런 애들을 보살피지 않으면, 누가 보살펴?"

그 무렵은 경제가 발전하면서 산업체학교를 기피하고
일반학교에 진학하는 여학생들이 많아지던 시대였습니다.
전국의 산업체학교들은 학생 확보가 힘들어졌고요.
그로 인해 학생을 보내주면 '두당(頭當) 얼마' 식으로

사례를 주고받는 것이 공공연한 비밀이기도 했습니다.

D교감선생님은 그것을 노린 것이지요.
그분은 산업체 학교 담당자에게 전화를 해서
공공연하게 이런 요구를 하기도 했고요.
"우리가 몇 명을 데리고 간다, 어떻게 할 것인가?"

D교감선생님은 여러 산업체 학교에 전화를 해서
가장 조건(학생 입장이 아니라 사례금?)이 좋은 학교를
가려 낸 후 산업체 학교에 가려는 학생들은
모두 그쪽으로 가도록 강요하기도 했지요.

어느 해인가는 어떤 당찬 학생이
담임선생님한데 이런 말을 했습니다.
"교감선생님은 왜 우리가 원하지 않는 학교로
강제로 보내려고 하느냐?
우리를 데리고 가서 그 학교에 가기로 결정이 되면
그쪽 학교에서 봉투를 주는 것도 봤는데 그게 뭐냐?"
이것이 문제가 되어 논란이 일어난 적도 있었고요.

D교감선생님이 무엇을 받았는지 여부는 모릅니다.
산업체 학교에 갈 때는 대부분 혼자서 가셨으니까요.

그밖에 여러 가지 의혹을 듣거나 직접 보면서,
곤혹스러움을 넘어 분노를 느끼기도 했습니다.
나로 하여금 관리자에 대해 비판적인 생각을 갖게 하고,
교단이 이래서는 안 되지 않나, 라는 각성을 하게 한
최초의 인물이 D교감선생님이라고 할 수 있을 것입니다.

2015년 6월 22일 월요일
흐린 듯하면서도 맑은 날씨가 이어지고 있습니다.

이제 71일만 지나면 나는 더 이상 교사가 아닙니다.
제삼중학에서는 뚜렷하게 떠오르는 학생이 많지 않네요.
이때부터 내 머리에 더 이상 입력이 안 되었나 봅니다.
제삼중학뿐만 아니라 그 이후에도
친밀하게 생각했거나 부담스럽게 생각했던 학생은 많았지만,
포화상태인 두뇌는 더 이상 저장하는 것을 포기한 듯합니다.

2015년 6월 23일 화요일
맑은 날씨가 이어지고 있습니다.

이제 70일만 지나면 나는 더 이상 교사가 아닙니다.
제삼중학에서 가장 특기할 사항은
교직 생활에서 가장 긴 6년을 근무한 학교라는 것입니다.
교사가 한 학교에서 근무할 수 있는 기간은 최대 5년인데
A교장선생님의 배려로 1년 유예까지 했기 때문입니다.
이곳에서 1년 더 유예를 한 이유는
관내에는 국어과의 이동이 없어서 갈 곳이 없었고,
다른 곳으로 가기에는 이런저런 걸림돌이 있어서입니다.
또한 관사에 살고 있는 동안 주거비를 절약하여
내 집 마련의 꿈을 이루자는 계산도 있었습니다.
그 무렵 우리의 우선순위는 내 집 마련이었으니까요.

만기를 채운 교사가 유예를 하는 것이 쉽지 않았습니다.

간혹 이런 말을 하는 동료가 있었습니다.
"연선생은 재주도 좋아. 어떻게 해서 유예를 했지?"

특기가 있거나 학교에 꼭 필요한 경우에만 가능한데
나는 어디에도 해당되지 않았으니까요.
다만 그해에는 관내에 국어과 교사의 이동이 없었으므로
나의 유예가 누구에게도 피해를 주는 것이 아니었습니다.
교장선생님이나 교육청에서도 그것을 감안해 줬나봅니다.

2015년 6월 24일 수요일
맑은 날씨였으나 저녁 때 한 차례 비가 내렸습니다.

이제 69일만 지나면 나는 더 이상 교사가 아닙니다.
오늘부터 제사중학을 떠올려 보았습니다.
원주로 전입한 국어교사 중에서
나는 전보 내신 점수가 가장 높았습니다.
그렇다면 시내 학교로 배정되었어야 함에도 불구하고
면지역에 있는 제사중학으로 갔으니 마음이 무거웠습니다.
또한 집을 구하는 과정도 순탄치 못해서
아내는 인제에서 한 달이나 더 머물러야 했고요.

제사중학에 근무하는 2년 동안
매일 10km 정도를 승용차로 출퇴근을 했습니다.
나로서는 승용차로 출퇴근을 한 유일한 근무지였지요.
시내 다른 학교에 근무할 때도 승용차가 있었지만,
이때는 절반 정도는 걸어서 다녔습니다.

승용차 출근이 일상화되었던 유일한 시기가
이곳에서의 2년 동안이라고 하겠네요.

2015년 6월 25일 목요일
맑고 무더운 하루였습니다.

이제 68일만 지나면 나는 더 이상 교사가 아닙니다.
제사중학에서 나는 누구보다 일찍 출근했습니다.
집에서 학교까지는 10km 남짓이므로
정상적인 속도를 낸다면 15~20분이면 갈 수 있습니다.
그러나 출근 시간이면 차들이 정체되어서
30분 이상 걸리는 것이 보통이었고요.

나는 거리에서 지체되는 시간을 절약하기 위해서
7시를 약간 넘긴 시간에 집에서 나왔습니다.
그 시간이면 차량 통행이 적어서 15분이면 출근을 했고요.

직원회는 8:40분에 열렸습니다.
한 시간 20분 정도나 여유 시간이 있어서
교재연구를 하거나 컴퓨터로 한글 자판쓰기를 익혔습니다.
나의 타자 실력이 분당 500타 내외가 된 것은
그렇게 2년을 연습한 덕분입니다.

당시만 해도 컴퓨터가 귀해서
교무실에 있는 컴퓨터도 2대 뿐이었습니다.
교사마다 컴퓨터가 하나씩 주어진 것은 10여 년 뒤였고요.
시험 출제를 할 때도 한글 워드가 아니라

손으로 써서 출제를 하는 교사가 대부분이던 시절이지요.

아침 일찍 출근을 한 나는 교무실의 컴퓨터를 독차지하고
타자 연습은 물론 각종 기능을 익힐 수 있었습니다.
이때 익힌 자판실력으로 인해 시험 문제를 비롯하여
각종 글을 워드로 작성할 수 있게 된 것이고요.
이 시기는 글쓰기를 한글 워드 문서에 접목시킴으로써
컴퓨터 활용이 생활화 된 시대라고 할 수 있겠군요.

2015년 6월 26일 금요일
맑은 날씨가 이어지고 있습니다.

이제 67일만 지나면 나는 더 이상 교사가 아닙니다.
제사중학에서 아쉬운 점은 14년 동안 빠짐없이 발행하던
학급(또는 학년) 문집 발간을 중단했다는 것입니다.
글짓기 지도는 이어져서 여러 명의 학생들을 입상시켰고,
문예반 동아리 신문은 계속 만들었지만…….
학급 문집 발간은 지속하지 못했습니다.

매일 승용차로 출퇴근을 하는 상황이
시간적으로 부담스러웠나 봅니다.
다음 학교에서는 문집 만들기를 계속하리라고 다짐했지만,
그 꿈은 무산되었습니다.
이후 지금까지 문집을 만들지 못하고 있으니까요.

제오중학에서 개교 이래 최초의 교지 편집을 주도했고,
이후 3년간 졸업문집의 편집을 맡기는 했지만,

그것은 학교 차원의 사업이지, 학급문집은 아니었습니다.
교직을 떠나면서 아쉬움을 느끼는 것 중에 하나는
학급문집 만들기를 계속했다면,
그래서 내손으로 만든 37권의 문집을 남길 수 있었다면
교단생활의 보람이 더 크지 않았을까, 라는 점입니다.

2015년 6월 27일 토요일
맑은 날씨가 이어지면서 가뭄도 지속되고 있습니다.

이제 66일만 지나면 나는 더 이상 교사가 아닙니다.
제사중학의 A양과 B양이 인상에 남습니다.
두 학생들은 내가 담임을 하지는 않았지만
생각이 반듯하고 문장력이 좋았지요.
수녀가 되고 싶다던 A양은 애틋한 분위기였고,
B양은 바르고 착한 모범생 형이라 믿음직했습니다.

동료 교사로는 고고한 선비 같던 C교감선생님과
대학 2년 선배인 D선생님이 떠오릅니다.
참교육의 동지가 된 E선생님과
전교조강원지부의 주역이었던 F선생님도 생각이 나고요.

이 때는 내가 무난하게 학교생활을 했던 마지막시기입니다.
제오중학 부임 이후에는 관리자 선생님들과
대척점에 설 때가 많았으니까요.

2015년 6월 28일 일요일

여전히 맑은 날씨가 이어지면서 무더위가 느껴졌습니다.

이제 65일만 지나면 나는 더 이상 교사가 아닙니다.
제사중학에서는 2년을 근무했습니다.
37년의 교직 생활 중에 가장 짧게 근무했던 학교지요.

제사중학에서 2년차 되던 해에
나는 교장선생님에게 이런 건의를 했습니다.
어떤 교사가 어떤 학교로 발령을 받았다면
교사가 그 지역의 모든 곳을 두루 알면 좋지 않겠느냐,
새로 부임하는 교사에게
관내 각 지역을 돌아볼 기회를 주자고 했습니다.
교장선생님도 그 말에 동의하셨고요.

그로 인해 다음해 3월에는 토요일마다
새로 부임한 선생님들에게 관내를 돌아볼 수 있도록,
수업 종결과 동시에 공식 출장을 주었습니다.
관내 곳곳을 살필 기회를 준 것이지요.
제사중학에 부임한 A선생님은 승용차가 없으므로
나는 A선생님을 모시고 함께 관내 모든 지역을
구석구석을 돌아보는 기회를 가졌습니다.
생각지 않은 데이트였다고 할까요?

그 뒤에 벽지 학교에서 두 곳이나 근무했지만
그런 제도를 실시하는 학교는 없었습니다.
제사중학에서도 내가 떠난 뒤에는 없어졌다고 하고요.
그러나 나의 건의는 의미 있는 시도였다고 생각합니다.

2015년 6월 29일 월요일
맑은 날씨가 이어지면서 답답함이 크게 느껴졌습니다.

이제 64일만 지나면 나는 더 이상 교사가 아닙니다.
제오중학은 나로서는 처음으로 근무하는 시내학교라
마음의 각오를 다지면서 부임한 학교였습니다.
그러나 개교 초기의 학교라 좀 어수선했습니다.

나는 2학년 담임이면서
2학년 2개 반과 3학년 2개 반의 국어와
3학년 2개 반의 한문도 맡았습니다.
주당 22시간에 교재연구를 해야 할 과목이 3개입니다.
수업시간도 많고 맡은 과목도 많은데다
설상가상으로 내가 담임을 했던 2학년은
원주시내에서 공부를 못하기로 유명한 학년이었습니다.

제오중학에서는 1회 졸업생을 멋지게 가르쳐서
학교의 전통을 세우는 것을 지상목표로 삼았습니다.
학교의 전폭적인 지원을 받은 1회 졸업생들은
원주시내 최고의 학력을 자랑했고요.

그때는 전국의 학교들이 매월 똑같은 문제로 시험을 치르는
고입모의고사가 실시되던 시대입니다.
제사중학 3학년은 매월 고입모의고사가 실시될 때마다
월등한 차이로 원주 1위를 놓치지 않았습니다.
반면에 2학년은 원주시내에서 성적이 최하위였지요.

그 무렵 원주권의 중학교는

동지역 10개교와 면지역 8개교의 18개교였습니다.
동지역과 면지역은 학력 차가 커서
모의고사성적에서 1~10위는 대부분 동지역 학교였습니다.
제사중학 1회 졸업생인 3학년학생들은
3년 동안 단 한 번도 1위를 놓치지 않았고요.

그러나 2학년은 10위 이내에 진입한 적이 거의 없었습니다.
3학년은 원주 최정상인데 비해 2학년은 바닥이었는데,
학교의 모든 역량이 1회 졸업생에게 집중된 결과겠지요.
그런 2학년 담임 9명 중에 한 명이 된 것이
나의 학교생활이 달라지는 계기였습니다.

2015년 6월 30일 화요일
맑았으나 저녁 무렵부터 세차게 빗줄기가 쏟아졌습니다.

이제 63일만 지나면 나는 더 이상 교사가 아닙니다.
제오중학의 2회 학생들은 공부를 못하기로 유명했고,
교사들은 개성이 강하기로 손꼽혔습니다.

나는 첫해에 2학년 담임이었지만
수업시간은 3학년이 더 많았습니다.
이왕 담임을 줄 바에는 3학년 수업을 담당하고 있으니
공부를 잘하는 3학년의 담임을 줄 것이지
문제가 많은 2학년 담임인가가 불만이기도 했습니다.
2학년의 다른 담임들도 비슷한 생각이었을 것이고요.

학교의 모든 체제가 3학년 중심으로 돌아가니

2학년은 상대적으로 소외된 감이 있었습니다.
특히 2학년 담임교사들의 불만이 컸지요.
2학년의 부장선생은 친화력이 두터운 A선생님이었고,
목소리 크기로 유명한 B선생님도 2학년 담임이었으며,
다른 담임교사들도 나름의 개성이 있었습니다.
이것이 한 목소리를 내기 시작하니
강력한 비주류가 형성되었다고 할까요?

2학년 담임교사 대부분은 이 아이들이 진급하면
절대로 3학년 담임이 되지 않겠다고 다짐했습니다.
담임을 맡고 있는 교사들이
내년에는 이 아이들을 맡지 않겠다고 벼르고 있는데
그렇다면 누가 이 아이들을 맡겠습니까?

그런 분위기를 관리자 선생님들도 아신 것일까요?
기상천외한 강수를 쓰셨습니다.
다음해가 되니 학생들의 반 편성을 새로 하지 않았고,
모든 담임은 전근을 가는 사람을 제외하고
학생들을 그대로 데리고 올라간다는 것입니다.

1학년 1반 학생들은 2학년 1반이 되는 것이고,
담임도 학생들과 함께 그대로 담임을 하라는 것이지요.
3학년 1반 담임이었던 교사는 1학년 1반 담임이 되었고요.

2학년 부장이었던 B선생님이 다른 학교로 옮기게 되니
2학년 담임 중에 선임인 C선생님은 연구부장,
그 다음 선임인 나는 3학년 부장으로 배정되었습니다.

나는 강력하게 고사했습니다.

이 아이들의 그냥 담임도 아니고 부장이라니?

입시에서의 처참한 결과를 어떻게 감당하겠습니까?

나는 작년에 3학년 수업을 더 많이 했으니

3학년 담임으로 인정하고 1학년을 달라고 했지요.

그러자 함께 2학년 담임을 맡았던 다른 선생님들이

왜 당신만 빠지려고 하느냐,

연선생이 3학년 부장을 맡지 않는다면

자신들도 3학년을 하지 않겠다며 물귀신 작전을 펴네요.

2학년 동료 담임선생님들의 강력한 지지가

내게는 그야말로 독배였습니다.

나는 퇴근 시간이 지난 뒤에도

교장선생님과 2시간이나 상담을 하면서

3학년 부장의 보직을 바꿔줄 것을 부탁드렸습니다.

부장이 아니어도 좋고, 1학년 2학년 어디건 좋다,

3학년만 피하게 해달라고요.

하지만 교장선생님의 방침에 따라야 했습니다.

그야말로 떠밀리다시피 3학년부장을 맡게 된 나는

관리자 선생님들께 요구에 가까운 건의를 했습니다.

"그러면 열심히 하겠다,

대신 3학년 담임들이 학생들을 위해서 하는 일은

전폭적으로 지원해 주시면서 어느 정도 재량권을 달라."

교장선생님은 동의를 하셨습니다.

그해에 부임하셨던 교장선생님께서는

담임들에게 모든 것을 맡기는 것이 최선이라는 생각에서
무리에 가까운 요구를 받아주신 것이지요.

내가 아는 범위에서 원주 시내 공립중학교 중에서
반 편성을 하지 않고 학생들이 그대로 올라가고,
담임교사도 전원 그대로 올라간 경우는
지금까지도 제오중학뿐이라고 알고 있습니다.

이로 인해 투쟁에 가까울 정도로 치열한 교단생활이
내 앞에 펼쳐지게 된 것이고요.

2015년 7월 1일 수요일
간밤에 비가 온 것이 느껴지지 않을 만큼 맑은 날씨입니다.

이제 62일만 지나면 나는 더 이상 교사가 아닙니다.
제오중학 시절 3학년 교무실은 양산박이라고 불렸습니다.
점심시간에는 연구부장과
다른 교무실에 있는 3학년 담임선생님들도 함께 와서
11명이 함께 식사를 했습니다.
교장, 교감선생님이나 다른 교사들 입장에서는
이곳이 마치 도둑들의 소굴처럼 보였을 것입니다.
그래서 양산박으로 불렸고,
나는 본의 아니게도 그 소굴의 수령이 된 것이고요.

제오중학 3학년 담임선생님들은 자주 모였습니다.
1주일에 한 번씩은 회식을 했고,
회식을 할 때마다 아이들을 어떻게 가르칠 것인가에 대한 끝없는 난상토론이 이어졌습니다.

그러나 토론을 하면 무엇 합니까?
1~2학년 때부터 원주시 바닥이었던 학력입니다.
회의를 한다고 성적이 오를 리 없겠지요.

"왜 나까지 끌어들여서 양산박을 만든 거야.
나는 평화롭게 살고 싶었는데…….”
이런 나의 불평에 A선생님은 받아치곤 했습니다.
"그럼 형만 쏙 빠지려고 했나? 죽어도 같이 죽어야지.”

그때는 원주시내 3학년부장들끼리 가끔씩 만났습니다.
성적에 대한 정보를 교환하기도 하고,
입시에서 학교 별 커트라인을
모의고사 몇 점으로 할 것인가 등도 논의하였지요.

그러나 우리학교에게는 상황을 묻는 학교도 없었고,
나도 다른 학교에 물어보지도 않았습니다.
시험을 볼 때마다 꼴찌를 도맡고 있는 제오중학에 대해
궁금해 하는 학교도 없었고,
나 역시 우리 학교 성적을 말할 기분도 아니었습니다.

이런 상황에서 내가 주력한 것은 담임들끼리 단결,
성적에 대한 끝없는 분석, 학생들의 생활지도였습니다.
2년을 같이 올라온 담임교사들은 단결만은 잘 되었고,
2년 동안 함께 했던 아이들끼리도 유난히 친했습니다.

3학년 부장으로 근무하는 동안에
별다른 학생 사안은 없었으나 문제는 성적이었습니다.

1학기가 다 지나 입시가 다가오는데
제오중학 성적은 여전히 원주시내의 바닥이었습니다.
오죽했으면 철야기도회까지 했을까요?

개교기념일 전 날 나와 연구부장 및 3학년 담임들은
인제 신남의 게쎄마니 기도원으로 출발했습니다.
학생들의 성적 향상을 위한 기도회를 하기 위해서지요.

세상에!
공립중학교 담임들이 학생들을 위해 철야기도를 하는 것은
어느 학교에서도 들어보지 못했습니다.
그 이야기는 내일 계속하겠습니다.

2015년 7월 2일 목요일
맑은 날씨가 다시 이어지고 있었습니다.

이제 61일만 지나면 나는 더 이상 교사가 아닙니다.
인제군 신남면의 게쎄마니집에는
어린 시절의 신부님인 조필립보 신부님과
주일학교를 지도해 주신 임숙녀 회장님이 계셨습니다.
은퇴하신 두 분이 운영하시는 기도원이었지요.
학생들을 위해서 무엇을 할 것인가를 생각하던 나는
그곳에 가서 기도를 해보자는 제안을 한 것이지요.

11명의 담임교사 중에 가톨릭 신자는 나를 포함해서 2명,
가톨릭에 관심이 있는 분까지 해도 4명 정도였습니다.
우리 중에는 개신교와 불교의 독실한 신자도 있었고요.

그런 인원 구성임에도 불구하고
가톨릭 기도원의 철야기도회가 성사될 수 있었던 것은
학생들을 위해 무엇인가 하자는 공감대와 함께
담임교사들의 친밀감과 단결심 때문이겠지요.

또한 담임교사 중에는 한두 시간 적당히 기도를 하고
설악산 자락에서 쉬는 것으로 생각한 이도 있었습니다.
이 행사를 추진한 내 마음도 다르지 않았으니까요.
신부님과 회장님의 격려 말씀을 1시간쯤 듣고,
미사를 드린 뒤에 쉬는 것이 나의 애초 계획이었습니다.

당시만 해도 길이 좋지 않았던 시절입니다.
우리는 개교기념일 전 날에 마지막 시간 수업을 마치고,
3대의 차량에 나눠 타고 학교에서 출발했습니다.
가는 도중 저녁을 들 계획이었으나
시간을 아낄 겸 기도원에 가서 해먹기로 했습니다.
휴게소에서 어묵 몇 그릇을 나눠 먹으며
간단히 요기를 했을 뿐입니다.

기도원에 도착하자마자 신부님과 회장님은
우리를 야외의 언덕길로 데리고 가시더니
'십자가의 길' 기도를 바치도록 하셨습니다.
예수님이 십자가에 못 박혀 죽는 과정을 담은 이 기도는
가톨릭에서는 사순절 시기에 주로 바치는 긴 예식입니다.
예수님이 사형선고를 받고 돌아가시기까지의
14장의 그림을 보면서 성당 안에서 바치는 기도이지요.

그런데 게쎄마니 기도원에서는 이 14곳의 장면을

산비탈의 야외에 조형물로 설치한 것입니다.
우리는 어두운 밤에 가파른 언덕을 오르내리며
'십자가의 길 기도'를 바쳤습니다.

아직 가을인 10월 중순이라고는 해도
심심산골인 인제의 밤은 추웠습니다.
얇은 옷을 입었던 우리는 살을 에는 듯한 추위와 함께,
굶다시피 했던 터라 배도 고프고 정신이 없었지요.
이어서 성당으로 들어와서 미사와 강론이 계속되었고,
자정 가까이 되어서야 저녁을 들 수 있었습니다.

"저녁은 언제 먹느냐?"면서 불평하던 일부 선생님들도
신부님의 진지한 자세 앞에서 다른 말을 하지 못했고,
기도회의 모든 일정에 참석했지요.

자정이 넘어서야 준비해간 안주와 술로 밤을 새우며
다시 어떻게 해야 학생들을 지도할 수 있는지에 대한
기나긴 난상토론이 이어졌습니다.
그때 3학년 담임을 맡았던 우리의 특징은
끝없는 토론이었던 것 같습니다.

기도회의 성과가 있었을까요?
대성공이었던 듯합니다.
저녁을 굶으면서 자정까지 이루어진 일정에 대해
누구 하나 불평을 하지 않고 만족해했으며,
그해 입시에서 우리는 놀랄 만한 성적을 거두었습니다.

지금은 작고하신 조필립보 신부님과 임숙녀 회장님은

2009년에 천주교 춘천교구 교구설정 70년을 맞아 '신앙의 선조'로 선정했던 열 분 중에 포함된 분들입니다. 춘천교구 70년 역사상 대표적인 신앙인으로 선정된 두 분이 우리와 함께 했던 기도의 힘이 없으면 안 되겠지요.

당시 우리의 기도회 사건은 교지에도 소개되어서 학생과 학부모들에게 화제가 되기도 했습니다. 나로서는 교육과 신앙에서 윈윈했던 귀한 체험이었습니다.

A선생님이 정리하여 교지에 실었던 글을 덧붙입니다.

게쎄마니의 기도(제오중학 교지에 실렸던 A선생님의 글)

올해 입시에서 탈락생이 300명이 넘는다지요?"

"맞아, 해방 이후 최대의 입시 전쟁이래."

"게다가 우리 학교는 모의고사를 볼 때마다 1년 내내 꼴찌잖아요."

"어휴, 하필이면 이럴 때 3학년 담임을 맡았는지 몰라."

"정말 어떻게 하지요. 입시만 생각하면 끔찍해요."

"3월 달에 무슨 수를 써서든지 피했어야 하는데. 주임선생님이 정말 원망스러워요. 왜 나를 끌어 들였어요. 요즘은 잠이 안 와요."

"무슨 말에요. 나는 누구 때문에 맡았는데…."

원주시에서 가장 자주 모이고 단결력이 강하기로 소문났던 올해 제오중학의 3학년 담임선생님들이었다. 그러나 2학기 때의 화제는 주로 이런 내용의 대화가 오고갈 만큼 암담하기만 했다.

"그러면 하느님께 의지합시다. 지금껏 우리가 할 수 있는 것은 다 해봤잖아요. 마지막으로 기도의 힘을 빌려 보지요."

3학년주임이신 연선생님의 제안에 의해 3학년 담임들은 입시에서 제자들의 합격을 기원하는 철야 기도회를 갖기로 뜻을 모았다. 10월 22일은 개교 기념 공휴일이면서 입시를 50일 앞둔 시점이었다. 10월 21일 17시에 출발하여 입시 50일 전 기도회를 하는 것이다. 장소는 게쎄마니 기도원이었다.

인제군 남면 부평리에 있는 게쎄마니 기도원은 조 필립보(호주인) 신부님과 임숙녀 회장님이 관리를 하고 계시다. 조 신부님은 올해 80이 넘으신 은퇴신부님으로 1940년에 우리나라에 오셔서 57년째 선교에 힘쓰고 계시고, 임 회장님은 40여 년 동안 신부님을 돕고 계시는 분이라 한다. 임 회장님은 연선생님을 주일학교에서 가르치셨고, 조 신부님은 영세를 주신 신부님이란 인연이 있었다. 또 담임선생님들 중에 천주교 신자거나 호감을 갖고 있는 이가 4명이나 되는 관계로 게쎄마니가 결정된 것이다

모처럼의 휴일이니 3학년 담임선생님 중에는 여러 가지 사정으로 못 가겠다는 사람도 많았다. 그러나 출발일이 되자 특유의 단결력을 과시하며 한 사람도 빠짐없이 모두 참가하였다. 아이들을 위해서 무엇인가 희생하자는 대의명분을 누가 감히 어길 수 있겠는가. 3학년 주임 연선생님과 연구과장 선생님, 그리고 담임 9명의 기도회는 이렇게 이루어졌다.

1호차는 노련한 기사 연선생님이 운전했고, 염○○, 강○○, 홍○○ 선생님이 동승했다. 2호차는 천방지축인 내가 운전했

으며, 김○○, 현○○ 선생님이 함께 탔다. 3호차는 어느 때나 시속 60km를 넘기지 않는 김○○ 선생님이 운전했고, 송○○, 곽○○, 박○○ 선생님이 동승했다. 이렇게 세 대의 차에 분승한 우리 11명의 순례자는 17:30분에 아름다운 노을을 등지고, 조금은 들뜬 마음으로 학교를 출발했다.

"정말 철야 기도를 하는 건가요?"

"설마 밤이야 새우겠어. 식사한 뒤에 한두 시간 기도하고 내일 아침에 한계령 단풍 구경을 하는 거지."

"그래요. 단풍은 한계령이 최고래요. 지금 한창 물들었겠지요."

나들이 가는 흥겨운 기분으로 대화를 나누는 동안 차는 횡성을 지나 홍천으로 접어들었다. 그런데 아뿔사! 조금 전까지 내 앞에서 선도하던 1호차가 보이지 않는 것이다. 뒤를 보니 3호차도 감감 무소식이다. 설악산에 남의 차로는 몇 번 가 보았지만 내가 직접 운전하기는 처음이라 당황했다. 불안해하니까 현선생님이 순발력을 발휘하여 곳곳에서 길을 확인하며 19시 10분에 1차 집결지인 화양강 휴게소에 도착했다. 먼저 도착한 연선생님 일행이 우리를 맞이해 주었다. 텔레비전에서는 부정 축재를 한 전직 대통령에 대한 구형이 톱뉴스로 흘러나오고 있었다. 김선생님의 3호차는 20시 가까이 되어서야 도착했다.

"한 그릇 갖고 두 분씩 먹읍시다. 기도원에 가서 정식으로 식사를 할 테니 여기서는 허기만 때우세요."

강선생님의 말에 따라 우리 11명은 가락국수 여섯 그릇을 나누어 먹었다. 조금 허기진 듯한 감이 있었지만 가서 먹을 셈으로 참았다.

"그런데, 과장님. 난 기도는 해 본 적이 없는데 어떻게 하는 거예요?"

"별로 힘들지 않아. 한 30분만 앉아 있어요. 그 다음에 푹 쉽시다."

무신론자인 곽선생님의 질문에 연선생님은 간단히 대답했다. 그러면서 조필립보 신부님은 춘천교구의 최고 원로 신부님으로 6.25때 납북되었다가 돌아오시기도 했으며, 60여 년간 사목 활동을 하시는 동안 성인처럼 존경을 받고 있는 훌륭한 분이라고 소개하였다.

20:20분 우리는 목적지를 향해 어둠을 헤치면서 출발했다. 포장이야 되었지만 꼬불꼬불한 비탈길이라 조심조심 운행했다. 굽이굽이 산길을 돌면서 험한 인생길이 생각나서 새삼스레 엄숙한 마음이 들었다. 암흑이 무서워서 무작정 앞차만 보면서 엑셀을 밟았다.

드디어 기도원으로 가는 오솔길로 접어들면서 뒤차를 기다렸으나 차분하게 운전하는 김선생님의 하얀 차는 도무지 보이지 않았다. 혹시 그냥 지나칠까 봐 강선생님이 길 가장자리에 이정표처럼 서 있으니, 무장 공비로 알았는지 지나가는 차들이 멀찍이 피해서 운전했다.

그런데 어떤 차가 옆에 서더니 가는 곳이 어디냐면서 태워 주겠다는 것이다. 아! 숨은 양심은 첩첩산중인 이 골짜기에도 어김없이 있어서 찬바람을 녹이고 있었다. 우리는 고마운 마음으로 그 차를 보냈다. 21시가 넘어서야 김선생님이 도착하여 다시 시멘트로 포장된 오솔길을 꼬불꼬불 돌며 기도원으로 향했다. 빨리 가서 식사부터 하자는 대화를 나누다보니, 21:30분에 목적지인 기도원에 도착했다.

사방이 산으로 막힌 골짜기에 외로이 선 아담한 2층 수도원 건물이 우리를 맞아 주었다. 경적을 울리니 백발의 조 신부님과 60대의 할머니이신 임 회장님이 나오셔서 우리를 반겨주셨다. 여장을 간단히 풀고 2층 성당으로 올라갔다.

아직도 소녀같이 아름다운 목소리를 갖고 계신 임회장님이 차분한 음성으로 안내 말씀을 하셨다.

"일정은 모두 알고 계시지요. 그럼 계획대로 지금부터 신부님의 환영의 말씀을 1시간쯤 듣고, 이어서 '십자가의 길' 기도를 하겠습니다."

으악! 그럼 밥은 언제 먹는담. 6교시까지 수업을 한데다 3학년 담임이라고 17:00시까지 자율학습을 한 우리였다. 저녁은 도착한 뒤 포식할 생각으로 국수 반 그릇으로 때운 터라, 촛불 앞에 꿇어앉아 임 회장님의 일정 소개를 듣는 순간 아찔한 느낌이 들었다.

"네, 그대로 하시죠. 회장님."

태연하게 대답하는 연선생님의 말에 어이가 없었다. 그러나 엄숙한 분위기에 눌려서 이의를 제기하지 못하는 가운데 신부님의 강연이 1시간쯤 이어졌고, 이어서 우리들은 촛불을 들고 밖으로 나갔다.

"밖엔 왜 나가요?"

"'십자가의 길' 기도를 한데요."

"그게 뭔데요?"

"몰라요. 그런 게 있나 봐요."

어쩔 수 없이 밖으로 나가면서도 성당에 안 다니는 선생님들이 소곤대는 소리가 들렸다. 10월이지만 산골의 밤은 한겨울처럼 추웠다. 게다가 칠흑같이 어두워서 어디가 어딘지 감을 잡을 수도 없었다. 바람은 귀신의 통곡처럼 묘한 소리를 내며 귀를 때렸다. 그러나 신부님마저 80노구를 이끄시고 우리와 함께 동참하는 자리에서 추위나 배고픔 따위를 불평할 분위기가 아니었다.

"여기는 제1처. 예수님께서 사형 선고를 받는 순간을 묵상하는 곳입니다. 예수님께서는 아무런 죄가 없는 지순한 분이셨지만 우리 죄를 대신하여 고통의 길을 택하셨습니다. 우리들이 그 동안 학생들에게 다하지 못했던 정성을 반성하면서 예수님의 아픔에 동참합시다."

연선생님의 설명을 들으며 긴 기도문을 바치고 주의기도와 성모송 영광송이 이어지고 기도의 행진은 다시 제2처로 향했다. 제2처는 예수님이 십자가를 지고 죽음의 장소인 골고다 언덕으로 출발하는 장면이다. 제2처에서는 김ㅇㅇ 선생님이 기도를 인도하셨다.

'십자가의 길' 기도란 예수님이 사형 선고를 받고 돌아가셨다가 부활하기까지의 14가지 장면을 묵상하는 기도라고 한다. 무엇인가 자신을 희생할 때 하는 기도인데, 면학에 지친 학생들의 고통에 동참하는 의미에서 이 기도를 선택했다는 것이다. 연선생님과 김선생님이 번갈아 인도하면서 우리들의 행렬은 3, 4, 5처로 이어졌다.

"도대체 몇 처까지 있어요?"

"14처래요."

"가만있자, 한 군데서 5분씩 잡으면 70분! 우아, 이제 죽었다."

강선생님과 곽선생님의 한숨 소리가 들렸다. 나는 배도 고팠지만, 그보다는 얇은 옷을 입은 탓에 살을 에는 듯 스며드는 찬바람이 참기가 힘들었다. 멀리서 산짐승의 흐느끼는 듯한 울음소리가 들려왔다. 더구나 7처를 갈 때는 가파른 언덕길이라 가장자리에 매어 놓은 줄을 잡고 간신히 올라가야 했다

여기저기서 가쁜 숨소리와 함께 기침 소리가 연이어 터져 나왔다. 그러나 아무도 불평을 말하는 사람은 없었다. 내 머릿속에는 우리 반의 말썽꾸러기 ㅈ와 ㅇ이 떠올랐다. 그래, 느네들을 위해서라면 느네가 원하는 학교에 갈 수 있다면야, ㄱ아, 네가 졸업만 할 수 있다면야, 이까짓 고통은 얼마든지 참을 수 있단다. 순간 가슴이 뭉클하면서 눈시울이 붉어졌다.

나뿐만 아니라 우리 모두 한 마음으로 뭉쳤던 순간들이었다.

어머니께 청하오니
내 맘속에 주의 상처 깊이 새겨 주소서.

장소를 옮길 때마다 부르는 이 노래를 정말 기도하는 마음으로 불렀다. 언제부터인가 추위가 조금도 느껴지지 않았다. 아이들에게 조금이라도 힘이 될 수 있다면 이깟 고통정도야 수백 번이라도 할 수 있을 것 같은 심정이었다.

기도를 마치니 23: 30분. 다시 성당에서 마침 기도를 하고 저녁을 준비하다 보니, 자정이 훨씬 넘어서야 식사가 시작되었다.

"이제부터는 자유시간입니다. 내일 기상은 6시입니다. 그때까

지 마음껏 휴식을 취하세요."

연선생님의 말에 우리는 볼멘소리로 대답했다.

"이 시간에 자유시간은 무슨 자유시간? 잠은 언제 자구요."

"기도를 하더라도 밥은 먹고 시켜야지, 이게 뭐예요?"

"정말, 아까 휴게소에서 국수를 반 그릇만 먹자고 한 게 누구야?"

"나도 주임한테 완전히 속았어. 잠깐만 기도한 뒤에 식사하는 줄 알고 그랬죠, 뭐."

"나는 단풍 구경 가는 줄 알고 따라왔어요. 담임 생활 10여 년 동안 철야기도는 처음이네."

그러나 입으로는 불평을 하면서도 마음 마음에는 무언가 충만감이 넘치고 있었다. 이런 기분을 은혜 받았다고 하는 것이 아닌가 생각했다.

새벽 0:50분, 드디어 삼겹살과 함께 저녁식사(아니 아침인가?)가 무르익으며 '원주지역 학생들의 은어'에 대한 연선생님의 발표에 이어 3학년 선생님들의 특기인 대토론회가 펼쳐졌다. 자율학습을 몇 시까지 할 것인가, 감독은 어떻게 할 것인가, 실업계 입시가 끝나면 인문계 학생들을 일요일에도 부르자느니, 집에서 각자 하는 것이 더 효과적이라느니……. 끝없는 격론 속에 고성도 오고 갔다. 이것이 올해 3학년 담임선생님들의 강점이었다. 어떤 주제가 주어지면 각자의 의견을 스스럼없이 개진하고, 서로의 의견을 매섭게 비판하면서 대립시키다가도 다수결에 의해 결정이 되면 불만을 거두고 승복하는 전통은 여기서도 재현되었다. 마음이 부딪치는 과정을 통해 서로의 마음이

열리고 단단하게 뭉쳐지는 것이다.

"고만 해요. 잠 좀 잡시다. 벌써 두 시가 넘었어요."

송선생님의 외침, 벌써 꾸벅꾸벅 졸고 있는 박선생님, 정신없이 마시고 있는 곽선생님, 무슨 할 말이 그렇게 많은지 자꾸만 발언권 좀 달라고 하는 현선생님, 어딘 가에서 기도하고 계신 홍선생님……. 그런 와중에서 이 토론의 향연은 3시가 넘어서야 끝났다.

겨우 눈을 부쳤는가 싶은데 밖의 창문이 흔들린다.

"일어나세요. 6시 5분전이에요."

연선생님은 잠도 없는지 꼭두새벽부터 잠을 깨운다. 조금만 더, 조금만 더 하면서 이불을 쓰다가 마지못해 일어나니 주위에 아무도 없다. 아뿔싸! 어느새 7시다. 여기까지 와서 미사를 안 볼 수야 없지 않나. 아직도 몸 구석구석에 남아 있는 잠을 털어 내며 급히 세수를 했다. 환상적으로 펼쳐진 호수의 안개. 아니 그것을 감상할 틈도 없이 성당에 갔다. 벌써 아침 기도를 마치고 미사가 시작되기 직전이었다.

'신자들의 기도'를 바칠 때, 마음이 여린 염선생님은 목이 메어 말을 잇지 못했다. 우리의 마음을 그대로 나타내며 심금을 울린 그 날의 기도문을 여기에 옮긴다.

1. 입시를 앞둔 제자들을 위하여 기도합시다.

진리의 하느님, 저희가 3년간 가르쳐 온 사랑하는 제자들이 지금 입시를 50여일 앞두고 마지막 비지땀을 흘리고 있습니다. 그날을 위하여 전력투구하는 어린 가슴에 아픔에 없도록 보듬어 주시어, 그 동안의 노고와 정성이 헛되지 않도록 그들을 살펴 주옵소서. 부모님들의 애탄 마음도 돌아보시어, 정진할 수 있는 힘과 용기를 그들에게 주시고, 어떤 어려움이 있더라도 끝까지 달려서 승리할 수 있도록 지켜 주옵소서. 〈염○○〉

2. 학교를 이끄시는 교장 교감 선생님을 위하여 기도합시다.

바르고 굳센 하느님. 서○○ 교장 선생님과 함○○ 교감 선생님께서는 평생을 교단에 바치셨으며 오직 학교의 발전을 위하여 헌신해 오셨습니다. 그 노고를 헤아리시어 그분들이 더욱 올바른 신념을 갖고 학교를 이끄시도록 해주시고 앞으로 강원 교단을 선도하는 큰 별이 되도록 이끌어 주옵소서. 〈강○○〉

3. 우리를 사랑하고, 또 우리가 사랑하는 부모님과 스승님들을 위하여 기도합시다.

인자하신 하느님, 오늘이 있기까지 우리는 부모님과 스승님들을 비롯한 많은 분들의 도움과 사랑을 받았습니다. 부모님들의 따뜻한 사랑과 스승님들의 올바른 이끄심이 없었다면 오늘의 우리는 있을 수 없었을 것입니다. 그분들의 기대에 어긋나지 않도록 저희들이 올바른 길을 걷도록 보살펴 주시옵소서. 나아가서 우리를 사랑하고, 우리가 사랑하는 그분들의 가슴속에 주님의 사랑이 불타오르도록 뜨거운 은혜를 주옵소서. 〈최○○〉

4. 분단의 아픔을 간직한 조국을 위하여 기도합시다.

오묘한 섭리로 이 땅에 복음을 전하신 하느님, 착하고 맑게 살아온 우리 겨레는 아직도 분단의 굴레를 떨치지 못하고 동족간의 미움과 갈등 속에 신음하고 있습니다. 당신께 헌신했던 108 순교 성인들과 많은 치명자들의 희생을 돌아 보셔서 저희들의 간절한 기원에 응답해 주시옵소서. 부디 주님의 사랑과 정의와 평화가 넘치는 통일 조국이 하루빨리 다가오도록…… 하느님, 도와주옵소서. 〈송○○〉

5. 여기 모인 우리들의 아름다운 인연을 위하여 기도합시다.

사랑의 하느님, 저희들은 비록 믿음이 같지는 않지만 당신의 섭리와 인도하심으로 이 자리를 함께 하고 있습니다. 우리들이 화합과 이해로 뭉쳐서 좋은 분위기 속에 생활할 수 있었던 것은 당신의 사랑과 눈길이 함께 하였기 때문임을 알고 있습니다. 그 크신 사랑을 깨닫고 당신의 부름에 응답할 수 있도록 보살펴 주시옵소서. 저희들은 학생과 부모들의 기대에 어긋나지 않는 참스승으로서 사명감을 갖고 헌신하고 싶습니다. 하느님, 게으를 땐 채찍질로, 막힐 때는 일깨움으로 도와주옵소서. 〈박○○〉

6. 이 자리를 마련해 주신 신부님과 회장님을 위하여 기도합시다.

신비의 하느님, 조 필립보 신부님은 60여 년 전에 우리나라에 오시어서 민족의 가슴속에 당신의 말씀을 전하시면서 많은 어려움을 이기시었습니다. 춘천 교구 구석구석 조그만 풀 한 포기까지 신부님의 눈길과 발길이 머물지 않은 곳이 없을 만큼 신부님은 이 땅과 이 겨레를 사랑하시었습니다. 또한 신부님의 뜻을 받들면서 평생을 함께 하신 임숙녀 회장님의 순결한 사랑과 정성을 당신께서는 알고 계십니다. 하느님, 그 인고를 기억하시어 두 분의 영육간에 건강을 주시고, 당신이 허락하신 동안 하느님 사업에 더욱 헌신할 수 있도록 지켜 주옵소서. 〈연영

흠〉

그렇다. 우리들은 이런 마음으로 한 뜻이 되어 기도회를 마쳤다. 미사 후에 임 회장님의 송별 강연을 들으며 우리 마음속에는 자신감이 넘쳐흘렀다. 우리의 뜻이 이렇게 뭉쳤는데, 더구나 하느님이 함께 하실 텐데 무엇이 두렵단 말인가.

10:00시. 게쎄마니를 떠나는 우리 머리 위로 청량한 공기 속에서 이름 모를 새들이 축복하듯이 맑게 지저귀고 있었다. 그러고 보니 설악산의 한 자락인 이곳! 곱게 물든 빠알간 단풍들이 마음을 마냥 풍성하게 했다. 처음 계획은 기도회를 마친 뒤 한 계령을 넘을 생각이었지만, 간밤의 피로와 수면 부족 등으로 옥녀탕만 둘러보고 귀로에 올랐다. 그러나 누구 하나 불평하는 사람은 없었다. 올해는 가을 여행을 못해서 아쉬웠었는데 이렇게 멋진 여행을 즐길 수 있었다니……. 아마 평생 잊지 못할 아름다운 추억이 될 것이다.

2015년 7월 3일 금요일
여전히 맑고 더운 날씨입니다.

이제 60일만 지나면 나는 더 이상 교사가 아닙니다.
제오중학이 입시에서 예상외의 성공은 거두었다고 했는데,
학생들의 성적이 갑자기 향상된 것은 아닙니다.
그것은 제오중학 3학년 팀이기에 가능했는지도 모르고요.

당시에는 학년말이면 사정회에서
학생들의 행동발달평가를 '가, 나, 다'로 평가했습니다.

대개 학급 학생 중에 몇 명 정도는 '가'를 주고,
문제아 한두 명은 '다'를 주었으며,
나머지 대부분 '나'를 주는 형식이었습니다.

그러나 2학년 담임들은 이렇게 주장한 것이지요.
"우리 아이들은 착한데 왜 '나'와 '다'를 주어야 하느냐,
모두 '가'를 주어야 한다."

규정에는 몇 명에게 '가'를 주어야 한다는 것은 없습니다.
절대평가가 아니라 상대평가니 모두 '가'를 주어도
법규에 어긋나는 것은 아니고요.

학생부장 선생님이나 관리자 선생님은
모두 '가'를 주자는 주장에 황당해했습니다.
"아니, 모든 학생이 모범생이냐?"는 말로 반문하자,
담임들은 버텼습니다.
"그러면 우리 반 학생들 어디가 문제냐?"

퇴근시간이 지나자 사정회는 다음날로 연기가 되었고,
그 다음날도 마찬가지 격론이 이어졌습니다.
"공부를 못하는 학생은 행발까지 나쁜 것이냐?
성적 외에 우리 아이들의 문제점이 무엇이냐?"

결국 담임들의 주장이 받아들여져서 대부분 '가'로 평가되고,
극히 문제가 있는 일부 학생만 제외되었습니다.
담임들의 생각은 학생들을 좋게 평가해주자는 취지였지
입시에서의 효과까지 내다본 것은 아니었습니다.

그때는 고교입시가

전기(실업계)와 후기(일반계)로 나누어져 있었고,
일부 학생들은 특목고(과학고, 외국어고 등)로 진학하는
3원체계로 이루어지던 시기입니다.
전기는 10월경에 결과가 나왔는데,
필기시험 없이 내신 성적만으로 당락을 결정되었고요.

원주권에는 매년 중3졸업생과 고교정원이 비슷했으므로,
학생들은 담임들의 진학지도에 의해 배분이 되어서
탈락자가 거의 없이 진학을 했습니다.
그런데 제오중학 2회가 졸업하던 해에는
원주시내에서 중3 학생들이 유난히 많았습니다.
200~300명이 탈락할 것이라면서 긴장하던 때였고요.

각 학교에서 성적이 하위권(학급당 10명 내외)인 학생들은
주로 실업계에 응시시켰습니다.
전기 입시의 내신 성적은 '성적+행발+출결'등에 의해
석차연명부가 작성되었고요.

제오중학 학생들이 공부를 못했다고 해도,
내신에 의한 성적이나 출결 등은
다른 학교와 똑같은 조건이었습니다.
행발이 합격과 불합격을 가르는 중요한 잣대가 된 것이지요.
다른 학교에서는 성적이 저조한 학생들의 행발 평가는
대개 '나~다'였습니다.
그러나 제오중학 학생들은 대부분 '가'로 평가되었으니,
내신 평가에서 당연히 유리했지요.

원주시내의 각 학교에서는

인문계 경쟁이 치열할 것으로 예상해서
평소보다 더 많은 학생을 실업계에 응시시켰습니다.
전기 입시에서 200명 이상이 탈락할 정도로 치열했고요.
학교마다 10여 명 이상 탈락했던 전기(실업계) 입시에서
제오중학은 단 한 명의 탈락생도 없었습니다.

이제 남은 것은 후기의 인문계 입시였습니다.
후기(일반계) 입시에서 관내의 다른 학교는
전기 탈락생들의 진학 문제로 고민을 거듭해야 했으나
탈락자가 없는 제오중학은 그런 걱정이 없었습니다.
200명에 가까운 탈락자가 양산된 후기에서
동지역 10개 중학교마다 10여 명의 탈락자가 있었지만,
제오중학은 탈락자가 없었습니다.

또한 제오중학의 졸업생 중에서
특목고인 A외고에 수석합격자를 배출하였으며,
당시 학생들이 선호하던 관내 명문고 입학생 수에서도
다른 학교에 뒤지지 않았습니다.

결과적으로 제오중학은 특목고의 수석합격을 배출했고,
관내 명문고에도 수석이 나왔으며,
명문고 진학생 수도 뒤지지 않았고,
탈락자가 다른 학교에 비해 월등하게 적었습니다.
원주시내에서 바닥을 기는 학교로 소문난 2회졸업생들이
입시에서는 가장 좋은 성적을 거둔 것이지요.
이것은 담임들의 단결과 기도의 덕분이었을까요?

2015년 7월 4일 토요일
저녁 무렵 흐리기는 했지만 비는 내리지 않은 날씨입니다

이제 59일만 지나면 나는 더 이상 교사가 아닙니다.
제오중학에서도 나의 글짓기 지도는 빛났습니다.
여러 분야에서 많은 학생들을 입상시켰으니까요.
특히 A양과 B양은
내가 교단에서 발굴한 최고의 재원이었습니다.
그 아이들은 나의 도움을 받지 않고도
원주 및 강원도를 석권한 뛰어난 문장력이 있었습니다.

두 학생의 발굴은 내손으로 이루어졌으나,
내가 끝까지 지도하지는 못했습니다.
그 아이들의 담임이자 국어교사이기도 했던 C선생님이
지도를 하셨기 때문입니다.
문장뿐만 아니라 필체까지 좋았던 두 학생은
그 재주가 부럽기까지 했는데……,
지금은 어떻게 생활하고 있는지 궁금하기도 합니다.

2015년 7월 5일 일요일
맑은 날씨가 이어지는 하루였습니다.

이제 58일만 지나면 나는 더 이상 교사가 아닙니다.
제오중학에서 3년간 생활하는 동안
첫해에는 3학년을 주로 가르치면서 2학년 담임을 했고,
나머지 2년 동안은 3학년부장을 했습니다.

입시 경쟁이 치열했던 그 시절이었습니다.
3학년부장 생활은 힘겨웠지만 담임선생님들의 단결이
학력과 생활지도로 연결된다는 신념으로
융화에 주력했고 상당한 성과를 거두기도 했습니다.

그때 3학년담임으로 만난 선생님들과의 인연은
강산이 두 번이나 바뀐 지금까지 이어지고 있습니다.

2015년 7월 6일 월요일
맑은 날씨가 연일 이어지고 있습니다.

이제 57일만 지나면 나는 더 이상 교사가 아닙니다.
제오중학에서 아쉬운 것은 문집 만들기를 못한 것입니다.
문예반 신문 정도에서 그쳤을 뿐
그것이 문집으로 발전하지 못했습니다.
이후 문집 만들기는 포기하고 말았고요.

첫해에는 처음으로 시내근무를 하면서
문집을 만들 여유가 없었고,
그 다음 두 해는 담임이 아니니
학급문집을 만들 명분이 없었습니다.
한편 3학년부장이니 다른 일을 할 여력이 없었지요.

그렇다고 해서 문집만들기를 전혀 안 한 것은 아닙니다.
3학년부장으로서 졸업문집을 2년간 만들었고,
논술 문집을 만들기도 했습니다.
하지만 그것은 학교의 교지였지 나의 문집은 아니었습니다.

매년 문집을 만들자는 꿈을 접은 것이 지금도 아쉽군요.

2015년 7월 7일 화요일
종일 흐리다가 20시를 전후해서 약간의 비가 내렸습니다.

이제 56일만 지나면 나는 더 이상 교사가 아닙니다.
오늘부터 제육중학의 추억을 더듬어 보겠습니다.
제육중학으로 옮길 때는 외롭지 않은 전출이었습니다.
제오중학에서 함께 옮긴 사람이 10여명이나 되었고,
이미 와 있던 동료도 있었기 때문이지요.

제육중학에 옮길 무렵에 전교조가 합법화되면서
나는 초대 분회장이 되었습니다.
관리자의 대척점에서 투쟁의 선봉 역할을 한 것이지요.
그러고 싶지 않았고 피하고 싶었지만,
아무도 없다면 나라도 나서야겠다는
어줍지 않은 사명감 때문이라고 할까요.
제육중학의 A교장선생님은
교직원들에게 부정적인 평가를 받는 분이었습니다.

관리자의 지침을 용인할 수 없다는 분위기에
대부분의 교사가 공감하고,
누군가 나서기를 바라는 상황이었습니다.
하필이면 그 '누군가'의 역할을 내가 맞게 됨으로 인해
몸과 마음이 힘겹고 고단한 시기를 보내야 했습니다.

2015년 7월 8일 수요일
맑고 흐리기를 반복하다가 저녁에 약간의 비가 내렸습니다.

이제 55일만 지나면 나는 더 이상 교사가 아닙니다.
제육중학은 내게 여러 가지 의미가 있습니다.
딸아이가 입학할 때 부임해서 3년을 함께 한 학교이고,
나로서는 유일하게 두 번을 근무한 학교이기도 합니다.

이 학교에서 전교조 분회장을 맡아
각종 갈등의 당사자가 되기도 했습니다.
나를 그런 길로 몰아넣은 것은 문제성 있는 관리자와
누군가 목소리를 내기를 바라는 분위기에서
내가 그 역할을 맡았기 때문이기도 합니다.
하필이면 내가 그런 목소리를 내야 했을까요?
'시대적인 소명이었고, 누군가 해야 할 일을 했을 뿐!'
그렇게 생각하면서도
한편으로 내가 어리석은 짓을 한 것이 아닌가,
왜 그런 가시밭길을 자원했나, 라는 갈등도 느꼈습니다.

제육중학을 떠나면서 전교조 조합원 송별연에서
나는 농반진반으로 이런 말을 했습니다.

"내가 다시 돌아온다면 전교조분회장이 아니라
교총분회장의 신분일 것이다."
그러나 나는 여전히 전교조 분회장의 신분으로,
정년까지 맞게 되었네요.

2015년 7월 9일 목요일
약간 흐리면서 무덥고 습한 날씨였습니다.

이제 54일만 지나면 나는 더 이상 교사가 아닙니다.
제육중학에서는 학생의 글짓기 지도에서
이렇다 할 성과를 내지 못했습니다.
전교조나 상조회 등의 활동으로 힘이 소진된 탓도 있지만,
더 큰 이유는 연극부 동아리 지도를 맡았기 때문입니다.
연극부를 지도하게 된 것은 기연이었습니다.
내가 부임하기 직전까지 B선생님이 지도를 하셨는데,
B선생님은 교무부장이 되면서
자신의 후임으로 연극부를 맡을 사람을 찾았나 봅니다.

교무분장 발표가 끝난 뒤에 B선생님이 내게 묻더군요.
"연선생, 연극 좋아하나?"
나는 연극 티켓이라도 주는 줄 알고 좋아했고요.
"좋다마다요. 구경시켜 주시겠습니까?"

B선생님은 씩 웃더니 이렇게 대답했습니다.
"그러면 올해 연극 구경을 실컷 해 봐."

연극구경 실컷 하라는 것이 연극반 지도였지 뭡니까?
무대에 서기는커녕 '연극'에 대해서는 문외한인 내가
이렇게 해서 연극부 지도교사가 되었습니다.
제육중학에서 근무하는 내내 여기에 전념하다시피 했고요.
연기지도는 노뜰 극단의 C선생님이 맡았고,
나는 학생 관리 수준이었으나
제육중학 연극부는 도내에서는 독보적인 존재였습니다.

나는 그런 극단을 만든 지도교사가 된 것이지요.

제육중학 연극부는 내가 지도교사를 맡은 3년 동안
강원도학생예능실기대회나 각종 연극 경연 때마다
비교할 학교가 없을 만큼 뛰어난 기량을 발휘했습니다.

나는 국립극장의 연극지도교사 연수까지 다녀왔고,
연극부 문집을 3호까지 만들었고요.
100여 쪽의 연극부 동아리 문집을 3호까지 만든 것은
도내 학교 중에 제육중학이 최초였고,
어쩌면 아직까지도 최후가 아닌가 싶습니다.
예능실기대회에 참가했던 학교들에 연락을 해서
작품의 대본을 받은 뒤 학생들의 촌평까지 담아 실었는데
여러 학교의 연극부 지도 선생님들로부터
이것을 보내달라는 부탁을 받기도 했습니다.
문예 지도에 쏟았던 정열을 여기에 기울였다고 할까요?
지금 인기 개그우먼으로 활약하는 박ㅇㅇ도
이때 연극반에서 활동한 학생이었습니다.
연극반 동아리를 통해서 여러 인연을 만난 셈이지요.

나는 연기 자체를 지도하지는 못했지만,
연극부원들이 기량을 최대한 발휘할 수 있도록
뒷받침의 역할만은 완벽하게 수행했던 듯합니다.
연극부의 기량 향상을 위해서 연습 공간과 지도자 초빙,
분장이나 소품 준비는 물론 간식 예산까지
최대한 확보하는 등 지원에 최선을 다했으니까요.

내가 떠난 다음 해의 강원도 학생예능실기대회에서

제육중학 연극반은 금상을 뺏겼다고 합니다.
그 후 다시는 정상에 오르지 못했다고 하니
나는 제육중학 연극부의 황금기를 이끈 셈이네요.

2015년 7월 10일 금요일
비가 올 듯하면서도 무더운 날씨가 이어지고 있습니다.

이제 53일만 지나면 나는 더 이상 교사가 아닙니다.
제육중학에서 특기할 일은 개인 홈페이지를 만든 것입니다.
동료교사인 A선생님의 소개로 알게 된 edu에서
「국어교사 연영홈입니다」 홈페이지를 만든 것이지요.

그 무렵에는 블로그는 물론 미니홈피의 개념이 없었습니다.
포털에서 제공하는 블로그나 홈피는 아직 출현하지 않았고,
일반인들은 홈페이지를 만들기가 쉽지 않았고요.
그런 탓에 내 홈페이지는 약간의 유명세가 있었습니다.

나의 홈페이지에는 국어교과 관련 자료는 물론
다양한 분야의 참고자료를 실었습니다.
그것들은 베낀 것이 아니라 대부분 내가 만들었습니다.
제육중학 학생뿐만 아니라 여러 학교의 학생들이
내 홈피를 찾아왔고요.

edu에서는 홈페이지를 만든 2만여 명의 교사를 대상으로
매월 순위를 발표했습니다.
내 홈페이는 상위 50위를 벗어난 적이 없었고,
가끔 10위 이내에 포진하기도 했습니다.

아마도 그 당시 국어교사 홈피로는
다섯 손가락 안으로 평가되었을 것입니다.

지금 내 블로그가 어느 정도 알려진 것은
이 시절에 쌓았던 노하우 때문일 것입니다.

2015년 7월 11일 토요일
종일 맑다가 저녁 때 몇 방울의 비가 내렸습니다.

이제 52일만 지나면 나는 더 이상 교사가 아닙니다.
제육중학에서 특기할 일로 전교조 활동이 있습니다.
당시 전교조가 합법화되면서 분회가 결성되었는데
뜻밖에도 내가 초대분회장을 맡게 되었습니다.
해직교사 출신인 A선생님이 맡을 줄 알았는데,
분회 결성을 주도한 그 선생님은 한사코 고사했습니다.
그로 인해 조합원 선생님들 중에 가장 연장자였던 내가
제육중학 전교조분회장이 된 것이지요.

내가 분회장, B선생님이 사무장,
A선생님, C선생님, D선생님이 분회 임원이 되었고,
30여명의 조합원으로 출발한 제육중학 분회는
원주지회는 물론 강원지부에서 손꼽히는 분회였습니다.
이것은 나의 능력이라기보다는
관리자선생님에게 반감을 가진 교사들이 대거 가입했고,
가입하지 않은 교사들도 대부분 호의적이었기 때문입니다.

제육중학 전교조분회는 크고 작은 사안에서

관리자선생님과 자주 부딪쳤습니다.
그리고 대부분 승리했습니다.
승리라고 표현한 것은 상대가 굴복했다는 것이 아니라
교직원들의 여론에서는 압도적인 지지를 받았고,
결국 관리자선생님이 자신의 생각을 접거나
공개사과를 하는 사안까지 있었다는 의미입니다.

나의 리더십이나 전교조의 투쟁성 때문이라기보다
관리자선생님이 하는 일이 어긋나는 경우가 있었고,
분회 임원 선생님들의 단결이 끈끈했으며,
이런 분위기는 조합원 선생님들은 물론
일반 선생님들도 공유했기 때문입니다.

본의 아니게 투쟁의 선봉에 서야 했던 나는
성패와 상관없이 나날의 일상이 몹시 고단했습니다.
하지만 사명감을 갖고 노력했고,
지금도 그때의 나의 활동에 대해 후회하지는 않습니다.

당시 제육중학 전교조 분회의 활동은
전교조 활동가들을 통해 다른 학교에 알려졌고,
다른 학교 분회의 활동에도 영향을 주었던 듯합니다.

제오중학 3학년부장, 제육중학 전교조 분회장,
제칠중학 전교조분회장, 제구중학 교무부장,
2007년부터 올해 초까지 맡고 있었던
우표편지쓰기 지도교사 강원지회장……,
교단생활에서 내가 대표를 맡아 주도적으로 활동했던
모임이나 단체들이 여럿이 있군요.

나의 성격은 내성적인 것으로 알고 있었는데,
내가 알지 못하는 어떤 리더십이 있었던 것일까요?
자원해서 맡았거나 어쩔 수 없이 맡았거나 관계없이
나는 조직을 단결시키는 어떤 저력이 있었던 듯합니다.

피하고 싶었지만 내가 앞장을 섰던 이유는
불행하게도 바람직하지 않은 관리자가 있었고,
나라도 나서야겠다는 사명감을 느꼈기 때문이고요.

그런데 그 앞장을 서는 것이 왜 나여야 했는지
아니, 왜 나여야 한다고 생각했는지는 모르겠습니다.
그로 인해 근무하는 내내 고단함을 느꼈습니다.
제육중학을 떠날 때
나는 전교조 조합원 선생님들께 이런 글을 남겼습니다.

화살과 노래(제육중학 전교조 분회 소식지)
나는 화살을 쏘았네.
그 화살은 저 멀리로 날아가 버렸네.
하늘 높이 사라지는 그 자취
그 빠름을 미처 따를 수 없었네.

나는 노래를 불렀네.
내 노래는 숲 사이로 사라져 버렸네.
뛰어난 초인의 예리한 눈이라도
사라지는 그 노래를 잡지 못했네.

세월이 흐른 뒤 나는 보았네.
참나무 밑동에 꽂혀있는 그 화살을

무심히 퍼지는 목동의 피리가
가슴을 울리던 내 노래인 것을.

(I shot an arrow into the air,
It fell to earth, I knew net where;
For, so swiftly it flew, the sight
Could not follow it in its flight.

I breathed a song into the air,
It fell to earth, I knew net where;
For who has sight so keen and strong
That it can follow the flight of song?

Long, long afterward, in on oak
I found the arrow, still unbroke;
And the song, from beginning to end,
I found again in the heart of a friend)

롱펠로우의 시 〈화살과 노래〉입니다. 원문과 비교하니 내 짧은 영어 실력으로도 의역의 지나쳤다고 느껴지는군요. 그러나 무슨 상관이 있겠습니까? 시인의 마음과 마찬가지로 해석 역시 독자의 고유권한이니까요.
읽는 이의 처지에 따라 각각 다른 영감을 떠오르게 하며 감동을 주는 것이 문학의 힘이라고 하지요? 저는 이 시의 화자에게서 교사의 모습을 떠올렸습니다. 우리가 지금 아이들에게 전하는 언행이 마치 화살처럼 노래처럼 어디론가 사라져서 보이지 않는 것을 표현한 듯 느꼈답니다.

하지만 참스승이신 선생님께서는 세월이 흐른 뒤 언젠가 보고 들을 수 있겠지요. 아이들의 가슴에 꽂혀있는 화살과 그들의 입에서 흘러나오는 노랫소리를…. 저도 롱펠로우를 흉내 내어 한 수 읊어 볼까요?

내가 쏜 화살은 어디로 날아갔을까?
내가 부른 노래는 어디로 사라졌을까?
썩은 그 화살이 날아가기는 했을까?
음정을 모르는데 노래는 되었을까?

세월이 흐른 뒤 볼 수 있을까?
그대의 발치에 꽂혀있는 화살을
그리고 그 때 함께 들을 수 있을까?
그대의 가슴에서 울리는 메아리를

차마…. 두렵고 부끄러워라.
교단에서 쏘아야 할 그 화살을
교단에서 불러야 할 그 노래를
아이들이 아니라 그대에게서 찾으려는 몰염치가….

그래요. 제육중학에서 3년…. 돌이켜보면 저는 너무나 부끄러운 교사였습니다. 그러면서도 뻔뻔스럽게 아이들을 향해 썩은 화살을 날리고, 음정도 맞지 않은 노래를 흥얼거리기를 3년이나 했습니다.

동지들과 함께 할 때는 잠시나마 부끄러움을 잊을 수 있었습니다. 저의 존재가 선생님들께서 참교육을 펼치는데 조금은 힘이 되었으리라는 자만심에 억지로라도 위안을 삼았고요. 그리고 그것이 결국은 아이들에게 돌아가서 내가 쏘지 못한 화살을,

내가 부르지 못한 노래를 조금은 덮어 주었으리라는 기대도 했습니다.

알고 있습니다. 터무니없는 바람이라는 것을…. 다만 제가 어둠 속에서 허우적거릴 때 손을 내밀며 함께 해주신 선생님들의 마음은 깊이 간직하고 떠나겠습니다. 혹시라도 저와의 작별에 대한 아쉬움을 느끼는 분이 있다면 저로서는 다시없는 영광이겠습니다.

동지들, 그리고 선생님들!

그 동안 고마웠습니다. 안녕히 계십시오. 힘차게 화살을 날리시며, 목청껏 노래를 부르실 선생님을 언제 어디서나 성원하겠습니다. 끝으로 저로 인해 혹시라도 마음을 상했을 분들께 참회하는 마음으로 고백의 기도를 올립니다.

하지 말아야 할 말을 수없이 말했고,
가지 말아야 할 길을 수없이 걸었으며.
버려선 안 될 믿음을 번번이 외면했습니다.

사랑 앞에서도 목숨 걸지 못했고,
일어서야 할 때 깃발을 들지 못했습니다.

스스로도 자신 없는 말을
저 잘난 듯 해놓고는
세상이 대답 없다고
몹시도 원망했습니다.

입으로는 수없이 정의를 다짐했지만,
돌아서선 번번이 양심을 배신하고선,

당신 앞에서는 가슴을 치며
잘도 거짓 눈물을 흘렸습니다.

저로 인해 실망과 한탄과 분노를 느낀 벗들이
어찌 직접 울분을 토한 사람들뿐이겠습니까?
저를 위해서가 아니라 그들의 평화를 위하여 비오니,
부디 그들이 마음을 풀 수 있도록 살펴주옵소서.

이밖에 알아내지 못한 모든 죄에 대해서도 뉘우치오니
아프게 꾸짖고 때려 주옵소서.
또한 부끄러움 무릅쓰고 청하오니
부디 버리지 마옵소서.
저와 함께 계셔주옵소서.

2***년 2월 28일에 체육중학을 떠나면서
연영흠 드림

묶음 셋

돌아본 길

뒤돌아 보면서
잘못 걷고 있는 것이 아닌가 불안했습니다.
그러면서도 발길을 돌리지 않았고요.

돌아본 길

2015년 7월 12일 일요일
태풍 찬홍의 영향으로 종일 비가 내렸습니다.

이제 51일만 지나면 나는 더 이상 교사가 아닙니다.
내게 있어서 교단의 생활을 전반부와 후반부로 나눈다면
원주-인제-원주로 이어진 제일~제육중학까지를 전반기,
인제-원주로 이어진 제칠~제십중학은 후반기라 하겠지요.

제오중학과 제육중학에서
나는 교내의 교사활동에서 중심이 되다시피 했습니다.
교육부나 학교 관리자 입장에서 보면
반체제나 비주류에 가까운 전교조 활동은 물론이고,
주류라고도 볼 수 있는 학운위 활동에서도
나는 두 학교에서 중심적인 역할을 했습니다.

특히 제육중학에서는 원주시학운위연합회장님과 함께
원주시학운위연합회보를 창간해서 2호까지 발간했습니다.

학운위 초창기인 당시로서는 제육중학의 학운위 활동은
학교운영위원회의 모범 사례에 가까울 정도로
뛰어난 활동을 했다는 평가를 받기도 했습니다.
그로 인해 표창과 함께 큰 상품도 받았고요.

내가 어떻게 그런 활동을 했는지 그저 놀랍기만 합니다.
그러나 그로인해 나는 승진과는 거리가 멀어졌습니다.
그것으로 인해 누가 나를 제외시킨 것은 아니지만
그쪽으로 눈을 돌리는 것은
정체성이 사라지는 것이라고 여기며 생각을 접었지요.

나의 생활에 대해 가끔은 후회도 했습니다.
그러나 지금 와서 다시 되돌아보아도
마음을 바꾸지 않은 것이 역시 다행이라고 생각합니다.
나답게 살아왔으니까요.

2015년 7월 13일 월요일
가끔 비가 내렸으나 강우량은 많지 않고 곧 개였습니다.

이제 50일만 지나면 나는 더 이상 교사가 아닙니다.
학기 초에는 이런저런 피해 의식과 섭섭함을 느꼈지만
그런 피해 의식과 섭섭함이 오히려 약이 되었습니다.
3차례의 추억여행은 나를 돌아볼 기회를 주었고,
교단에서의 나의 위치를 다시 생각하게 해주었습니다.
한차례 홍역을 겪고 나서 심신이 더 굳어졌다고 할까요?
이제 누가 뭐라고 하던 풍파에 흔들리지 않을 듯합니다.

2015년 7월 14일 화요일

가끔 비가 내렸으나 강우량은 많지 않고 곧 개였습니다.

이제 49일만 지나면 나는 더 이상 교사가 아닙니다.
교단의 마지막 해인 2015학년도를 맞을 때는
나름의 포부를 펼치겠다는 다짐도 굳게 했습니다.
학생들에게 마지막 열정을 불태우고 싶었고,
동료들과 친화를 다지고 싶었으며,
교단생활에서 오랫동안 함께 했던 우취반에서도
유종의 미를 거두고 싶었습니다.

하지만 이 모든 일이 엉망이 된 상황입니다.
5월까지만 해도 이런 분위기를 이해할 수 없었고,
끓어오르는 분노를 참기 힘들었습니다.
그래도 세월이 약인 것일까요?
이렇게 담담함을 유지하고 있으니
아픈 만큼 성숙해진다는 말이 진리인 듯합니다.

학년 초를 맞을 때 나의 목표를 되새겨 보겠습니다.
첫째, 지금 근무하는 교실인 도서관을 떠나고 싶었다.
둘째, 교재연구를 유감없이 하고 싶었다.
셋째, 마지막으로 수학여행을 가고 싶었다.
넷째, 동료들과 친화를 다지고 싶었다.
다섯째, 우취반 활동에서 유종의 미를 거두고 싶었다.
여섯째, 떠날 때는 편안하게 가고 싶었다.

이 꿈들이 어이없게 하나하나 사라져갔습니다.
1~3항이 무산된 뒤 의욕을 상실한 나는

4~6항을 자의반 타의반으로 포기했습니다.
그 과정과 지금의 심경을 내일부터 돌아보려 합니다.

2015년 7월 15일 수요일
무더운 여름 날씨였습니다.

이제 48일만 지나면 나는 더 이상 교사가 아닙니다.
올해 내가 바랐던 첫째는 도서관을 떠나는 것이었습니다.
이곳은 여름에는 덥고, 겨울에는 추웠습니다.
또한 공사 중인 차량 통행이 자주 다녀서
늘 창문을 닫고 살아야 하니 답답했고요.
창문을 열어도 보이는 것은 벽뿐이니 운치도 없었지요.

뿐만 아니라 함께 근무하는 동료들도 부담스러웠습니다.
도서실에는 나 외에 여선생님 두 분이 있었습니다.
이성이다 보니 자연스러운 대화가 힘들기도 했지만,
두 분과 식사를 함께 하기 힘든 것이 부담스러웠습니다.
한 분은 채식 위주로 드시니 함께 할 식사가 드물었고,
한 분은 뜨거운 것을 안 드니 차도 혼자 마셔야 했습니다.

나의 삶에서 즐거움 중에 하나는 먹는 것이었고,
동료들과 식사를 함께 하는 것이 기쁨이기도 했습니다.
도서실에서는 그것이 쉽지 않으니 답답하기도 했고요.

그러다 보니 고까운 생각에 잠기곤 했습니다.
상담실에서 근무하고 있던 나를 도서실로 옮긴 것은
A선생님을 상담실에 근무하게 하기 위한 것이 아닌가?

그 선생님과는 허물이 없는 사이였으므로
그것까지는 수용할 수 있다고 하자.
A선생님이 퇴임했으면 상담실로 돌려보내야 하지 않나?
그런데 이곳에 계속 머물게 한 것은……
1학기면 교단을 떠날 나보다는
앞으로 오래 있을 선생님을 우선 배려한 것이 아닌가?

그것이 불만이라는 것이 아닙니다.
오래 있을 사람을 배려하는 것은 당연합니다.

하지만 교단에서 바라던 것들이 하나하나 무너져가니
도서관에 그대로 근무하는 것조차
상처로 느껴질 정도로 섭섭한 마음을 느낀 것이지요.
내가 원했던 상담실로 갈 수 있었다면,
올해 수업을 하면서 나의 힘들었던 부분이
상당 부분 감소될 수 있었을 것입니다.

도서실에서 3층 교실까지 가려면 이동시간이 3분인데
치질 수술 후유증이 남아있던 학기 초에는
그것이 상당히 부담스러웠으니까요.
그러나 3층 상담실에서 근무했다면
수업하는 교실까지 1~2분이면 갈 수 있습니다.
이동이 힘겨웠던 나의 애로사항이 해소되었겠지요.
그렇게 생각하니 도서실에 있는 것이 싫어졌습니다.
적어도 5월까지는 그런 생각에 잠겨 있었지요.

2015년 7월 16일 목요일

오늘도 맑은 날씨가 이어지고 있습니다.

이제 47일만 지나면 나는 더 이상 교사가 아닙니다.
올해 내가 바랐던 둘째는 충실한 교재연구였습니다.
내가 교단에서 실천하고 싶었던 꿈 중에 하나는
시간마다 내가 만든 프린트로 수업을 하는 것이었지요.
그동안 부분적으로 그 꿈을 이룬 적은 있었으나
내가 생각했던 수업과는 여러모로 거리가 멀었습니다.

올해는 한 학년만 맡아서 교재연구에 전념하고 싶었습니다.
그러나 자유학기제 실시로 인해 두 학년을 맡게 되었고,
수업 시간도 20시간이나 되었습니다.
프린트 한 장을 만드는데 1시간 30분 정도가 소요되는데,
하루에 두 학년 3시간을 투입한다는 것은 무리더군요.
5개 학급 160장을 복사하려면 1시간 이상이 걸렸고요.
하루에 4~5시간의 수업을 하면서
4시간 이상 시간을 내기가 거의 불가능한 일이었지요.

뿐만 아니라 내가 맡은 교실은
1~2학년 5개 학급이 모두 3층이었습니다.
그것도 같은 건물이 아니라
나의 근무실은 별관인 도서관 1층이고,
2학년 교실은 또 다른 별관 끝 3층,
1학년 교실은 본관 3층입니다.
도서관에서 별관 끝까지 가려면 3분, 왕복 6분입니다.
하루 수업이 5시간이 있는 날에는

교실을 오가는 데 투입하는 시간만 30분이었고요.

처음에는 1학년이나 2학년이 연속해서 수업이 있는 경우
도서실로 오지 않고 교실에 그대로 있었습니다.
하지만 내가 교실에 남는 것을 아이들이 싫어하더군요.
쉬는 시간에 선생님이 있는 것이 부담이 되었겠지요.
또한 다음 시간이 체육시간이면
옷을 갈아입어야 하니 내가 있을 수 없고,
음악이나 미술 시간이면 학생들이 이동을 해야 하니
역시 있을 수가 없었습니다.

더구나 3월초에는 치질 수술 후유증이 남아 있었습니다.
계단을 오르내릴 때는 통증이 느껴졌고요.
3월 두 주가 지났을 때는 다리가 아프고 항문도 뻐근했지요.
그런 육체적인 고통이 분노를 더욱 치솟게 했습니다.

교과배정 회의를 할 때 나는 출장 중이었습니다.
6명이나 되는 동교과 후배 선생님들이
자신들이 맡고 싶은 학년과 교실은 나눠 갖고
내게는 최악의 학년과 교실을 남긴 것이 아닌가,
그런 생각이 들었고요.
이런저런 생각에 울화가 치밀었던 것이지요.

6월 들어서 모든 것을 잊으며 마음을 비울 때까지
두어 달은 심화를 달래기 힘들었습니다.
분노를 참지 못하고 터뜨린 것이 민망하기는 하지만,
그렇다고 후회를 하지도 않습니다.
아무튼 말을 하면서 힘든 마음을 삭일 수 있었으니까요.

2015년 7월 17일 금요일

구름이 약간 끼고 가을처럼 선선한 날씨였습니다.

이제 46일만 지나면 나는 더 이상 교사가 아닙니다.
올해 내가 바랐던 셋째는 마지막 부담임을 맡은 학생들과
수학여행 또는 야영을 함께 하는 것이었습니다.
그것은 무리한 소원도 아니라고 생각했습니다.
나는 1학년과 2학년을 담당했고, 부담임이기도 했습니다.
교직을 마감하면서 마지막 학생들과 함께 하고 싶은 것이
인지상정이고 그 정도의 배려는 할 것이라고 기대했지요.
또한 나의 특기는 블로그 포스팅입니다.
내가 체험활동의 과정을 세밀하게 기록한다면
학생들에게도 좋은 추억이 되리라고 믿었습니다.

그러나 나는 어느 쪽으로도 가지 못했습니다.
가자는 말은 물론 내 의사를 묻는 일도 없었고요,
그렇다면 사흘 동안 연가를 맡고
이런저런 정리를 하려고 했지요.

그러나 나는 학교에 남아서 들어가지도 않는
3학년의 보강을 다섯 시간이나 해야 했습니다.
도서실을 떠나고 싶었던 첫째 소망과,
교재연구에 정열을 불태우려던 둘째 소망이 무산되고,
세 번째 소망마저 사라지자 마음이 몹시 흔들렸지요.

문득 10여 년 전 제육중학에서 근무할 때가 떠올랐습니다.
그때 나는 ○○부장이었습니다.
○○부에는 퇴직을 앞둔 A선생님이 계셨고요.

B교감선생님은 나를 부르더니 이런 말씀을 하셨습니다.

"내가 말하는 것보다 연부장이 말하는 것이
A선생님한테 편할 것 같아서 그러는데…….
연부장이 A선생님한테 물어봐.
마지막 수학여행을 가고 싶으신지,
아니면 쉬고 싶으신지, 원하시는 대로 처리해드릴게.
연부장의 생각인 것처럼 말씀 드려야 해."

나는 A선생님께 조용히 여쭈어보았습니다.
수학여행 동안에 어떻게 하고 싶으신지
말씀해 주시면 교감선생님께 건의하겠다고…….

그분은 이렇게 대답하셨습니다.
"부장님, 고맙습니다.
내가 오늘 하루 생각해 보고 내일 말씀드릴게요."

다음날 A선생님은 "집에서 쉬고 싶다."라고 하셨고,
교감선생님께 전하자 연가를 받도록 조치하셨습니다.

그 뒤 나는 학교를 옮길 때마다
그 학교에 퇴직을 앞둔 선생님이 계실 때는
교감선생님이나 교장선생님께 건의했습니다.
○○○ 선생님에게는 올해가 마지막 해인데
학생들과 추억을 남기도록 하는 것이 어떻겠냐고…….
교장·교감 선생님들은 대개 수용하시더군요.

하지만 안타깝게도 나를 위해서는
그런 생각을 해주시는 분이 안계셨습니다.

체험활동을 가거나 연가를 맡기는커녕
들어가지도 않는 학년에서 보강까지 하라고…….

그것이 법적으로 잘못된 것은 아닙니다.
제십중학의 체험활동 인솔교사 원칙은
해당학년 전담교사만 가는 것이었습니다.
나는 1학년 전담교사가 아니니 1학년 야영을 갈 수 없었고,
2학년 전담교사가 아니니 2학년 수학여행을 못가는 것이
잘못된 처사라고 할 수는 없지요.

그러나 국어과 교사들이 두 학년을 맡은 것은
어쩔 수 없는 학교 상황 때문이었습니다.
또한 전담교사만 수학여행을 가는 것이
3년간 철저히 지켜진 적은 한 번도 없었고요.

아마 내 생각을 교장·교감 선생님께 말씀드렸거나
학년부장선생님께 넌지시 귀띔을 했다면
차마 거절하지는 않으셨겠지요.
하지만 원하지 않는데 굳이 말하고 싶지는 않았습니다.

그 이후 나는 마음속에 쌓인 생각을
이곳저곳에서 토로하기 시작했습니다.
체험활동을 다녀온 뒤 2학년 회식을 할 때는
섭섭한 마음을 숨기지 않았으며,
내가 만나는 각종 모임 때마다 이 이야기를 했습니다.

그리고 나는 수학여행기간 동안에
내게 주어진 보강을 마친 뒤에 조퇴를 맡고는

추억이 담긴 곳들을 방문하고 왔습니다.
중간고사와 기말고사 때도 그랬고요.

예전의 나였다면 이런 행동을 하지 않았겠지만,
학교에 대한 모든 애정을 접으면서 그렇게 한 것이지요.

고향에 가서는 어린 시절 추억이 서린 곳을 돌아보았고,
춘천에서는 학창시절의 벗을 만나서 함께 다니면서
그 시절의 추억을 더듬었습니다.
초창기 근무지에서는 초임교사 시절을 더듬어 보았고요.

이제 와서 생각하니 나의 행동에서 치기가 느껴집니다.
지금까지 잘 참다가, 마지막 몇 달을 그래야 했을까,
그런다고 달라질 것은 아무것도 없는데 굳이……

그러나 후회하지 않습니다.
떠나는 교단에 대한 미련을 버릴 수 있었고,
나름의 추억을 만들 수 있었으니까요.

세 번의 추억여행은 교단에서 체험한 어떤 수학여행보다도
더 좋은 추억으로 기억될 듯합니다.
내가 갔던 곳은 퇴임 후에도 갈 수 있겠지만,
재직 중일 때와 퇴임 후는 성격이 다를 테니까요

내가 계획하고 실행했던 추억 여행은
가슴속에 덮이던 그늘을 덜어내면서
많은 생각을 할 수 있었던 소중한 체험이었습니다.
체험활동에 동반시키지 않음으로써
그런 여행을 할 기회를 주었던 상황이

지금에 와서는 진심으로 고맙게 느껴질 만큼…….

2015년 7월 18일 토요일
비가 왔으면 싶었지만, 약간 흐리면서 맑기만 했습니다.

이제 45일만 지나면 나는 더 이상 교사가 아닙니다.
올해 내가 바랐던 넷째는 동료들과 친화였습니다.
교직을 떠난 이후에 가장 인상에 남을 학교가
마지막으로 근무한 지금의 학교가 되겠지요.
그렇다면 남은 기간 동안 좋은 인상을 남김으로써
앞으로도 친교를 이어가고 싶었고요.

결론적으로 이 꿈은 사라졌습니다.
우선 주당 20시간에 매일 평균 4시간의 수업과
2시간 정도의 교재연구에 시달리다 보니
몸과 마음이 지치고 친교를 생각할 여유가 없었습니다.
주중에도 피곤했고, 주말에는 시골집에 가야했으니
쉴 여유가 없었습니다.

더구나 학기 초 교과편성으로 인해
동교과 선생님들에게 섭섭한 마음이 생겼고,
관리자 선생님에게도 거리감을 느끼게 되었습니다.

가까이 해야 할 사람들과 가까울 수 없는 상황인데
누구와 무슨 동료애를 나누겠습니까?
그저 교단을 떠날 날만 기다렸을 뿐입니다.

내게 더 문제가 있는지도 모른다고 반성은 합니다.
내가 먼저 마음을 열고 다가갔다면
분위기가 달라졌을 수도 있었을 것입니다.

그러나 그렇게 했다고 해서 무슨 의미가 있겠습니까?
교단에서 동료들과 나눈 정이 별 것 아닙니다.
헤어지고 나면 각자 서로의 현실에 충실해야 하니
정을 나눈다는 것이 큰 의미는 없는 것이지요.
이제는 섭섭한 마음도 없고, 후회도 없습니다.
길게 생각하면 올해의 인간관계가
내가 성숙할 수 있는 고마운 계기였다고 보고요.

2015년 7월 19일 일요일
비가 내리는 듯했지만, 오후가 되기도 전에 그쳤습니다.

이제 44일만 지나면 나는 더 이상 교사가 아닙니다.
올해 내가 바랐던 다섯째는 우취반 활동의 유종의 미입니다.

우표 수집은 나의 가장 오랜 취미입니다.
초등학교 저학년부터 시작한 나의 우표 수집은
시골의 또래 친구 중에서는 제법 화려한 컬렉션이었습니다.
중학교 시절에는 우표를 정리하는 것이 즐거움이었고,
고등학교 시절에는 우표수집에서 마니아 수준인
이웃학교 동급생인 A를 만나서 상식을 높였습니다.

대학시절에는 강원대학교에서 호반우취회를 조직하여
춘천문화원에서 2회에 걸쳐서 전시회를 했고,

국어과 졸업전시회 때는 개인작품전으로 참가했습니다.
춘천문화원에서 열린 호반우취회 전시회는
대학우취회가 시도한 춘천 최초의 전시회일 것입니다.

당시 나의 권유로 우취회에 가입했던 B군은
뒷날 강원우취계의 거목으로 성장하여
태백우취회의 중심으로 활동하기도 했습니다.

교단에서 맡은 특활부서의 대부분이 우취반이었습니다.
다양한 우취반 관련 활동을 통해
우정사업본부장 표창을 2회에 걸쳐 받기도 했습니다.
작년에는 우체국문화반협약에 의해서
원주우체국에서 금전적인 지원도 받았고요.

이런 인연이 있는 우취반을 마지막까지 열심히 하는 것은
개인적으로나 공적으로나 당연한 일일 것입니다.

그러나 우정청에 출장을 갔다가 교과배정을 논의하는
제십중학 국어과 교과협의회 시간에 빠짐으로 인해
최악의 시간표라고 생각되는 결과가 빚어졌습니다.

또한 우체국문화반 활동의 차원에서
편지 작가 초빙 교원연수, 사랑의 엽서쓰기 전교생 참가,
국군장병 위문엽서 쓰기 등 갖가지 행사를
거의 혼자의 힘으로 기획하고 시행하다 보니
시간에 쫓기면서 탈진할 정도였고요.

떠나는 학교에 무슨 미련이 있다고,
3백만 원의 지원금을 확보해서 학교에 남겨주겠다며

강원우정청 회의에 참석했을까요?
그 회의에 참석하는 출장을 가지만 않았다면
나는 불리한 시간표를 맡게 되지 않았을 것이고,
한 학기 동안 우취반 일에 매달리지 않았을 테니
교단의 마지막이 여유가 있었으리라는 생각이 들었습니다.
그런 생각을 하니 우취반이 신명이 나기는커녕
울화를 참으며 힘겹게 견딘 적이 많았습니다.

그러나 우취반은 평생의 추억이 서린 활동입니다.
특히 3백만원의 지원금까지 받아서
각종 사업을 펼친 것은 행운일 수도 있고요.
이런 과정에서 전개한 교직원연수, 편지쓰기 대회 참가,
위문엽서 쓰기 등의 행사들은
강원도 학교 우취반 활동에서 의미가 있을 것입니다.

3개월 동안 심란했던 것은
불행이 아니라 행복한 비명이었을 것입니다.
그것을 이제야 깨달았으니 너무 늦었네요.
아마도 나의 그릇의 한계이겠지요.

2015년 7월 20일 월요일

태풍이 다가온다고 하지만 날씨는 맑기만 합니다.

이제 43일만 지나면 나는 더 이상 교사가 아닙니다.
올해 내가 원했던 여섯째는 깔끔한 주변정리였습니다.

3월부터 나의 목표는 교무실의 내 자리를
단출하고 깨끗하게 정돈하는 것이었습니다.
떠날 때는 가방 하나만 들고 갈 수 있도록…….

그러나 아직도 교무실에 남아있는 짐이 적지 않네요.
내 계획이 실패한 이유는 첫째는 나의 정리부족이겠지요.
다음으로 수업과 교재연구와 우취반 일 등으로
학교에서는 여유 시간이 없었던 것이고요.
어쩌다 시간이 난다고 해도
고단한 몸과 마음으로 집중이 안 되었습니다.
내일이나 다음 주로 미루다보니 방학을 맞게 되었네요.

그러나 정리를 하고 못하고가 무슨 관계가 있겠습니까?
정리하여야겠다는 생각을 꾸준히 했다는 것만으로도
내 생활에서 무엇인가 남는 의미가 있을 것입니다.

2015년 7월 21일 화요일

여전히 맑은 날씨가 이어지고 있었습니다.

이제 42일만 지나면 나는 더 이상 교사가 아닙니다.
교단에서 마지막 해를 맞아 내가 이루고 싶었던
여섯 가지의 목표가 모두 무산되었습니다.

그 원인은 무엇인지 생각해 보았습니다.
당연히 나의 능력 부족이나 성격의 문제일 것입니다.

하지만 그렇게 여긴다면 내가 너무 초라하지 않겠습니까?
건강, 시골집 농사, 블로그를 생각해 보겠습니다.

건강으로는 작년 12월의 치질수술 후유증과
5년째 지속되고 있는 피부질환이 힘겨웠습니다.
한편 올해 갑자기 악화 된 비염 증세도 있고요.

치질수술은 평생을 망라한 가장 큰 고통이었습니다.
치질 수술의 후유증이 그렇게 오래갈 줄도 몰랐지요.
겨울방학이 지나고 새 학년도가 시작 때까지도
몸의 상태가 정상이 아닐 정도로 힘겨웠으니까요.

5년째 지속되고 있는 피부그림증은
병원에서는 별 것이 아니라고 하지만 내가 불편했습니다.
매일같이 약을 복용해도
약의 효과가 거의 없다는 초조감도 있었고요.

올해 갑자기 시작된 비염은 뜻밖에도 심각한 상태입니다.
잠을 자던 중에 숨이 막혀서 깨기도 할 정도였지요.
잠을 자다 죽는 것이 아닌가, 라는 생각이 들었습니다.

지금은 치질 후유증이 사라진 상태이고,
비염이나 피부그림증도 소강상태이기는 하지만,
이런 신체의 문제들이 의욕을 꺾은 것이지요.
아무튼 퇴직을 하면 이런 장애들은 거의 사라지거나
걱정거리가 안 될 것이라고 봅니다.

그런 의미에서 40여 일 남은 퇴직이 즐겁기만 합니다.

2015년 7월 22일 수요일

비가 내리는가 싶더니 이내 맑은 날씨가 이어졌습니다.

이제 41일만 지나면 나는 더 이상 교사가 아닙니다.
2015년에 이루고 싶었던 일들이 무산 된 둘째 요인은
시골집의 농사 때문입니다.

내가 농사를 싫어하는 것은 아닙니다.
제팔중학에서 근무하던 시절에 관사의 텃밭에 정을 붙이고
10여 가지의 작물을 4년 동안 무농약으로 재배했습니다.
당시 텃밭을 가꾼 동료들 중에
완전 무농약으로 재배해서 성공한 사람은 나뿐입니다.
나는 아침, 저녁으로 짬이 날 때마다 잡초를 뽑았고,
그것으로 퇴비를 만들어서 다음해에 밭에다 뿌렸습니다.
또한 매일같이 물을 주었고, 비가 오면 북돋기를 했습니다.
그런 정성에다 행운도 따라서 4년간 성공을 한 것이고요.

동료들도 신기해했습니다.
농약과 비료가 없이, 퇴비와 물만으로 농사가 가능했냐고?

그러나 지금 시골집의 농사는 차원이 다릅니다.
넓은 잔디밭과 100여 평의 밭을
일주일에 한 번씩 정리하는 것으로는 어림도 없고요.
그야말로 쉬지 않고 일해도 끝이 나지 않더군요.

평일에는 수업과 교재연구로 기진맥진한 상태이고,

주말에는 시골집에 들어가서 종일 일을 해야 하니
몸은 파김치가 되고 짜증만 났습니다.

더구나 나의 고질이 된 피부그림증의 주원인이
농사 때문이 아닌가, 라는 생각도 들었고요.
병원에서 각종 검사를 한 결과에 의하면
내 몸이 음식물에 대한 저항력은 이상이 없으나
진드기나 먼지 등에는 취약하다는 반응이 나왔습니다.
농사를 비롯한 시골의 환경들이
내 몸에 부정적인 모든 요소를 지니고 있는 것이지요.

시골집 농사만 아니라면
교단에서 겪었던 상당부분의 어려움이 없었을 것입니다.
주중에 밀린 교재연구를 주말에 보완할 수도 있고,
어느 정도 여유를 갖고 월요일을 맞았다면
주중의 고통도 줄어들었겠지요.

이 모든 고뇌는 퇴직만 하면 해결이 됩니다.
퇴직과 동시에 혼자 시골로 들어갈 예정입니다.
반나절은 집 가꾸기와 농사일을 하고,
반나절은 책도 보고 블로그도 가꾸면서 생활하고…….
일주일에 하루나 이틀 투자하는 일을
주중에 매일 4시간씩만 투자하면 충분하리라고 봅니다.

하고 싶지 않은 일을 억지로 하는 것이 아니라
제팔중학에서처럼 스스로 찾아서 일을 한다면
짜증은커녕 즐거움을 느끼면서
피부그림증도 호전되리라고 기대하고 있고요.

2015년 7월 23일 목요일

모처럼 시원한 빗줄기를 보여주었습니다.

이제 40일만 지나면 나는 더 이상 교사가 아닙니다.
2015년 이루고 싶었던 목표가 무산 된 셋째 요인은
중독에 가까울 정도로 몰두했던 블로그 활동이었습니다.

인터넷 활동은 나의 자존심 중에 하나입니다.
네이버 지식인 초대 네이버후드어워드 선정을 비롯하여
명예지식인 등 각종 이벤트에 이름을 올렸던 나는
지식인 초창기를 빛낸 전설 중에 한 명이었습니다.
edu에서도 수만 명의 교사홈페이지 중에서
손가락을 꼽을 정도로 상위권에 있었으며,
네이버와 예스24 블로그에서 내 존재는 작지 않았고요.

문제는 투입되는 시간이 너무 많았다는 것입니다.
고단한 학교 일정과 맞물려 더욱 힘겨웠고요.

고심 끝에 네이버 블로그를 포기하다시피 했지만,
B인터넷서점의 북클럽활동을 제안 받고 참여하게 되니
블로그에 투자하는 시간은 변함이 없었습니다.
백만 원 정도의 도서상품권을 주는 B인터넷서점의 유혹은
거절하기 힘든 유혹이었지요.

블로그 활동은 나의 힘든 나날을 더욱 힘겹게 했지만,
아무튼 무사히 견디고 오늘까지 왔습니다.
퇴임하면 시간이 남아서 고통스러울 정도라고 하는데,
내게는 블로그 활동이 있으니 그런 걱정은 없겠지요.

확신할 수는 없지만 블로그는 퇴임 후의 나의 생활에
보람과 기쁨을 주리라고 기대하고 있습니다.

2015년 7월 24일 금요일
많지는 않았지만 종일 그치지 않고 비가 내렸습니다.

이제 39일만 지나면 나는 더 이상 교사가 아닙니다.
교직에서 내가 보람을 느끼거나 기뻤던 일을
한 열 가지 정도를 헤아려 보았습니다.

첫째, 가족의 성립
둘째, 인터넷 활용을 통한 성취감
셋째, 학생들의 글짓기와 교과 지도
넷째, 『조신부님과 임회장님』 발간 조력
다섯째, 교단문예상 소설부문 당선
여섯째, 문중사 연구 및 뿌리 찾기
일곱째, 언론 노출 및 원주투데이 시민기자 활동
여덟째, 독서와 리뷰쓰기 생활화
아홉째. 우취반 지도 및 추억을 쌓음
열째, 당연한 일이지만 정년까지 옴.

내일부터 이 열 가지를 하나하나 더듬어보려고 합니다.

2015년 7월 25일 토요일
흐리면서 비가 그치지 않고 내렸습니다.

이제 38일만 지나면 나는 더 이상 교사가 아닙니다.
교직에서 보람을 느꼈던 첫째는 당연히 가족의 성립입니다.
교단에 선 뒤에 결혼을 하고,
아들과 딸을 두었으며, 손자와 손녀까지 태어났습니다.

내가 남편이나 부모로서 어땠는가는 별개로 하고,
아무튼 조상의 대를 이었고, 한 집안을 일으켰습니다.
그렇다면 보람과 기쁨이 아닌가 싶네요.

2015년 7월 26일 일요일
맑고 무더운 날씨입니다.

이제 37일만 지나면 나는 더 이상 교사가 아닙니다.
교직에서 보람을 느꼈던 둘째는 인터넷 활동입니다.
네이버 지식인에서의 전설적인 활동 외에도
예스24를 비롯한 여러 인터넷 서점에서의 나의 활동은
괄목할 만한 실적과 함께 많은 혜택도 따랐습니다.

그러나 양지가 있으면 음지도 있는 법이겠지요.
인터넷 활동이 가정과 직장의 방해요소면서
갈등의 요인도 되었습니다.
해야 할 일을 못하기도 했으니까요.

이제 퇴임을 하고 나면 인터넷 활동이
나의 여가선용에 도움이 될지도 모르겠습니다.

퇴임 후에 '나와 인터넷'과의 관계가 어떻게 될까요?
인터넷의 세상에서 더 뛰어난 고수가 되거나,

다른 일을 찾아 그쪽에 빠져들 수도 있겠지요.

2015년 7월 27일 월요일
무더운 날씨가 이어졌습니다.

이제 36일만 지나면 나는 더 이상 교사가 아닙니다.
교직에서 보람을 느꼈던 셋째는 글짓기 지도입니다.
내가 가르친 학생이 전국 1위나 단체상 등을 받아
지도교사 상을 타게 된 경우는 세 번입니다.

제이중학 때 A양이 재활문고독후감대회에서 금상을 받았고,
제삼중학 때 B양이 납세글짓기 대상을 받았으며,
동방생명의 좋은책 읽기 대회에서는 단체상을 받았습니다.
특히 재활문고 독후감대회 때는
당시 자행회 총재였던 이방자여사로부터 상을 받았는데
대한제국 마지막황태자비의 상은 의미가 있겠지요.

그밖에 도단위 대회나 시군대회의 입상자는
수백 명 단위이니 헤아리기 힘들 정도입니다.

더욱 즐거운 것은 학생을 지도하면서
나의 문장력도 함께 향상되었다는 것입니다.
교단생활 초기만 해도 한글워드가 없던 시절입니다.
나의 지도방법은 학생이 써 온 글을 몇 군데 지적한 뒤에
자신의 생각을 덧붙여서 다시 쓰게 했고,
다음날 다시 써오면 다시 몇 군데 고친 뒤에
다시 쓰게 하는 식입니다.

그것이 많을 경우에는 열 번을 넘기기도 했습니다.

학생 입장에서는 똑같은 글을
그것도 시가 아닌 긴 산문을 반복해서 쓰려니
상당히 고통스러웠을 것입니다.
하지만 그런 과정을 통해서 학생의 문장력은 향상되었고,
글을 지도하면서 나의 글도 좋아졌습니다.

간혹 지도를 한다기보다는 토의를 한다고 해야 할 정도로
문장이 뛰어난 학생도 있었습니다.
제오중학의 C양과 D양은 도움이 거의 필요 없을 정도의
뛰어난 문장력을 지닌 학생들이었지요.
지금은 마흔을 바라 볼 그 아이들은
어떤 일을 하고 있는지 궁금하기도 합니다.

마지막으로 지도한 학생이 제팔중학의 E양입니다.
군계일학이었던 이 학생은
나의 지도를 통해 각종글짓기대회 입상은 물론
독서퀴즈대회, 논술, 한문 경시대회에서
인제군을 평정하다시피 했으니
학교의 자랑이자 나의 자랑이기도 했지요.

제구중학부터는 워드가 일반화되니
학생들이 워드로 쓰겠다고 했고,
원고지에 쓰면 좋겠다고 해도 써오는 학생이 없었습니다.
나 역시 원고지 필체보다는 워드 글씨에 익숙해졌고요.
그렇게 지도하려니 흥이 나지 않아서
자연스럽게 글짓기 지도를 접고 말았습니다.

문예 지도를 그만 둔 이유는
나 자신이 독서나 블로그 활동에 탐닉하면서
나를 위해 포기했다는 것이 더 정확한 표현일 것입니다.
그런 생각을 하니 학생들에게 미안한 마음도 듭니다.

2015년 7월 28일 화요일
맑고 무더운 날씨가 이어지고 있습니다.

이제 35일만 지나면 나는 더 이상 교사가 아닙니다.
교직에서 보람을 느꼈던 넷째는
『조신부님과 임회장님』의 발간에 힘을 보탰다는 것입니다.
호주에서 태어나신 조필립보 신부님은
1940년에 우리나라에 오신 후 1998년에 귀국하실 때까지
58년 동안 주로 시골본당에서 평생을 바친 분입니다.
임숙녀 회장님은 1956년에 내 고향인 서석공소에 오신 후
1998년에 은퇴하실 때까지 42년 동안
조 신부님의 도우미로 하느님 사업에 동참하셨고요.

나의 선친께서는 임회장님과 함께
조신부님의 지도를 받으면서 고향에 성당을 세웠습니다.
임회장님은 아버지와의 인연을 생각하시고
당신과 조신부님의 선교활동일지를 내게 보내주셨지요.
선친과 고향의 추억이 담긴 글을 읽으며
나는 애정을 갖고 한글워드로 정리했고요.

정리한 글을 보신 임회장님은 몹시 고마워하셨습니다.

그 기록을 보신 서석본당의 정원일 신부님께서는
책자로 펴낼 것을 제의하셨고요.
그렇게 해서 나온 책이 『조신부님과 임회장님』이고,
그 책은 춘천교구에서 중요한 자료로 평가된다고 합니다.
또한 그 책의 기록으로 인해 나의 선친의 신심이 알려져서,
선친께서는 춘천교구 70주년 기념 책자에서
'신앙의 선조' 열 분에 포함되는 은혜를 받기도 했습니다.

내가 국어교사로서 어느 정도 문장력이 있다면,
이 책의 발간에 힘을 보탰다는 것 한 가지만으로도
충분히 의미가 있는 것이라고 생각합니다.

2015년 7월 29일 수요일
폭우는 아니지만 밤새 내린 비가 오전까지 이어졌습니다.

이제 34일만 지나면 나는 더 이상 교사가 아닙니다.
교직에서 보람을 느꼈던 다섯째는 교단문예상 당선입니다.

교단문예상은 단국대학교에서 전국의 교사를 대상으로
시, 소설, 교육수기의 3개 분야에서 현상공모한 대회입니다.
나는 2002년도 제3회 대회의 소설부문에서
『피리 부는 사나이』로 당선되었고요.
상금도 거액인 2백만 원이나 되었습니다.
내가 받았던 각종 상금 중에 최고금액이지요.

그때까지 수필에 가까운 이런저런 잡문은 썼지만
소설을 쓰기는 처음이니, 첫 작품이 당선된 것이고요.

그 작품은 군대시절 병참학교에서 겪은 실화를 바탕으로
20여 년 동안 수십 번이나 퇴고를 거듭했던 글입니다.
그러면서 원고지 20여장이 100여 장으로 확장되었지요.

내 문장력은 스스로 평가해도 뛰어난 것과는 거리가 멉니다.
그저 자신의 생각을 전달하는 수준이라고 할까요?
그럼에도 불구하고 전국적인 공모전에서 수상을 한 요인은
첫째는 행운이 따랐고,
둘째는 오랜 기간 퇴고가 이루어졌기 때문일 것입니다.

소설부문의 당선은 아쉬움이기도 합니다.
그 글이 처음이자 마지막 작품이니까요.
앞으로도 새로운 작품을 쓸 것 같지가 않으니,
교단문예상 당선은 나의 자랑이자 한계이기도 하겠지요.

2015년 7월 30일 목요일
어제 오전에 비가 그친 뒤 무더위가 이어지고 있습니다.

이제 33일만 지나면 나는 더 이상 교사가 아닙니다.
교직에서 보람을 느꼈던 여섯째는 '문중사 연구'입니다.

학창 시절부터 역사교과에 자신이 있었던 나입니다.
자연스럽게 족보에도 관심을 기울였고요.
그러나 나의 성씨는 인구수로는 전국 70위권이고,
과거급제자도 4명에 불과할 정도로 세력이 약했습니다.
연구를 할 정도로 이름이 난 선조도 많지 않았지요.

그러던 차에 원주에 문중 화수회가 창립되고,

연완희 대동종친회 회보 편찬이사님을 알게 되었습니다.
대부님은 나의 보학연구를 적극 밀어주었고,
나의 존재는 대동종친회에서도 알려지게 되었습니다.
최근에 발간된 족보에서 문중 유래 부분은
대부분 나의 주석을 참고한 것이고,
인터넷에 떠도는 문중사도
내 글을 가져가서 적절히 첨삭한 것이 다수입니다.

문중에는 나보다 더 유능한 종친이 많이 있지만
그런 분들은 문중의 뿌리에 대해 관심이 없고,
족보에 관심이 있는 어른들은 역사와의 연계가 약합니다.
지나친 자부심인지는 모르지만,
현재 우리 문중에서 뿌리 찾기를 역사와 연결시켜서
문중의 역사로 꾸밀 수 있는 저력을 지닌 사람은
어쩌면 내가 유일하지 않나 싶은 마음입니다.

2015년 7월 31일 금요일
가끔 빗방울이 보였지만 대체로 맑은 날씨였습니다.

이제 32일만 지나면 나는 더 이상 교사가 아닙니다.
교직에서 보람을 느꼈던 일곱째는 시민기자 활동입니다.
작년부터 시작한 원주투데이시민기자 활동은
개인적으로 의미 있는 활동이었습니다.
매월 모여서 기사를 검토하는 시민기자 교육을 통해
기사문 작성법에 대해 전반적으로 익히는 과정은

글에 대한 새로운 충격이기도 했습니다.

시민기자 활동을 통해서 작성한 기사는
기사마다 1천 2백자 내외의 짧은 분량입니다.
그 짤막한 글을 쓰면서도 많은 생각을 떠올릴 만큼
글을 대하는 태도가 더욱 진지해질 수 있었습니다.
내 문장력을 다른 차원으로 상승시킨 계기였다는 점에서
시민기자 활동은 행운이었다고 생각합니다.

2015년 8월 1일 토요일
무덥고 맑은 여름 날씨가 이어지고 있습니다.

이제 31일만 지나면 나는 더 이상 교사가 아닙니다.
교직에서 보람을 느꼈던 여덟째는 '리뷰쓰기 생활화'입니다.

학창시절부터 독서를 즐겼다고 했지만
리뷰나 독후감을 쓴 경우는 거의 없습니다.
그러나 네이버 지식인 활동으로 인해서
책 상품권을 정기적으로 받게 되었고,
그것을 활용하기 위해 예스24에 블로그를 만들다 보니
자연스럽게 리뷰 작성이 생활화되었습니다.

지금까지 쓴 리뷰가 정확히 몇 권인지는 모르겠습니다.
다만 작년에 150권을 썼고, 재작년에는 210권을 썼습니다.
리뷰를 본격적으로 쓰기 시작한 것이 6~7년 정도 되니
천 권 내외를 헤아릴 듯싶군요.

리뷰를 쓰지 않을 때는 내용이 곧 잊히기 시작했고,

특히 건망증이 심해진 요즘은
그 기억이 일주일을 넘기지 못했습니다.
그러나 리뷰를 남기는 것이 생활화된 뒤에
독서의 의미가 더 확실해졌습니다.

한 해 동안 리뷰를 쓴 책의 독서량이 210권이었던
2013년의 실적은 꿈만 같습니다.
사흘에 2권꼴로 읽고 썼다는 의미가 아니겠습니까?
그중에는 학교 도서관에 있는 만화도 많았지만,
만화라고 해서 읽기가 쉬운 것은 아니고.
리뷰를 쓰기에는 오히려 더 어려울 수도 있습니다.

그러다 보니 독서 목표가 읽기 위한 독서가 아니라,
리뷰를 쓰기 위한 독서로 흐른 단점도 있었습니다.
앞으로는 즐기는 독서 생활을 하고 싶습니다.
리뷰 쓰기의 생활화는 독서생활을 더욱 풍성하게 했습니다.

2015년 8월 2일 일요일
밤새 내린 비가 오전 내내 계속되다가 오후에 갰습니다.

이제 30일만 지나면 나는 더 이상 교사가 아닙니다.
교직에서 보람을 느꼈던 아홉째는 '우취반 지도'입니다.

우표수집은 초등학교 때부터의 취미였습니다.
초등학교와 중학교 때는
미군부대에 근무한 친척 형님 덕분에
미국우표를 상당수 수집할 수 있었습니다.

고등학교 때는 우표 마니아인 친구 A군 덕분에
우취에 대한 상식을 넓힐 수 있었고요.
대학시절에는 학교 안에 호반우취회를 조직하여
강원지역에서는 최초로 대학우표전시회를 열었고,
졸업 때는 졸업기념 전시회를 하기도 했지요.
내가 중심이 되었던 호반우취회 활동은
도내 대학우취반 활동의 모범적인 사례일 것입니다.

그때 호반우취회에서 함께 활동했던 벗인 B군은
졸업한 뒤 강원도 우취계를 망라한 중심 우취회였던
태백우취회의 핵심임원으로 활약하기도 했습니다.

교단에 선 뒤에서도 최소한 20년 이상은
학교의 특활부서 지도에서 우취반을 맡았고,
2004년부터 매년 우표 관련 연수에도 다녀왔습니다.

또한 최근에 우취반을 지도했던 제팔, 제구, 제십중학에서
내가 떠난 뒤에도 우취반의 명맥이 유지되도록 하였으니
그것만으로도 성과라면 성과라고 할 수 있겠지요.
대부분의 학교 우취반 동아리는 지도하던 교사가 떠나면
그 학교에서 사라지는 경우가 많았습니다.
떠난 뒤에도 우취반이 계속 이어진 경우는
더구나 세 학교에 연이어 성공한 것은
도내에서는 내가 유일한 사례가 아닌가 싶네요.

퇴직한 뒤에도 우표수집의 취미가 이어질까?
그것은 잘 모르겠지만,
우취반 활동이 좋은 추억인 것만은 틀림없습니다.

2015년 8월 3일 월요일

맑은 날씨가 이어지고 있습니다.

이제 29일만 지나면 나는 더 이상 교사가 아닙니다.
교직에서 보람을 느꼈던 열째는 '정년까지 완주함'입니다.

전국적으로 신규 임용된 교사들이
정년까지 근무하는 확률이 얼마나 되는지 모르겠지만,
나의 국어과 동기들만 놓고 볼 때 20%내외에 불과합니다.
함께 입학한 국어과 동기는 40명이었지만,
입학포기 등으로 인해 2명은 졸업을 못했고,
중도에 편입학한 친구가 2명입니다.
그중에 지금까지 남아 있는 사람은 열 명 이내이고요.

남은 친구들은 대부분 교장이나 교감 등 관리자이고,
평교사는 나를 포함해서 2명입니다.

즉 42명 중에서 정년까지 완주한 사람은 열 명 이내,
평교사로 정년까지 온 사람은 2~3명 정도입니다.
나는 국립사범대학을 졸업했고,
담당교과는 주요과목이라고 할 수 있는 국어과입니다.
다른 과목의 비사범대나 기간제 선생님까지 포함시키면
정년까지 완주한 교사의 비율은 더욱 떨어지겠지요.

그렇다면 나는 정년까지 완주한 20% 이내에 포함되고,
평교사로 정년을 마친 5% 이내에 포함될 것입니다.
내 능력으로 이만큼 버틴 것 자체만은
대단한 일이라고 스스로를 칭찬하고 싶습니다.

2015년 8월 4일 화요일
무덥고 맑은 날씨입니다.

이제 28일만 지나면 나는 더 이상 교사가 아닙니다.
퇴직을 앞둔 심경을 5월 24일부터 기록하기 시작했는데,
그날은 퇴직을 100일을 앞둔 시점이었습니다.
당시 나의 마음은 이런저런 섭섭함으로 인해 무거웠고요.

70여일이 지난 지금에 와서는 평정을 되찾았습니다.
시일이 흐르다 보니 세상이 넓게 보였습니다.
또한 내가 느낀 섭섭함은 상대의 마음이나 행위보다는
나의 말과 행동이나 성격에 있다는 생각도 했고요.
그것을 깨닫게 된 것만으로도 글을 쓴 성과는 있겠지요.

초등학교 시절에 공부를 잘하고 못하고가
중학생이 되면 의미가 없고,
중학교에서의 생활은 고등학교에서 역시 그렇습니다.
고등학교 성적이 대학교에 이어지는 경우는 거의 없고,
대학에서 위치는 군대에 가면 거의 의미가 없는 것이고요.
또한 군대시절의 행적이 교단에서 관계가 없었던 것처럼,
나의 교단 시절은 퇴직 후의 내게 그렇겠지요.
그간 쌓인 애증은 훌훌 털어버리고
새로운 길에 들어서고 싶습니다.

2015년 8월 5일 수요일
춘천에서 원주로 오는 버스에서 빗줄기를 보았습니다.

이제 27일만 지나면 나는 더 이상 교사가 아닙니다.
내가 바라는 교단의 풍경은 무엇인가 생각해 보았습니다.

영화 『타이타닉』에서 내게 깊은 인상을 준 장면은
끝날 즈음에 로즈와 잭이 만나는 장면입니다.
세월이 흘러서 여주인공 로즈가 세상을 떠났을 때
그녀의 영혼은 타이타닉으로 달려갑니다.
할머니였던 로즈는 가는 동안에 젊어지기 시작하여
타이타닉에 도착했을 때는 20대 청춘으로 돌아갔고요.

로즈가 배위로 올라서자 타이타닉의 승객들이
갑판에 줄지어 서서 기다리고 있었습니다.
그녀와 눈길이 마주친 승객들은 미소로 화답했고요.

잠시 후 잭이 2층 선실에 나타나고
2층 선실에서 내려왔습니다.
로즈가 잭의 품에 달려가서 안기자,
승객들이 박수를 치며 환호하였지요.
이어서 댄스파티가 시작되며 엔딩자막이 나왔고요.

삶의 마지막에는 가장 행복했던 추억의 장소를 찾아가고
그때 그리운 사람이 마중을 나온다는 의미일까요?
내가 근무했던 학교들이 교사와 학생들에게
그런 곳으로 기억되었으면 좋겠습니다.

나이가 들어 세상을 떠날 때 그의 영혼은
가장 인상 깊었던 학교로 달려가고,
가는 동안 그의 모습은 학창 시절로 돌아가겠지요.

교실에는 그 시절 그대로의 담임선생님과 친구들이
활짝 웃으며 반기고 있습니다.
그의 영혼이 담임선생님에게 안길 때
친구들의 환호성이 터지며 축제가 시작되는 저승의 첫 발!

내가 세상을 떠나는 날에
내 영혼이 근무했던 어떤 학교로 달려갔으면 좋겠습니다.
젊은 시절로 돌아간 내가 교문에 들어서면
그 시절에 함께 근무했던 동료와 재학하던 학생들이
박수를 치며 맞이할 것이고요.
교장선생님이 악수를 건네며 어깨를 토닥이지 않을까요?
"연선생, 그간 수고했소. 이제 편히 쉬시오."

내가 근무했던 열 곳의 학교 중에
마지막 순간에 찾고 싶은 학교가 어디일까요?

지금 와서는 이런저런 아쉬움이 남지만
그 순간 그곳에서 나는 최선의 다했습니다.
그러면 되는 것이지요.

이제 새로운 삶이 기다리고 있습니다.
다가오는 삶은 보다 풍성하고 정겨웠으면 좋겠습니다.
그렇게 되도록 내 힘으로 가꾸어야 하겠지요.

2015년 8월 6일 목요일
맑았지만, 의욕을 잃을 만큼 무더운 날씨였습니다.

이제 26일만 지나면 나는 더 이상 교사가 아닙니다.

아직 교단에 머물 날이 26일이 남아 있다고 해도
실질적으로는 끝난 것이나 마찬가지입니다.
8월 19일까지는 방학,
개학하면 바로 연가를 맡을 계획이니까요.
수업이나 업무는 없으니 이미 교단을 떠났다고 할까요?

37년간의 교단생활을 접는 지금,
마음은 이상하리만치 담담합니다.
지난 세월이 덧없는 꿈만 같습니다.

김문기의 『늙은 군인의 노래』를 흥얼거려보았습니다.
노랫말에서 '군인'을 '선생'으로 바꾸고,
'30년'을 '40년'으로 바꾸니 바로 나의 삶인 듯합니다.

나 태어난 이 강산에 선생이 되어
꽃 피고 눈 내리기 어언 사십 년
무엇을 하였느냐 무엇을 바라느냐
나 죽어 이 흙속에 묻히면 그만이지
아! 다시 못 올 흘러간 내 청춘
푸른 옷에 실려 간 꽃다운 이 내 청춘

4절로 된 이 노래의 후렴을 흥얼거릴 때는
더욱 비감하더군요.

2015년 8월 7일 금요일
무더위가 계속 되는 힘겨운 날씨였습니다.

이제 25일만 지나면 나는 더 이상 교사가 아닙니다.

퇴직을 하면 지금과는 매우 다른 변화가 있겠지요.
어떤 변화든 크고 작은 진통이 있기 마련이니
무언가 대비를 해야 할 것입니다.
그런 변화에 대처하기 위해 무엇을 준비했나를 생각하니
아무 대비도 없는 내가 한심하기만 했습니다.

그래도 생각나는 것이 있다면 커피 절제라고 할까요?
하루 3잔 내외를 마시던 커피는
내게 있어서 중독에 가까운 정도의 기호품입니다.
커피야 마시면 어떻고 안마시면 어떻겠는가마는……,
인내심을 발휘하는 차원에서 하루 2잔으로 줄였습니다.
매일 2잔만 마시기를 오늘로써 61일째 유지하고 있고요.

건강을 위해서라기보다는 무엇인가 하고 있다는 것을
스스로에게 보여주는 차원이라고 할까요?
아, 내가 마시는 커피는 봉지커피입니다.
1봉에 120원 정도 되니, 1만원은 절약한 셈이네요. *^^*

2015년 8월 8일 토요일
한 차례 소나기가 내렸지만 무더운 날이었습니다.

이제 24일만 지나면 나는 더 이상 교사가 아닙니다.
퇴직이후의 변화의 대처에는 블로그 가꾸기가 있습니다.

퇴직하면 남는 것이 시간이고,
그 시간을 주체하지 못하여 고민이라는 말을 들었습니다.
등산이나 걷기를 하는 이도 있고,

새로운 일자리를 찾는 이도 있으며,
새로운 취미를 갖는 이도 있다고 합니다.

나의 경우 최소한 시간이 남아서
주체하지 못할 정도는 아닐 것입니다.
중독이다시피 한 블로그 가꾸기가 있으니까요.

내가 주력하는 블로그는 네이버와 예스24 두 곳입니다.
네이버 블로그는 현재 2천위 권으로 평가를 받고 있습니다.
2천위가 무슨 자랑이냐 할지 모르지만,
천만 곳의 블로그 중에 2천위는 군대로 비유하면 장성급,
공무원 직제에 비유하면 지자체장 정도의 위상입니다.

요즘 매일 같이 각종 업자로부터
내 블로그에 광고 포스팅만 올려주면
한 건에 몇 십 만원을 준다거나
블로거를 매도하면 몇 백 만원을 주겠다는
쪽지와 댓글 등이 오고 있습니다.
그 글을 액면 그대로 믿을 수는 없지만
내 블로그가 어느 정도의 가치는 있다는 의미이겠지요.

퇴직이후에는 블로그 가꾸기에 더 노력하고 싶습니다.
여기서 금전적인 혜택을 얻지는 못하더라도
정신적인 성취감은 느낄 것이라고 생각합니다.

그 모든 것을 떠나서 내 블로그에 올린 자료들은
나름의 의미가 충분하다고 믿습니다.
내 블로그에는 원주시 사진이 2만 장이 넘는데,

어떤 특정 지역에 대해 그 정도의 사진을 올린 블로그는
내가 유일하거나 아주 드문 경우일 것입니다.
또한 최근에 근무했던 학교들의 사진이
각각 수천 장인데, 이것도 소중한 역사가 되겠지요.

이런 블로그 활동으로 인해
최소한 퇴직이후에 무료하지 않을 것이라는 것도
얼마나 고마운 일이겠습니까?

2015년 8월 9일 일요일
한 차례 소나기가 내렸지만 무더위는 이어졌습니다.

이제 23일만 지나면 나는 더 이상 교사가 아닙니다.
퇴직이후에 대처하기 위한 셋째는 시민기자 활동입니다.
작년부터 원주투데이 시민기자 활동을 시작했는데
기사가 채택되면 다소나마 원고료가 나오고 있고요.
금액보다는 내가 쓴 글의 기사화 자체가 의미가 있겠지요.

애초에는 교단에 있는 동안만 시민기자 활동을 하고
퇴직을 하면 그만 둘 생각이었습니다.
취재를 하는 것도 쉽지 않고,
의외로 시간을 상당히 뺏기기 때문입니다.

하지만 다시 생각하니
시민기자 활동도 의미가 있는 일인 듯하네요.
"당신은 무엇을 하는 사람이냐?"라는 질문을 받았을 때,
원주투데이 시민기자증을 내보이면

모양이 좋을 테니까요*^^*

퇴직한 두에 혹시 명함이라도 만들게 되면
나를 무엇이라고 쓸까를 생각한 적이 있습니다.
'네이버 59대 명예지식인'이 근사하게 보이기는 한데
나는 물론 받는 이도 민망할 지도 모르겠고요.
(네이버에서 만들어준 명함을 거의 사용하지 않았습니다.)
그 옆에 '원주투데이시민기자'를 덧붙이면 어떨까요?
아, 예스24파워문화블로그도 한 줄 더 덧붙이고요 *^^*

2015년 8월 10일 월요일
더위가 한풀 꺾였지만, 그래도 무더운 날씨입니다.

이제 22일만 지나면 나는 더 이상 교사가 아닙니다.
퇴직이후의 변화에 대처하기 위한 넷째는 독서 활동입니다.

학창시절부터 독서를 즐기기는 했지만
그때는 독후감이나 리뷰를 남기지 않았습니다.
읽고 싶은 책만 읽었고,
마음에 드는 책은 수십 번을 반복해서 읽었지만,
읽고 싶지 않은 책은 쳐다보지도 않았습니다.

내가 읽은 책들이 내 삶에 영향을 주었겠지요.
하지만 어떤 책에서 어떤 영향을 받았는지 알 수 없으니
그런 독서는 독서라고 할 수 없을 것입니다.

그러나 5년 전부터 리뷰쓰기를 시작한 결과
지금은 책을 읽으면 리뷰를 쓰는 것이 생활화되었습니다.

리뷰 작성이 독서 정리에만 도움을 준 것이 아닙니다.
출판사나 서평단 이벤트를 통해
많은 책을 받을 수 있는 통로도 되었습니다.
지금까지 각종 이벤트에서 받은 책이 수백 권은 되고,
네이버나 예스24 등에서 받은 책상품권은
금액으로 환산하면 천만 원을 넘어섰을 것입니다.

이런 독서활동은 나의 독서욕구 충족뿐만 아니라
동료나 이웃과 책 나눔의 기회도 안겨 주었습니다.
매년 여러 사람과 나눈 책이 백 권 내외입니다.

금액으로는 천만 원 가치 이상의 책을 받았지만
그중 1/3 정도는 나눔을 실천했으니
건전한 독서활동을 했다고 할 수 있겠지요.

지금까지의 상황으로 볼 때 퇴직 이후에도
매월 5권 내외의 책은 얻을 수 있을 듯합니다.
이렇게 받게 되는 책들은
나의 지식 섭취와 정신적인 성장을 도우면서
이웃과 나눌 수도 있으니……,
독서는 퇴직을 위한 훌륭한 준비가 아닌가 싶습니다.

2015년 8월 11일 화요일
아직 여름이지만 더위가 꺾인 것이 느껴졌습니다.

이제 21일만 지나면 나는 더 이상 교사가 아닙니다.
퇴직이후의 변화에 대처하기 위한 다섯째는 우정입니다.

퇴직이후에도 허물없이 만날 수 있는 벗이
다섯 명만 헤아릴 수 있다면
성공적인 노후 생활을 즐길 수 있다는 말을 들었습니다.
내게는 그런 벗이 몇 명이나 될까를 생각해 보았습니다.

40년 지기인 A와 B,
한 달에 한 번 정도 만나고 있는 C와 D선생님,
제구중학에서 만난 뒤 지금까지 가깝게 지내는 E선생님,
첫 학교에서 인연이 지금까지 이어지고 있는 F선생님,
초등학교 동기회 총무인 G와 동기들…,
그밖에 함께 하는 모임으로 평원회와 반원회가 있습니다.

그렇다면 벗과의 사귐에 있어서
풍부한 것은 아니겠지만 실패는 아닌 듯합니다.
새로운 벗을 사귀려고 노력할 것이 아니라
지금의 벗들과 정을 다져야겠다는 다짐하고 있습니다.

2015년 8월 12일 수요일
맑았으나 저녁 무렵에 폭우가 쏟아졌습니다.

이제 20일만 지나면 나는 더 이상 교사가 아닙니다.
날짜를 세는 것이 큰 의미는 없습니다.
20일이 남았다고는 해도 학교에 나갈 날은
하루나 이틀밖에 없기 때문이지요.
그래도 그간의 회포를 이렇게 글로 쓰면서
스스로를 다독일 수 있었으니 다행이기는 합니다.

그러고 보니 학기 초에
온몸을 짓누르던 복잡한 마음은 다 사라졌습니다.
이 상태를 굳이 표현하자면 깨달음이라고 할까요?

나는 이제 차원이 다른 곳으로 갑니다.
교단에서 겪었던 시비가 무슨 의미가 있겠습니까?
정년까지 완주한 것만으로도 감사할 뿐,
남은 이들이 나를 어떻게 생각하느냐 등은
내게 거의 의미가 없다는 것을 느끼고 있습니다.
좀 더 좋은 모습을 보이지 못한 것이 아쉽기는 하지만
어차피 나의 능력은 그것밖에 안 됩니다.
무사히 완주를 한 것이 고마운 마음일 뿐입니다.

2015년 8월 13일 목요일
더위가 한풀 꺾이기는 했지만 아직도 무더운 날씨입니다.

이제 19일만 지나면 나는 더 이상 교사가 아닙니다.
교단생활에서 깨달은 것이 무엇일까를 생각해 보았습니다.

첫째는 '누군가를 미워하지 말자' 라는 것입니다.
원수는 외나무다리에서 만난다는 속담이 아니더라도
미워했던 사람은 언젠가 만나고,
그때 곤혹스러운 입장이나 경우가 종종 있었습니다.

학창시절에는 까닭 없이 전라도 사람이 싫었습니다.
강원도 토박이인 내가 그들을 만날 일은 거의 없었습니다.
다만 부모님과 이웃사람이 나쁘게 말하니

덩달아 싫어했을 뿐이지요.
(부모님도 딱히 그분들에게 피해를 입지는 않았습니다.)

그러나 군대생활을 전남 순천의 95연대에서 하면서
지역 사람들에게서 좋은 인상을 받았습니다.
김대중 대통령을 통해 지역에 대한 생각이 바뀌었고요.

박정희 씨의 유신독재와 전두환 씨의 신군부를 겪으며
경상도 사람에 대해서도 거부감을 느끼기도 했습니다.
그러나 어찌 알았겠습니까?
경상도 토박이인 아내를 만나게 될 줄을······.
내가 좋아하는 처가 쪽 친척들이 모두 그쪽 분들이니
적대적인 감정은 자연스럽게 바뀌었습니다.

이제 마음 놓고 비난을 할 수 있는 대상은 북한뿐입니다.
한국전쟁 때 활약했던 국가유공자의 아들이자
3년간 사병생활을 마치고 전역한 나입니다.
공산당에 대해서 무슨 글인들 못쓰겠습니까?

하지만 나나 우리 가족이 어디서 어떤 인연으로
북한 사람을 만나게 될지 어찌 알 수 있겠습니까?

그래서 깨달은 것은
가능하면 어떤 대상을 미워하지 말자, 라는 것입니다.
그나 그의 자녀가 나와 나의 자녀와
가까운 인연으로 만나게 될지도 모르니까요.

아예 그렇게 될 것이라는 생각으로
상대를 생각하자라는 깨달음에 이르렀습니다.

그것이 아니라도 이 나이에
구태여 누구와 각을 세울 필요는 없겠지만…….

2015년 8월 14일 금요일
가을이 빨리 왔으면 싶을 만큼 더운 날입니다.

이제 18일만 지나면 나는 더 이상 교사가 아닙니다.
내가 깨달은 두 번째는 '인생은 새옹지마' 라는 것입니다.
올해 나의 마음을 크게 짓눌렀던 것 중에 하나는
체험활동을 못 갔다는 것입니다.

2년 동안은 3학년 교과와 겹쳐서 맡았으므로
수업 때문에 갈 수 없다고 해도 할 말은 없었습니다.
체험활동을 따라가면 3학년 수업에 결손이 생기니까요.

그러나 올해는 1~2학년만 맡고 있었습니다.
1학년이든 2학년이든 한 곳은 가고 싶었지요.
여행 과정을 블로그에 올림으로써
나와 학생들의 추억을 남기고 싶었고요.
하지만 학교에 남아서 3학년 수업을 보강하려니
마음이 몹시 무거웠습니다.
가지 못 했다는 것도 서운했지만,
내게 어떻게 하고 싶으냐고 의사를 물어본 사람이
한 명도 없었다는 것도 섭섭했고요.

그러나 체험활동을 못 간 것으로 인해서
고향을 비롯하여 갖가지 추억이 서린 곳들에 대해

추억여행을 다녀올 것을 계획했고 실천했습니다.
1학년이나 2학년의 체험활동 어느 쪽을 따라갔다면
의미 있는 추억여행은 아예 시도도 못했을 것입니다.

그러므로 체험활동에 동참하지 못한 것은
내게 있어서 전화위복이었습니다.
인생은 멀고 긴 것이니 일희일비하지 말자는 교훈을
새삼스럽게 실감했습니다.

2015년 8월 15일 토요일
맑으니까 더욱 더운 하루였습니다.

이제 17일만 지나면 나는 더 이상 교사가 아닙니다.
교단에서 내가 깨달은 셋째는 '사람에 대한 생각'입니다.
앞의 내용과 중복되는 것이지만,
내가 수학여행을 못간 것에 대해 섭섭했던 동기는
제육중학에서 근무하던 15년 전에 A교감선생님의 처사와
지금의 상황이 비교가 되었기 때문입니다.

당시 나는 ○○부장이었는데
○○부에는 그해에 퇴임을 앞둔 B선생님이 계셨습니다.
수학여행 계획을 세우던 무렵에
A교감선생님은 내게 이런 말씀을 하셨습니다.

"B선생님은 올해 교단이 마지막인데
수학여행이나 야영 어느 쪽을 가시고 싶은지,
아니면 집에서 쉬고 싶으신지 좀 물어 봐.

나보다는 연부장이 말씀드리는 것이 더 편안하지 않겠나?"
B선생님께 여쭈어보았습니다.
마치 내 생각인 것처럼 선생님이 원하는 대로 되도록
교감선생님께 전해드리겠다고 했지요.
선생님은 생각할 시간을 하루만 달라고 하시더군요.

다음날 오시더니 이런저런 준비할 일이 있으니
연가를 맡았으면 좋겠다고 하셨고요.
교감선생님께 전해 드리니 그렇게 조치하셨지요.

연가를 마치고 오신 B선생님은
내게 고맙다는 말씀을 여러 번 하시더군요.
나는 A교감선생님의 심부름을 한 것일 뿐인데요.

퇴직하시는 분을 배려하는 마음이 인상적이었습니다.
그 뒤 다른 학교에서 그런 케이스의 선생님이 계시면
배려를 해주실 것을 관리자분들께 건의했고요.
대부분의 관리자 선생님들은 흔쾌히 수락해서
체험활동에 동참하시거나 연가를 맡은 분들이 계셨지요.

올해 체험활동을 못 가게 되었을 때
A교감선생님을 비롯한 옛 학교의 배려가 떠올랐습니다.
그렇게 배려해주는 학교도 있었는데
'이 학교는?', 라는 생각을 하면서 분노가 치솟은 것이지요.

그러나 사람들의 생각이 모두 같지는 않습니다.
A교감선생님은 그분 나름의 어떤 생각이 있어서
그것을 실천하는 과정에서 나를 활용했던 것이지요.

나는 그것을 보았기에 다른 학교에서 근무할 때
그런 건의를 할 수 있었던 것이고요.
만약에 내가 A 교감선생님을 만나지 못했다면
체험활동에 대한 섭섭함이 있었겠습니까?

지금의 교감선생님이나 부장선생님들은
A교감선생님 같은 분을 만나지 못했기에
그런 배려에 대해서 생각을 못했을 것입니다.
내가 그런 생각을 한다는 사실조차 모르셨을 것이고요.

내가 A교감선생님을 존경하는 것까지는 몰라도
누구를 그르다고 하는 것은 옳지 않을 것입니다.

또한 모든 선생님들이 나처럼
여행을 가는 것을 선호하는 것도 아닙니다.
담임이라서 어쩔 수 없이 가기는 하지만
가능하다면 빠지고 싶어 하는 선생님도 계십니다.
사람마다 다 생각이 다른 것이지요.

어쩌면 체험활동에서 나를 배제한 선생님들은
집에서 편히 쉬라는 나름의 배려였는지도 모르고요.
내가 들어가지도 않는 학년의 보강을 하리라고는
생각도 못했을 수도 있겠지요.

나는 이 경험을 여러 모임에서 수십 번도 더 말했습니다.
내 이야기를 들은 선생님들은
각자의 입장에서 많은 생각을 하셨을 것입니다.
A교감선생님의 배려가 옳은 것이라고 생각한다면

다른 학교의 관리자가 되면 그렇게 할 것이고,
그렇지 않다고 생각한다면 지금처럼 처리할 것입니다.
어느 쪽도 그르다고 할 수 없는 바에야
시비를 따질 필요가 없는 것이라는 것을 깨달았습니다.

서로 다른 관리자 선생님들의 처사에 대해
비교할 수 있는 체험을 한 것 자체만으로도
내 삶에 있어서 도움이 되었으리라고 생각합니다.

2015년 8월 16일 일요일
더운 것이 느껴지지 않으나 아직은 여름인 날씨입니다.

이제 16일만 지나면 나는 더 이상 교사가 아닙니다.
교단에서 내가 깨달은 넷째는 '독서 다변화의 장점'입니다.

학창시절부터 독서에 취미가 있었다고 해도
나의 독서의 폭은 지극히 편협했습니다.
관심 있는 분야만 읽었지요.

그러나 서평단에 참여하면서
다양한 분야의 책을 끊임없이 읽었습니다.
서평단 참여 이전에는 생각지도 않았던 자기계발서,
인문서, 자연과학서, 시집류, 예체능 관련 도서,
종교서적과 유아용 그림책이나 동화 등
읽지 않은 분야가 없다고 할 정도입니다.
뜻하지 않은 간접체험을 했다고 할까요?
그런 책의 서평을 쓰면서 여러 생각을 하였고요.

다양한 독서가 과연 좋은 것인지는 알 수 없으나
내게 있어서는 긍정적으로 작용하였습니다.

2015년 8월 17일 월요일
대체로 맑았으나 저녁 무렵에 잠시 소나기가 내렸습니다.

이제 15일만 지나면 나는 더 이상 교사가 아닙니다.
교단에서 내가 깨달은 다섯째는 '사랑의 표현'입니다.
나는 누군가에게 '사랑한다'는 말을 한 적이 거의 없습니다.
어린 시절에 부모님에게도 그런 말을 듣지 못했습니다.
그때는 그런 말을 하지 않던 시대니까요.
'사랑한다'라는 말을 들어본 적이 없으니
표현도 안 한 것이 아닌가 싶습니다.

가족이나 학생들에게도 그런 표현을 거의 안했고요.
그러나 언제부터인가 '예쁘다'라거나
'마음에 든다.'라는 표현을 교실에서 자주 했습니다.
처음에는 좀 오글거렸으나 이내 적응이 되더군요.
또한 '예쁘다'라는 말을 자주 하다 보니
실제로 학생들에 예쁘게 보이기도 했습니다.

내 말을 들은 학생들은 '간지럽다.'거나
'선생님은 누구에게나 같은 말을 한다.' 라면서도
싫어하지는 않는 듯합니다.
그런 표현을 통해 아이들과 더 가까워진 감도 있고요.
이제 와서는 좀 후회가 됩니다.

친척 여동생이나 조카들에게 또 우리 아이들에게
'예쁘다'나 '사랑한다'라는 표현을 자주했다면
그들은 얼마나 기뻐했을까요?
또한 나와의 사이가 더 가까워졌을 것입니다.

늦었지만 이제부터라도 사랑의 마음을
자주 표현해야겠다는 것을 깨달은 것이 소득일까요?

2015년 8월 18일 화요일
맑은 날씨가 이어지고 있습니다.

이제 14일만 지나면 나는 더 이상 교사가 아닙니다.
올해 마음을 무겁게 한 일들을 떠올려보았습니다.

첫 번째는 충실한 교재연구를 하고 싶었는데
그것을 못하고 교단을 떠난다는 것입니다.
내가 생각하는 완벽한 수업은
시간마다 내 혼과 정성이 담긴 교재를 구성해서
편지 형태의 유인물로 정리를 하여 내주는 것이었지요.

그러나 생각지도 않게 올해는
교직생활 중에 최악에 가까운 시간표로 인해
그 꿈은 무너지고 만 것입니다.

프린트 한 장을 만들려면 2시간 이상 필요했고,
5개반 치를 복사하려면 한 시간 이상 걸렸고요.
하루에 5시간을 투입할 여력이 없었던 것이지요.
나는 올해의 불운을 한탄하면서 원망만 했습니다.

하지만 다시 생각하면 내가 원하는 대로
좋은 조건의 시간표가 주어졌다고 하더라도
이상적인 교재연구와 수업을 했을 지는 의문입니다.
2년 전 한 학년 3개 학급 17시간이라는
환상적인 시간을 맡았을 때도 그렇게 하지 못했으니까요.

내가 그런 생각이나 능력이 있었다면
2년 전 좋은 환경에서는 왜 못했겠습니까?
즉 올해 뜻대로 안 된 것은 시간표 탓이라기보다
나의 의지와 능력이 그 정도였기 때문이지요.

올해와 같은 환경이 주어진 것은 불운이 아니라
나의 능력을 확인하고 깨닫게 하려는
행운의 체험인지도 모르겠습니다.

2015년 8월 19일 수요일
가을은 다가오지만 아직은 더위가 느껴지고 있습니다.

이제 13일만 지나면 나는 더 이상 교사가 아닙니다.
올해 마음을 무겁게 한 둘째는
동교과 선생님들에게 좋은 이미지를 남기지 못한 것입니다.

6년 전에 명퇴를 한 절친인 A선생님은
마지막까지 동교과 선생님들과 깊은 동료애를 나눴답니다.
함께 근무했던 선생님들이 퇴직 후에도 3년 동안이나
모임에 초대를 해서 친교를 나눌 정도로요.
지금의 나는 A선생님의 상황과는 거리가 멉니다.

이렇게 된 것이 내가 덕이 없는 것인가,
동료를 잘못 만난 것인가 등을 생각하면 착잡합니다.
그러나 다시 생각하니 A선생님은 인덕이 있고
나는 그 반대라고 볼 일은 아닙니다.

A선생님은 정년을 많이 남긴 시점에서 명퇴했습니다.
한참 일을 할 시기에 교단을 떠난 것이지요.
그는 마지막까지 그 학교의 동교과회장으로서
후배교사들과 함께 하며 모범을 보였습니다.

그에 비해 나는 떠날 때가 정해진 정년퇴직이었습니다.
3년 전부터 모든 일에서 한 발 뺀 상태였고,
학교의 일에 관심을 보이지 않았습니다.
내가 참여하거나 분담해야 할 일에 대해서도
후배 선생님들이 나를 제외하는 경우가 많았고요.
그것이 나에 대한 예우나 배려라고 생각했을 테고,
나 역시 당연하게 받아들였습니다.

마지막까지 최선을 다하는 모습을 보인 A선생님과
자신이 해야 할 일마저 빠졌던 내가
같은 대우를 받을 수는 없는 것이지요.
만약에 내가 5년 전 쯤에 명퇴를 했다면,
A선생님에 버금가는 관계를 유지했을 것입니다.

나와 같은 상황은 누구의 잘못일까?
당연히 그 책임은 내게 있지요.
이런저런 상황에 대해서 생각을 할 수 있다는 것도
어쩌면 좋은 경험인지도 모르겠습니다.

2015년 8월 20일 목요일
대체로 맑았으나 저녁 무렵부터 흐렸습니다.

이제 12일만 지나면 나는 더 이상 교사가 아닙니다.
올해 마음을 무겁게 한 셋째는 아내와의 갈등입니다.
이 나이에 갈등을 빚을 이유가 뭐가 있겠습니까?
나로서는 우선순위를 수업이나 독서 등에 두고 싶은데,
아내는 시골집 농사에 집착을 했습니다.
그로 인해 교재연구와 업무 등으로 녹초가 된 상황에서
주말이면 대부분 시골에 가서 농사를 돌봐야 했고요.

시골집에 있는 수십 평의 잔디밭을 비롯하여
집 주변과 밭의 잡초를 뽑는 것도 쉽지 않은데,
농사까지 지으려니 그야말로 여유가 없었습니다.

연료비와 시간적인 투자나 노동력 등을 헤아리면
차라리 사먹는 것이 더 경제적이라고 생각했습니다.
어차피 퇴임을 하면 시골에 들어가 살 생각인데,
그때는 하지 말라고 해도 농사에 매진할 텐데
마지막 1년마저 최선을 다할 기회를 주지 않나,
이런 생각을 하니 섭섭하기 짝이 없었고요.

그러나 나의 동참을 얻지 못한 아내의 섭섭함은
나보다 크면 컸지 적지 않았을 것입니다.
그것을 깨닫고 생활에서 실천했다면
지난 1년이 서로에게 힘겹지는 않았을 것이고요.

결국은 나의 능력과 사랑이 부족한 탓이겠지요.

퇴임을 앞두게 되니 별 반성을 다하게 되는군요.
그래서 고통 속에서 성숙해진다는 말이 나온 것일까요?

2015년 8월 21일 금요일
밤새 비가 내렸으나 출근 무렵부터 갰습니다.

이제 11일만 지나면 나는 더 이상 교사가 아닙니다.
올해 마음을 무겁게 한 넷째는 우취반 지도입니다.
교단생활 중에 우취반을 지도한 것이 20년 이상입니다.
또한 올해의 경우 우체국문화반 협약에 의해
우정청으로부터 많은 금액의 지원을 받기도 했습니다.

그렇다면 보다 열심히 했어야 했겠지요.
수업을 비롯하여 학교와 가정생활이 힘들었다고 해도
마지막을 멋지게 장식할 조건은 충분했습니다.
나를 이어 우취반을 맡을 선생님도 정해진 상황이었고요.
그럼에도 불구하고 나는 무엇을 했던가요?

내가 생각했던 계획의 절반도 이루지 못했습니다.
특히 나를 믿고 우취반에 들어온 우취반 학생들에게는
미안하기 짝이 없을 정도로 부실했고요.

나의 한계와 능력 부족이라기보다는
노력과 정성이 부족했다는 것을 뼈저리게 느꼈습니다.

2015년 8월 22일 토요일
아직 여름이 느껴질 정도로 무더운 날씨였습니다.

이제 열흘만 지나면 나는 더 이상 교사가 아닙니다.
올해 마음을 무겁게 한 다섯째는 전교조 활동입니다.

전교조가 합법화 되던 시기에 참여한 나는
가입하자마자 제육중학에서 초대분회장이 되었습니다.
당시 제육중학 분회는
도내에게 손가락에 꼽히는 거대분회로 알려졌습니다.
제육중학 전교조는 당시의 A교장선생님과
여러 모로 대립하는 상황이었고요.
분회장이었던 나는 각종 사안에 깊이 관계해야 했습니다.

합법화 초창기인 그 무렵에는
조합원이 열 명이 넘는 학교가 드물었습니다.
그런 상황에서 제육중학 전교조분회가
40여 명에 육박하는 조합원을 조직할 수 있었던 것은
A교장선생님을 견제하기 위해서는
전교조를 지지해야 한다는 공감대가 있었기 때문입니다.
그로 인해 전교조에 가입할 성향이 아닌 선생님들까지
대다수 동참하거나 침묵속의 지지를 보냈던 것이고요.

나는 수업 외에도 각종 갈등에도 개입하면서
여러 분야에서 관리자 선생님과 충돌했습니다.
또한 부당하게 피해를 입은 동료들의 문제에
마치 내 일처럼 참여하고 여론을 조성하였지요.
그런 와중에 나도 갖가지 모욕을 당하기도 했고요.

누군가 목소리를 낼 사람이 필요하다고 하더라도
하필이면 내가 앞장을 서야 했는가도 생각했습니다.

제육중학을 떠날 때는
다음 학교에서는 전교조에 거리를 두고 싶었습니다.
조합원들의 환송식 때 농담으로 이런 말을 했지요.
"다음에 돌아올 때는
전교조가 아닌 교총분회장의 신분일 것이다."

그러나 아직까지 전교조 조합원입니다.
작년과 올해도 어쩔 수 없이 분회장을 맡았지만,
나는 의식적으로 몸을 사렸습니다.
그저 조용히 있다가 나가고 싶었습니다.
하지만 내가 조용히 있다고 해서
상대가 나를 다르게 보아주는 것은 아닌 듯합니다.

17년간 분회장이나 지회와 지부 임원 등으로 활동했던
갖가지 추억이 서린 전교조였습니다.
그렇다면 마지막까지 참교육의 목소리를 냈어야 했겠지요.
그랬다면 좀 고단하기는 했겠지만
어떤 도움이 되지 않았을까, 라는 아쉬움도 느껴집니다.

2015년 8월 23일 일요일
평창에서는 시원했지만, 원주에 나오니 더웠습니다.

이제 아흐레만 지나면 나는 더 이상 교사가 아닙니다.
지난 주일에 공식적으로는 마지막 출근을 하면서

남은 일주일은 연가를 맡았습니다.
하지만 아직까지도 해야 할 일이 밀려 있으니 딱하네요.

해야 할 밀린 일이란……,
내가 수업을 한 2학기 첫 과의 프린트는 만들고 싶고,
아직 정리하지 못한 짐을 가져와야 하며,
연금이나 교원공제회 문제도 해결해야 하고…….

곰곰이 생각하면 전혀 걱정할 일들이 아닙니다.
교단을 떠나는 몸이 프린트 걱정은 왜 하고,
남은 짐은 한두 시간이면 정리할 수 있습니다.
연금이나 교원공제회 문제도 어차피 받을 돈이니
9월에 해도 늦지 않는 것이지요.

내가 능력이 없는 것일까요?
안 해도 될 고민을 공연히 하고 있으니까요.

2015년 8월 24일 월요일
늦더위가 기승을 부리는 하루였습니다.

이제 여드레만 지나면 나는 더 이상 교사가 아닙니다.
교직에서 학생들에게 상처를 준 일이 한두 가지가 아니군요.
특히 심한 체벌을 했던 제일중학 두 학생이 떠오릅니다.

첫째는 첫해 3학년이었던 A군입니다.
그는 교사를 야유하는 듯한 태도를 자주 보였지요.
그날 수업시간에도 무언가 무례한 태도를 보였고요.
"너 안 되겠다. 한 백 대는 맞아야 정신 차리겠다."

"때려보세요. 얼마든지……."

지나가듯 한 말이 발단이 되었습니다.
수업시간에 엎드리게 하고 회초리로 100대를 때렸고요.
어느 정도의 체벌이 용인되던 시기였지만
교사가 학생을 100대나 때린다는 것은 무조건 잘못입니다.
10월에 만난 그는 내게 5개월을 배우고 졸업했습니다.
그 뒤 그가 내게 다른 태도를 보이지는 않았지만
아마 나를 폭력교사로 기억하고 있겠지요.

둘째는 내가 3학년 담임을 맡았을 때
실장이자 학생회장이었던 B군입니다.
당시 내가 담임을 맡았던 학급에는
학생회장인 그와 부회장인 C양이 있었습니다.
두 학생은 자랑스럽게 생각했던 제자였지요.

그런 A군이 밤새 음주를 한 뒤 가출을 했던 것입니다.
사나흘 뒤에 그가 어머니와 함께 등교했을 때
나는 어머니가 보는 앞에서 무자비하게 구타를 했습니다.
내 평생에 걸쳐서 그런 폭력을 휘두른 적이 없었지요.
그와 어머니는 울고 나는 미친 듯이 매질을 했습니다.

"야, 이놈아. 네가 그럴 수가 있느냐?
누구보다도 모범을 보여야 할 학생회장이……."
다른 선생님들이 말릴 때까지 그렇게 날뛰었을 것입니다.

사태가 진정되고 어머니가 귀가한 뒤에
교감선생님이 부르시더니 이렇게 말씀하셨습니다.

"담임선생 마음은 이해하지만, 그래도 그렇지.
학부모가 보는 앞에서 학생을 그렇게 때리면 어떡해?
자식이 두들겨 맞을 때 엄마 마음이 어떻겠나?
오늘 저녁에 집에 찾아가서 사과를 드리게."
말씀을 듣고 보니 부끄럽기도 하고 걱정도 되었습니다.

그날 저녁 A군네 집에 갔더니,
아버지는 대범한 표정으로 괜찮다고 하셨습니다.
술상까지 차리시고 이런 말씀을 하셨고요.

"다, 우리 애를 아끼는 마음에서 그런 것이 아닙니까?
선생님 마음이나 내 마음이나 똑 같습니다.
우리 애를 그렇게 생각해주셔서 오히려 고맙습니다."

두 경우 모두 아무런 후유증이 없이 지나갔지만,
지금 같으면 말도 안 되는 일입니다.
그 일들은 내 마음속에 멍에처럼 남아 있었습니다.
그 뒤 나름으로는 체벌을 자제한 이유는
그때의 부끄러운 기억 때문일 것이고요.

2015년 8월 25일 화요일
오전부터 약간 흐리더니 오후에는 비가 내렸습니다.

이제 이레만 지나면 나는 더 이상 교사가 아닙니다.
내게 상처를 받았을 제이중학의 A양도 떠오릅니다.
부모가 농촌 귀향 케이스로 전학을 온 그 학생은
도시 아이답게 상당히 적극적인 성격이었습니다.

그로 인해 전학을 온 다음 해에 학급실장이 되었고,
이런저런 일로 교무실에 자주 드나들었고요.
선생님들 사이에서는 너무 나댄다는 평도 있었지요.

A양은 내가 친근하게 대해 준 탓인지
자주 찾아와서 이런저런 대화를 나누었습니다.
수업이나 글짓기에 대해 도움말을 구하기도 했지만,
가끔 곤란한 화제도 있어서 고단한 면도 있었습니다.

어느 날인가 A양이 무슨 일로 내게 찾아 왔다가
대화를 마치고 돌아간 일이 있었습니다.
그때 어떤 선생님과 이런 대화를 나눴습니다.
"쟤는 왜 교무실에 자주 오나, 선생님이 불렀어요?"
"아뇨, 별 내용도 없는데…… . 지겨워 죽겠어요."

문제는 그런 대화를 그 학생이 들었다는 것이지요.
나는 그 학생이 나간 줄 알았는데
다시 들어와서 교무실 출석부 근처에 있었던 것이지요.

그 뒤 A양은 다시는 내게 오지 않았습니다.
16세 소녀의 자존심이 얼마나 상했을까요?
그러나 나는 그 아이들 불러서 다독여 주지 못했습니다.
졸업을 할 때까지 기회를 찾으려고 했지만,
그 학생은 예절을 지키면서도 틈을 주지 않았고요.
밝게 웃던 얼굴이 어두운 표정으로 변한 것을 보면서
미안함을 넘어서 가슴이 아팠습니다.

'이제부터 말을 조심해야지,

상대가 없다고 함부로 말을 하지는 말자.'

이런 다짐을 수없이 했습니다.
하지만 비슷한 실수를 알게 모르게 반복하기도 했으니
나의 그릇이 그것밖에 안 되나 봅니다.

2015년 8월 26일 수요일
더위가 한풀 꺾이기는 했지만 그래도 여름인 날씨였습니다.

이제 엿새만 지나면 나는 더 이상 교사가 아닙니다.
학생들에게 상처를 준 셋째로 제육중학 A양도 있습니다.
당시에는 학생이 외부대회에서 입상을 할 경우에
입시 가산점이 차등 지급되었습니다.
시대회 1~3등급, 도대회 1~3등급, 전국대회 1~3등급,
이렇게 각 등급마다 차등으로 가산점을 주었고요.

강원도예능실기대회에서 금상을 받은 연극부는
도대회 1등급인데 이 가산점은 입시에서 큰 점수였습니다.
그러나 아쉽게도 연극부에 배당 된 가산점은
활동 여부에 관계없이 6명만 받게 되어 있었습니다.
연극부에서는 3학년에게 가산점을 주는 것이 관례였지요.

그런데 그해에 3학년 연극부원은 8명이라
2명은 가산점을 받을 수 없는 처지였고요.
다행히 연극반장에게도 가산점이 있는데,
연극반장은 자신의 입상가산점은 포기하고,
가산점을 받지 못하는 친구에게 주기로 했습니다.

결국 단 한 명만 가산점을 받지 못하게 된 것이지요.

연극부 학생들은 A양에게 주기로 의견을 모았습니다.
B양만 가산점을 못 받게 된 것이지요.
나도 그것을 인정하는 것으로 두어 달이 지났습니다.

그러나 원서를 쓰는 순간 절친인 C선생님이
가산점을 자신이 담임하는 B양에게 줄 수 없느냐,
입시에서 좀 위태한데 가산점이 있으면 확실하다고 했고,
나는 그러겠다고 했습니다.

A양이나 B양 중에 누구에게 가산점을 주던
지도교사인 나의 재량인 것이 원칙이기는 합니다.
그러나 연극부 학생들은 A양을 추천했고,
나도 잠정적으로 받아들인 상황에서 B양에게 준 것은
명분으로 보나 도리로 보아 적절한 조치가 아니었습니다.
변명의 여지가 없는 나의 잘못입니다.
그런 결정을 한 나의 처신이 부끄럽기만 합니다.

원서마감을 마친 얼마 후에 A양이 내게 물었습니다.
"선생님, 가산점을 다른 학생에게 주셨지요?"
나는 말을 얼버무렸습니다.
"응. 그렇게 되었다. 사정이 있어서……."
A양은 괜찮다고 했지만 서운한 표정이 가득했습니다.

왜 내가 아닌 B양이냐, 그 근거를 대라고 하면
할 말이 없는 상황이었고요.
아마도 A양과 다른 연극부원들은

나는 물론 교사에 대한 불신을 평생 간직하겠지요.

교직에서 이런저런 실수를 많이 했지만,
그 대부분은 나의 능력 부족이거나 판단 착오였습니다.
즉 실수나 잘못된 판단이 여러 번 있었지만
당시의 나로서는 최선이라고 생각했던 결과였으니
양심의 가책을 느낄 정도까지는 아니었고요.

그러나 연극부 가산점을 A양에게 주지 않은 것은
전적으로 나의 잘못이었습니다.
그것도 실수가 아닌 개인적인 인정에 의한 결정이니
어떤 비난을 듣더라도 할 말이 없는 일입니다.
지금이라도 A양에게 무릎을 꿇고 사과를 하고 싶습니다.
나로 인해 큰 아픔을 당했을 A양에게
후회와 사죄의 마음을 글로나마 전합니다.

2015년 8월 27일 목요일
아직 덥기는 하지만 그래도 가을이 느껴지는 날씨입니다.

이제 닷새만 지나면 나는 더 이상 교사가 아닙니다.
오늘은 제십중학의 송별연이 있는 날입니다.
문득 제구중학 A선생님이 퇴임 송별연이 생각납니다.
당시 B교장선생님은 국어선생님에게 송별사를 쓰라고 했고,
자신도 직접 송별사를 쓴 뒤에 내게 고쳐달라고 하셨습니다.
그 글은 국어교사인 나의 눈에도
명문으로 보일 정도로 감동적이었지요.

그러나 제십중학 C교장선생님은
송별사에 대해서는 미처 준비를 못했다고 하더군요.
당연히 말씀하시는 내용도 짜임이 없었고요.
제구중학 B교장선생님의 송별사와
오늘 들은 송별사가 어쩔 수 없이 비교가 되었습니다.
이런저런 생각도 겹치면서 마음이 무거웠기 때문일까요?

나는 마지막 인사를 하면서
평소에는 시켜도 극구 사양하던 노래를 자원했습니다.
『늙은 군인의 노래』를 4절까지……

지나온 삶에 대해 많은 생각을 했습니다.
세상일은 심은 대로 거두는 법이라고 했습니다.
무언가 섭섭한 일이 있다면
나의 지난날에 대한 업보일 것입니다.

어차피 나는 다른 세계로 떠납니다.
공연히 섭섭함에 잠겼던 나의 생각이 짧았습니다.
며칠만 지나면 모두 지난 일이 되는 것이고,
여기까지 완주한 것만으로도 행운이고 축복인 것을……
환송사가 어떻든 무슨 상관이겠습니까?

잠자리에 들면서 다시 다짐했습니다.
순간의 일로 인해 절대로 일희일비 하지 말자고……

2015년 8월 28일 금요일
길을 걸을 때 더운 것을 실감할 수 있는 날씨였습니다.

이제 나흘만 지나면 나는 더 이상 교사가 아닙니다.
송별연은 했지만, 8월 31일까지는 교사의 신분입니다.
공식적으로는 나흘이 남은 것이지요.

교직에서 마지막 마무리를 하는 8월을
어떻게 보냈는지 생각해 보았습니다.
7월 31일까지 우표지도교사 연수에 다녀왔고,
전교조 지회와 지부 연수를 1박 2일씩 다녀왔습니다.
또한 도교육청의 훈장전수식에도 참석했고요.

돌이켜 보면 8월은 연수와 출장을 다녀온 뒤
그에 대한 포스팅을 하는데 몰두한 나날이었습니다.
우표지도교사 연수에서 찍은 사진은 400여 장이 넘어서
40여개의 포스팅을 했고,
지회와 지부 연수도 각각 100여장이 넘어서
10여개에 가까운 포스팅을 했습니다.
인터넷 서점에서 의뢰받은 포스팅을 100여개 썼고,
예스24와 네이버 블로그에도
매일 몇 개씩 글을 올리기도 했습니다.

이런 것이 내게 무슨 의미가 있을까요?
아무튼 기록은 남지 않겠습니까?
이렇게 포스팅을 할 수 있는 것도 능력이겠지요.
그간 배운 것과 쌓인 경험이 좀 많겠습니까?
그것들을 잘 활용해서
새로운 삶을 건전하고 슬기롭게 보내고 싶습니다.

2015년 8월 29일 토요일

아직 더위가 느껴지기는 하지만, 부담 없는 주말입니다.

이제 사흘만 지나면 나는 더 이상 교사가 아닙니다.
8월의 생활 대부분이 교직에서의 마지막이지만,
특히 오늘은 직장인으로 맞는 마지막 주말입니다.
이제부터 매일이 주말일 테니까요.
'마지막 주말'을 아쉬워해야 하는 것일까요,
아니면 기뻐해야 하는 것일까요?

지금까지는 억지로 일을 하면서 주말을 기다렸지만,
이제부터는 스스로 일을 하면서 주말을 기다리겠지요.
스스로 일을 찾고 책임을 지는 생활을 하고 싶습니다.

2015년 8월 30일 일요일

맑은 날씨가 이어지고 있습니다.

이제 이틀만 지나면 나는 더 이상 교사가 아닙니다.
교단에 있을 때는 하루하루가 길게 느껴졌지만
지나고 나니 간밤의 꿈처럼 손에 잡힐 듯합니다.

내가 정년까지 오게 된
가장 큰 이유가 무엇일까를 생각해 보았습니다
당연히 가족의 도움이나
동료들의 배려가 크게 작용했을 것입니다.

그런 의례적인 인사 외에 특별한 인물을 덧붙인다면
대통령을 지낸 A씨와 B씨를 꼽을 수 있습니다.

원주에 들어와서 제구중학에 발령을 받을 때까지만 해도
나는 2~3년 이내에 명퇴를 하겠다고 생각했습니다.
굳이 정년까지 갈 필요가 없다고 여겼고요.
특히 제구중학에서는 뜻밖에 교무부장을 맡아서
이런저런 일을 해야 하는 것이 너무 힘들었습니다.
아이들도 지금까지 만난 학생 중에 최고 강적이었고요.
하루라도 빨리 나가고 싶었을 뿐입니다.

그 때 대통령은 A씨였습니다.
초기에는 그 분에 대해서 큰 거부감이 없었습니다.
내가 지지했던 분은 아니지만
민주적인 대통령들이 10년 동안 닦은 기반이 있습니다.
이제 우리나라도 민주주의가 확립되었다고 믿었으며
누가 대통령인들 무슨 상관일까,
우리도 미국 못지않은 민주국가가 되었다고 여겼고요.

그러나 민주적인 절차들이 하나 둘 무너짐이 느껴졌습니다.
전직 대통령이 비통하게 서거하는 등
불과 1~2년 사이에 10년 이전으로 뒷걸음을 쳤고요.
그런 상황을 보면서 이런 생각을 했습니다.

'내가 퇴직을 한다면 훈장이나 어떤 표창을 받을 텐데
A씨의 이름으로 된 것을 받을 것이 아닌가?'

그런 분의 이름이 담긴 것을 받고 싶지 않았습니다.
5년만 견디자고 생각했습니다.
마침 A씨의 인기가 곤두박질하면서
야권 인사 중에 한 분의 당선이 확실해 보였습니다.

두 분 중에 누구라도 상관없다,
A씨만 피하자는 생각으로 5년을 기다린 것이지요.

그런데 누가 알았겠습니까?
A씨와 다름없는 B씨가 당선되리라는 것을…….
뭐를 피하다 뭐를 만나게 된 상황이 곤혹스러웠습니다.

혹시나 하는 기대도 했습니다.
역사는 되풀이된다고 했으니까요.
역대 대통령 열 분 중에서
임기를 채우지 못한 분이 세 분이나 됩니다.
힘들어서 못하겠다. 제발 사임을 허락해 달라는 등
생각지 못한 상황이 전개될지 어찌 알랴…….
이런 허황된 생각을 하다 보니 정년까지 오게 된 것이지요.

나를 평교사로서 정년퇴임을 하도록 만들기 위해
두 분이 그렇게 살아오셨던 것은 아니겠지만,
결과적으로 두 분의 존재가 도움이 되었으니,
두 분에게 감사하는 마음입니다.

박정희 씨 시절에 교사가 되어
비슷한 분의 시대에 퇴임을 하다니 이것도 인연이겠지요.
내 기억으로 3공과 유신을 거치는 동안
박정희 씨를 비난하는 사람은 많았어도
육영수 여사를 싫어하는 사람은 거의 없었던 듯합니다.
역대 대통령 부인들 중에 가장 존경을 받은 분이겠지요.
B씨가 육영수 여사 못지않게
국민의 사랑을 받는 분이 되었으면 좋겠습니다.

2015년 8월 31일 월요일
맑은 날씨였으나 오후에 잠시 비가 오락가락 하였습니다.

이제 오늘만 지나면 나는 더 이상 교사가 아닙니다.
드디어 교단생활을 모두 마치게 된 것이지요.
좀 더 잘했더라면, 이라는 아쉬움이 없지는 않지만
이제 와서 생각한다고 무슨 의미가 있겠습니까?

지금 시점으로 보면 잘못된 점이 한두 가지가 아니지만
그 순간순간에는 나로서는 최선을 다했을 것입니다.
부족함과 아쉬움 역시 나의 잘못이라기보다는 한계이고요.
지난 일을 기쁘게 생각하며 모두 잊고 싶습니다.
내게 칭찬의 말을 해주고 싶네요.

"목연!
이유여하를 불문하고 정년까지 완주하다니 대단하네.
잠시 휴식을 취한 다음에
새로이 시작될 생활을 편안하게 즐기시게나."

오늘 마지막 출근을 한 뒤
퇴임 100일 전부터 적은 이 일기를 동료들과 나눴는데
쪽지로 보낸 글의 에필로그를 덧붙입니다.

- - - - - - - - - - - - - - -
이 글을 왜 쓰는가,
언제까지 쓰고, 쓴 것을 어떻게 할 것인가?
저도 모르겠습니다.
산을 찾는 분들이 산이 거기 있으니까 오르듯이

저도 그냥 생각이 떠오르니 횡설수설 끄적거렸나 봅니다.
퇴임 100일 전부터 쓰기 시작했으니,
퇴임 100일 되는 날까지 써볼까, 라는 생각도 하지만
그것은 두고 봐야 할 일이고요.

혹시 모르지요.
이다음에 회고록이라도 내게 된다면
그 책속에 이 글들이 포함될지도 *^^*

제가 만든 책을 돈을 주고 사서 볼 사람은 없을 것입니다.
책이 나온다고 해도 아마 저 혼자서 몇 권 만든 뒤에
친한 분들과 나누는 형식 정도일 듯(^^)

저의 능력으로는 정년까지 온 것이 행운이었습니다.
선생님들의 도움과 이해가 있었기에 가능했음을 느끼며,
고마운 마음을 품고 떠나겠습니다.
혹시 저로 인해 힘들었거나 속상했던 선생님이 계시면
저의 부족함과 속 좁음에 대한 죄송하다는 말씀과,
앞으로 좋은 벗이 되고 싶다는 다짐을 전합니다.

안녕히 계십시오.

2015. 8. 31
목연 드림

* 덧붙임 : 목연은 인터넷에서 저의 필명입니다.
나무로 만든 벼루가 목연(木硯)이더군요.
저의 능력이 무엇을 펼칠 재목은 못되지만
다른 사람이 뜻을 펼칠 수 있도록 먹을 갈고 담아주는 그릇이

되자,

그러나 나는 단단한 돌이 될 만큼 강건한 그릇도 아닌 듯하니

긴 생활을 변함없이 버티는 힘이 되지는 못할 테고,

나무처럼 살다가 낡아지면 조용히 사라지자라는 의미로

그렇게 적어 보았습니다.

생각하며 걸은 길

내가 걸은 길이 평범하게 보일지라도
내게는 아름답게 보였습니다.
내가 걸은 길이니까요.

생각하며 걸은 길

2015년 9월 1일 화요일
맑은 날씨였으나 밤늦게 폭우가 내렸습니다.

교직에서 벗어나서 자유인이 된 첫날입니다.
아직은 특별히 달라진 점이 느껴지지 않습니다.
7월말에 방학을 한 후 8월에 출근한 날은 이틀뿐이므로
방학의 연장으로 생각되나 봅니다.

아무튼 이제 출근을 안 해도 되고,
이런저런 시비에 얽매이지 않아도 됩니다.
시간이 지나면서 어떤 허탈감이 느껴질 지도 모르겠습니다.
이사를 가도 옛집이 생각나고 새집이 어색한 법인데
하물며 퇴직이야 오죽하겠습니까?

그러나 많은 변화를 적응하며 살아온 나입니다.
두려울 것이 무엇이겠습니까?
편안한 마음으로 삶을 이어가고 싶을 뿐입니다.

2015년 9월 2일 수요일
밤새 비가 내리기는 했지만 아침부터 맑았습니다.

교직에서 벗어나서 자유인이 된 이틀째입니다.
아직도 직장인이 아니라는 것이 실감이 되지 않습니다.
연일 피로가 쌓이고 있으니
출근을 안 하는 변화에 대한 충격은 없습니다.

퇴직을 하면 시간이 남아돌아서 고민이라던데,
나는 해야 할 일이 너무 많아서 걱정입니다.
읽어야 할 책과 써야 할 리뷰, 정리하지 못한 사진,
방과 책꽂이 정돈 등을 마치려면 최소한 일주일,
어쩌면 한 달 이상이 걸릴 지도 모르겠습니다.

2015년 9월 3일 목요일
맑은 날씨였지만 간혹 비가 내렸습니다.

교직에서 벗어나서 자유인이 된 사흘째입니다.
오늘부터 나의 교직 후반기인
제칠중학 시절의 생활을 돌아보려고 합니다.

원주 지역에서 8년의 만기를 채운 뒤에
전보 희망 1순위를 인제지역으로 냈습니다.
원주에 연고를 둔 교사들은
대개 영월, 평창, 정선 쪽을 희망하는 것이 상례입니다.
그럼에도 불구하고 인제로 희망을 한 이유는

제삼중학에서의 인연을 떠올렸기 때문입니다.

인제에서는 제칠중학이 기피학교 중의 하나였습니다.
벽지가 아니니 벽지점수나 벽지수당도 없고,
관사가 없으니 주거 부담도 컸기 때문입니다.
그런 탓에 제칠중학에 갈 때는 좋은 기분이 아니었습니다.

그러나 제사중학에서 평교사로 함께 근무했던
A선생님이 교감으로 계시면서 반겨주었고,
작은아버님 댁이 인근에 있어서 의지가 되었습니다.
작은어머니는 친히 오셔서 자취방을 구해주셨고,
주인집에서는 작은어머니 낯을 보아서
방세를 깎아주기도 했고요.

작은어머니는 그로부터 3년 뒤에 점차 건강을 잃으셨고,
몇 년 후에 세상을 떠나셨습니다.
제일중학에 발령을 받을 때는
어머니께서 마지막으로 부모 역할을 해주셨다면,
제칠중학에서는 작은어머니께서 그래주셨습니다.
어린 시절의 믿음직하고 자상하신 모습 그대로시던
인제 시절의 작은어머니를 생각하면
지금도 그리움과 함께 애틋한 마음이 느껴집니다.

2015년 9월 4일 금요일

맑은 날씨가 이어졌습니다.

교직에서 벗어나서 자유인이 된 뒤 나흘이 지났습니다.
나는 제일중학에서 제육중학까지 가족과 함께 살았습니다.
결혼한 이후 학교를 옮겨서 이사를 갈 때도 함께 다녔고요.

그러나 제칠중학부터는 혼자 가서 자취를 했습니다.
아이들이 학교에 다니고 있으니
가족이 함께 움직이기 힘든 상황이 된 것이지요.
나로서는 처음으로 주말부부가 된 것이고요.

아내에게 미안한 표현이지만 자유를 만끽했습니다.
아내에 대한 사랑 여부를 떠나서
나는 홀로 있는 것을 즐기는 체질인 듯합니다.
식사와 빨래 등을 손수 해야 했지만,
최소한 식사만은 한 끼도 굶지 않고 꼬박꼬박 챙겼습니다.

빨래도 잘하는 것은 아니지만
양말이나 속옷을 매일 빨고 갈아입는 것이
내게는 취미에 가까웠습니다.
홀로 생활했던 제칠중학과 제팔중학 시절의 7년 동안
나는 먹는 것과 위생 면에서는 비교적 잘 챙긴 듯합니다.

2015년 9월 5일 토요일

맑은 날씨였으나 오후에 비가 내렸습니다.

교직에서 벗어나서 자유인이 된 뒤 닷새가 지났습니다.

제칠중학에서 3년간 있는 동안에 2년은 자취를 했고,
1년은 관사에서 생활했습니다.

자취하던 방이나 관사에서 3분만 걸으면 성당이었습니다.
꼭 기도를 하기 위해서가 아니라도
성당 앞은 거의 매일 지나갈 수밖에 없었지요.
틈이 나면 성당에 들어가서 명상을 하곤 했습니다.
내 평생을 거쳐서 성당을 가장 가까이 했던 시기입니다.

성당에 가서 미사에 참례한 횟수로만 따진다면
레지오 활동을 했던 제삼중학시절보다도 많았습니다.
영적으로 받은 감명은 지금까지의 내 생애에서
제칠중학과 제팔중학 시절이 가장 많았을 것입니다.

2015년 9월 6일 일요일
벌초를 하기에 좋을 만큼 적당히 흐린 날씨였습니다.

교직에서 벗어나서 자유인이 된 뒤 엿새가 지났습니다.
제칠중학은 내가 마지막으로 담임을 한 학교입니다.
그 무렵의 나는 담임을 맡기에는 나이가 좀 많았고,
빠지기에는 이른 애매한 연배였습니다.
3월에는 담임이 아니었는데 1학년 1반 담임인 A선생님이
유산으로 인해 2학기 때 휴직을 하시게 되었습니다.
부담임인 내가 담임을 인계 받은 것이고요.

다음해에는 2학년 1반 담임으로 그 학생들과 함께 했으며,
3년째에는 담임은 아니지만 수업을 담당했습니다.

이 아이들은 마지막으로 담임을 한 학생들이면서
3년간 가르친 학생들이기도 합니다.

2년 연속 실장이었던 B군, 1학년 때 부실장이었던 C양,
2학년 때 부실장이었던 D양, 웅변을 잘했던 E양,
담임반이 아닌 다른 반의 실장이면서 친구 같았던 F군,
한글도 모를 정도지만 고등학교에 진학했던 G군 등
제칠중학의 여러 학생들이 떠오르는군요.
여기서는 자취를 하면서도 시간이 충분했고,
담임으로서 마지막 정열을 불태울 기회가 주어졌으니,
교사로서 행복했던 학교이기도 합니다.

그러나 교과나 문예지도는 물론
담임으로서 나의 행적은 아쉬움이 남습니다.
좀 더 노력을 할 수도 있었지만 그것을 못한 것이지요.
그래도 위안이 되는 것은 2학년 담임을 할 때는
학급홈피를 만들어서 학급일기를 쓰도록 한 것입니다.
내 블로그에 남아 있는 그 일기가 추억을 떠올려 주네요.
실장인 B군과 부실장인 C양으로 하여금
공동홈피를 만들게 해서 도교육청의 학생홈피경진대회에
3위에 입상시킨 것도 작으나마 보람이 느껴집니다.

아직도 제칠중학의 학생들이 그렇게 떠오르는 이유는
마지막 담임을 했다는 인연 때문일까요?

2015년 9월 7일 월요일
맑은 날씨가 이어졌습니다.

교직에서 벗어나서 자유인이 된 뒤 일주일이 지났습니다.
제칠중학에서 잊을 수 없는 일 중에 하나는
단국대학교에서 주최한 제3회 교단문예상 소설부문에서
『피리 부는 사나이』로 당선되었다는 것입니다.
이 공모대회는 전국의 중등교사를 대상으로
시와 소설과 교단수기 부문에서 작품을 모집했습니다.
나는 소설부문에서 당선되어, 2백만 원의 상금을 받았고요.

작품의 배경은 입대한 후 훈련소 생활을 마치고
병참학교에서 후반기교육을 받던 시절입니다.
상당 부분이 사실이니 소설이라기보다는 실화라고 할까요?
이 글은 제대를 한 후 원고지 20장 정도의 수필로 썼는데
그 후 수십 번에 걸쳐서 가필과 정정을 하는 동안
100여 장 분량의 소설로 꾸며진 것입니다.

직접 겪은 일이니 사실감이 있을 것이고,
10여 년 동안 퇴고를 거듭하는 동안 정제되기도 했겠지요.
그러나 지금 읽어도 어딘가 허점이 느껴지며,
전국규모 대회의 당선작으로는 부끄러운 수준입니다.

이런 작품으로 권위 있는 전국 현상공모에서 당선된 것은
행운의 신이 함께 했기 때문일 것이고요.

개인적으로 당선보다 더 기연이라고 생각하는 것이
A선생님과의 인연입니다.

제육중학 시절 국립극장의 연극연수에 참가했을 때,
부산의 어느 고교 교사인 그녀도 함께 연수를 받았습니다.
국립극장의 연수 내용은 사흘간 이론 강의를 들은 뒤에
분임별로 연극을 한 편 공연하는 것이었습니다.
우리 분임 15명이 공연한 작품은
쏜톤 와일더의 「우리읍내」 중에 3막입니다.
A선생님은 주인공인 에밀리 역을 연기했고,
나는 그녀의 남편인 조지 역을 맡았습니다.

조지는 1~2막에서는 주연급의 중요 배역이었으나
3막에서는 대사가 하나도 없는 엑스트라에 불과합니다.
내가 맡은 역은 3막 초기에 에밀리 장례식에 참석한 뒤,
마지막에 그녀의 무덤에 찾아가 오열을 하는 정도입니다.

내 배역은 연기라고 할 수도 없었습니다.
그녀가 공동묘지의 망자들과 대화를 주고받을 때
나는 엎드려서 우는 동작만 취하면 되었으니까요.
공동묘지는 상징적인 것이어서
의자에 앉아있는 망자들을 무덤으로 형상화한 것이고요.
나는 출연시간은 길었지만
A선생님의 무릎에서 흐느끼는 역할만 했습니다.

우리 분임에서는 내가 맡은 역이 최고라면서
부럽다고 농담을 건네는 분도 있었습니다.
20대인 A선생님은 미모도 뛰어났습니다.
그런 미녀의 무릎에 얼굴을 묻고 있으면 되니
얼마나 신나는 일이겠습니까?

그러나 실상은 그렇게 쉽지는 않았습니다.
그때가 여름방학 중이라 땀 냄새가 진동하면서
실내 공간이라 별 냄새가 다 났습니다.
또한 여선생님의 무릎에 편히 엎드릴 수는 없는 것이니
무릎에 힘을 주어서 닿을 듯 말 듯한 자세를 취했습니다.
마치 엎드려뻗쳐 벌을 받는 듯한 기분이라고 할까요.
시간이 흐를수록 온몸이 뻐근하였고요.
즐거움은 잠시뿐이고 고단한 나날을 보냈지요.
아무튼 비록 극중이지만 주인공인 A선생님의 남편으로
열흘을 생활하면서 국립극장 무대에도 섰습니다.

그런 A선생님이 교단문예상 시부문 당선자인 것입니다!
연극에서는 부부, 교단문예상에서는 동반 당선되었으니
얼마나 깊은 인연입니까?

A선생님과 그 이상의 만남은 없었지만,
다만 가끔 이런 생각을 했었습니다.
'그녀와 세 번째 만난다면 어떤 인연으로 마주칠까?'

2015년 9월 8일 화요일
오늘도 맑은 날씨가 이어지고 있습니다.

교직에서 벗어나서 자유인이 된 뒤 여드레가 지났습니다.
제칠중학의 전교조 조합원은 4명이었는데,
내가 부임하고 분회장을 맡으면서 9명이 되었습니다.
당시만 해도 합법화 초창기입니다.

관리자들이 전교조를 걸끄러워하던 시대였지요.
교장선생님은 나를 부담스럽게 생각하고 계셨습니다.

나로서는 원치 않는 갈등이었고요.
분회장은 그야말로 엉겁결에 맡았고,
조합원이 배가된 것이 나의 노력 때문도 아니었습니다.
나와 함께 조합원인 선생님이 한 명 더 전입을 했으니,
2명은 자연 증가가 된 것이고,
교장선생과 교감선생에게 좋지 않은 감정이 있었던
두 분의 선생님은 자진해서 가입을 했습니다.
나의 힘으로 가입시킨 교사는 절친이 되었던
A선생님 한 분 정도였고요.

그러나 제육중학의 강성분회장이었던 연선생이 온 뒤에
제칠중학 전교조가 강화된 것으로 보였나 봅니다.
근무하는 동안 많은 갈등을 느꼈습니다.
선생님들의 불신을 받던 제육중학 B교장선생님과는 달리
제칠중학 C교장선생님은 원칙을 지키는 분이었습니다.
깐깐하고 고루하게 비치는 면은 있었지만,
영국신사 같은 기품도 지닌 분이셨지요.
그 연배의 선생님들 중에는 괜찮은 분이었고,
내게는 고교선배라는 사적인 인연도 있었습니다.

나는 가급적이면 부딪치고 싶지 않았으나
조합원 선생님들은 이상하게 느껴질 정도로
관리자 선생님들에게 불만과 불신이 가득했습니다.
나로서는 곤혹스러운 마음이었고요.

또한 당시의 교육감은 보수색이 짙은 분이었습니다.
전교조강원지부와 도교육청이 심하게 부딪치는 시기였고,
특히 NEIS 시행으로 인해 교단의 갈등이 극심했습니다.
저항과 징계가 반복되면서 분위기가 무거웠고요.

당시 인제지회는 전교조교사들의 단결이 굳건했고,
제칠중학은 군내 최대분회이기도 했습니다.
조용히 살면서 교단에 충실하고 싶었지만,
어쩔 수 없이 투쟁의 선봉에 서야 했다고 할까요.
다행히도 교감선생님과는
인간적으로 이해하는 편이라 숨통이 트이기는 했습니다.
그래도 부딪쳐야 하는 상황이 버거웠습니다.

2015년 9월 9일 수요일
가을의 맑은 날씨가 이어지는 하루였습니다.

교직에서 벗어나서 자유인이 된 뒤 아흐레가 지났습니다.
나이가 들수록 계절의 아름다움이 가깝게 와 닿았는데
특히 인제의 아름다움을 새롭게 느꼈습니다.
제삼중학 시절에는 6년 동안이나 근무하면서도
경치에 대해서는 큰 느낌이 없었습니다.
그러나 세월이 흐르면서 자연을 보는 문리가 텄나 봅니다.

이곳에서 근무하는 동안에는 절친으로 지낸 A선생님과
후배인 B선생님까지 셋이서 자주 드라이브를 즐겼습니다.
우리는 해가 긴 여름에는 한계령을 넘어 오색약수까지 가서

그린야드호텔 온천에서 탄산탕 목욕을 즐긴 뒤
한계령휴게소에서 커피를 마셨습니다.
이어서 미시령 길목에 있는 송희식당에서 식사를 했고요.
지금 생각해도 황홀할 만큼 멋진 순례 코스는
제칠중학 시절을 풍성하게 해준 추억이었습니다.

학창시절 수학여행의 추억이 서린 장수대와 오색약수,
우리나라 3대폭포의 하나인 대승폭포,
주전골의 아름다움 등을 만끽한 제칠중학 시절은
나로 하여금 자연의 아름다움을 깨닫게 해주었습니다.

2015년 9월 10일 목요일
맑은 날씨가 이어지고 있습니다.

교직에서 벗어나서 자유인이 된 뒤 열흘이 지났습니다.
오늘은 경조사 부조에 대한 무거운 화제입니다.

제칠중학에서 근무할 때 장인께서 별세하셨습니다.
장인어른은 7~8년 동안 혈압으로 고생하시다
마지막 3년 정도는 식물인간 상태로 계셨습니다.
그런 상황이 계속되는 동안에 가족들도 지친 상태였고요.
여름방학을 맞아 처가에 왔던 우리 내외는
며칠 동안 머물렀지만 그저 얼굴만 뵈었을 뿐입니다.

이제 내일이면 출발을 하려던 초저녁에
장인은 주무시는 듯 돌아가셨습니다.
나는 장모님과 함께 방에 있다가 임종을 맞았고요.

뜻하지 않게 임종을 하는 효도를 한 것이니,
그 점은 고맙게 생각하고 있고요.

그러나 당시에는 갑작스러운 별세가 당황스러웠습니다.
일단 직장에 연락을 해야겠다는 생각이 들었습니다.
그때만 해도 핸드폰이 활성화되기 전입니다.
연락을 하려니 전화번호도 모르겠고,
연락을 받는다고 해도 수백 리 떨어진 이곳에
조문을 올 것 같지 않았습니다.
일단 동생과 A 모임과 B모임 총무,
가깝게 지낸 C선생님에게 전화를 시도했습니다.
10여 년째 끈끈한 관계를 유지하고 있는
A모임과 B모임에서는 몇 분은 오실 것이라고 기대했지요.
절친인 C선생님이 학교 상조회에 알릴 것이고
C선생님을 비롯한 몇몇 분이 오실 것이라고 생각했습니다.

그러나 A모임의 선생님들과는 연락이 안 되었습니다.
몇 번을 통화해도 연결이 되지 않았고요.
여행을 좋아하시는 분들이니 해외로 가셨나 봅니다.
B모임과 C선생님은 연락이 되었습니다.

사흘 동안 장례가 진행되는 동안
나의 손님으로 조문을 온 것은 동생뿐이었습니다.
A모임은 끝내 연락이 되지 않았고,
B모임의 벗들과 C선생님은 물론 학교에서도 오지 않았고요.
그래도 큰 사위이고 학교라는 기관에 근무하던 나로서는
민망하기도 하고 참담한 마음도 들었습니다.

그때는 중앙고속도로가 개통되기 이전이었습니다.
강원도에서 남도 끝까지 오기는 힘들었을 것입니다.
A모임 선생님들은 뒤에 소식을 듣고
전화나 메일을 통해 조의를 나타냈을 뿐입니다.

B모임에 대해서는 황당하면서 분노가 치솟았습니다.
모임규약에는 경조사가 있을 경우
직계가족만 지출한다는 규정이라서 오지 않았다더군요.
장례식이 끝난 뒤에 부조금이라고 10만원만 주었고요.

제칠중학에서 가장 절친이라던 C선생님은
아직 젊은 탓인지 경조사의 중요성을 몰랐나 봅니다.
그는 내 연락을 받자마자 내 홈피에 조문의 글만 남겼고,
그러면 된 것으로 생각했답니다.
나는 C선생님이 학교 상조회에 연락을 해줄 것이며,
다른 사람은 몰라도 그만은 오리라고 기대했지만,
경험이 없는 그는 그런 생각을 전혀 못한 것이지요.

장례기간 동안 마음이 무거웠습니다.
내가 이렇게 사회생활을 못했나 싶은 자괴감과 함께,
제오중학과 제육중학에서 상조회장을 하는 동안
경상도와 전라도 끝까지 안 간 곳이 없는데,
정작 내게 일이 있을 때는 아무도 오지 않았다는 것이
섭섭하기 그지없었습니다.

개학을 한 후 학교 상조회에 장인의 부고를 알리며
회원 경조사에 나오는 부조금을 요청했습니다.
교감선생님과 상조회장님은 몹시 당황해하면서

그런 일이 있으면서 연락도 안했냐고, 나를 나무랐습니다.
비로소 상황을 깨달은 C선생님은 얼굴을 들지 못했고요.
그분은 몇 번이고 미안하다고 사과를 했지요.

나는 A모임 선생님들에게도 섭섭했지만,
그분들은 연락을 못 받았으니 어쩔 수 없었습니다.
B 모임 친구들에게는 분노를 숨기지 않았습니다.
모임을 깨거나 나를 빼달라고 했고요.

이 일은 내게 큰 충격이었습니다.
앞으로 모든 경조사에 발길을 끊겠다고 다짐했고,
그로부터 3년 동안 꼭 가야 할 자리에도 가지 않았습니다.
내게는 아무도 오지 않았는데,
내가 왜 남의 경조사를 챙기느냐는 마음이었고요.

시간이 흐르면서 나의 생각이 부족했음을 깨달았습니다.
A모임은 하필이면 방학 중이었고,
총무를 맡은 이들이 여행 중이라 연락이 안 되었습니다.
개학을 한 뒤에 상황을 알게 된 그들 역시
당혹스러웠지만 그 마음을 표현할 방법이 없었을 것입니다.

B모임은……, 교통이 좋지 않던 그 무렵에
직장생활을 하던 그들로서는 먼 길을 오기 힘들었겠지요.
조문을 하려면 고단함을 감수하는 것은 물론이고,
최소한 하루는 연가를 맡아야 했을 것이고요.
내가 그들의 입장이라도 그렇게 처신했을지 모릅니다.
잘못이 있다면 그들의 우정을 과신했던 내게 있겠지요.

학교 상조회에는
어떤 식으로든 내가 직접 연락을 해야 했습니다.
막연히 C선생님이 알아서 처리해주리라고 믿었는데
내 의사를 명확하게 전달하지 못한 나의 과오입니다.

경조사에 대해서 며칠 전에 큰 깨달음을 얻었습니다.
퇴직을 한 뒤에 이런저런 정리를 하면서
어머님 별세와 아들의 결혼식 때 받은 부조금 봉투도
함께 폐기했습니다.
그 때 경조금을 보낸 분들과 금액 등을 살펴보았습니다.
그중에는 당연히 보내야 할 사람이 빠진 경우가 있고,
좀 더 많은 금액을 넣어야 할 사람도 있었습니다.

제구중학의 E 선생님의 경우
그의 모친상과 자녀결혼식 때 나는 5만원을 부조했지만
그는 3만원만 답례를 하였고,
F장학사의 경우는 나의 부조금을 받았지만
응답을 하지 않기도 했습니다.

이렇게 섭섭한 경우만 있는 것도 아닙니다.
생각하지 않았던 분으로부터 부조금을 받은 경우도 있고,
오히려 내가 답례를 못한 경우도 있었습니다.
전교조 동지였던 G 선생님의 경우
나의 경조사에 두 번 모두 부조를 했는데,
나는 그의 별세 소식을 듣고 연락방법을 생각하다가
끝내 아무것도 못하고 말았습니다.
이제 그분에게 답례할 길이 전혀 없는 것이고요.

그분을 만나게 될 날이 두려운 마음입니다.

내가 3년 동안 모든 경조사에 관심을 끊었을 때,
어쩌면 내게 섭섭함을 느꼈던 분도 있었을 것입니다.
나는 연선생을 각별하게 생각하고 있었는데
이렇게 무심하다니, 라고…….

특히 임회장님을 생각하면 죄스럽기 짝이 없습니다.
선친의 평생지우이자 신앙적 동지였던 회장님은
할아버지, 동생, 아버지, 할머니 장례식 때마다
기적처럼 가까이 계시면서 함께 해주셨습니다.
그러나 그분이 별세하셨을 때, 나는 찾아뵙지 못했습니다.
외아들이었던 H형이 경황 중에 연락을 못한 탓도 있지만,
아무튼 나는 가족이 받은 은공에 답례를 못한 것이지요.

40여 년 동안 선교사로 계시면서
회장님의 보살핌을 받은 신자들이 얼마나 많았겠습니까?
평생 동안 그렇게 많은 덕을 베푸신 회장님은
정작 당신의 마지막에는 답례를 받지 못하신 것이고요.
그래도 그분은 아쉬움이 없었을 것입니다.
하느님이 그 이상으로 보답을 해주셨을 것이니까요.

지금까지 교단에서 근무하는 동안
나는 많은 분들의 경조사에 마음을 나타냈는데
내가 일을 당했을 때는
아무런 응답이 없다고 섭섭하게 생각했지만…….
그러나 내가 받은 부조 봉투들을 살펴보니
그 상당수에 대해 나도 답례를 못했습니다.

아마도 앞으로도 그 기회가 없을 것입니다.
교단을 떠난 나의 주소를 그분들이 어떻게 알고
경조사를 알릴 수 있겠습니까?

그래, 받을 만큼 받지 않았는가? 이제 베풀면서 살자.
그러나 베풀 기회가 없을지도 모른다고 생각하니
좁디좁았던 지난날의 소견이 더욱 부끄러웠습니다.

2015년 9월 11일 금요일
맑은 날씨였으나 오후 늦게부터 흐렸습니다.

교직에서 벗어나서 자유인이 된 뒤 11일이 지났습니다.
내 삶에서 한 일 중에서 가장 의미 있는 일인지도 모를
『조신부님과 임회장님』 발간을 떠올려 보겠습니다.

선친은 한국전쟁 때 두 다리를 잃은 국가유공자십니다.
생명이 위급한 가운데 신부님으로부터 위험세례를 받고
전역을 한 뒤 고향인 서석으로 돌아오셨고요.

당시만 해도 벽지인 서석에는 성당이 없었으므로
선친은 홍천성당까지 가서서 조필립보 주임신부님께
신앙지도와 서석에 성당을 세워줄 것을 부탁했습니다.

호주 출신으로 일제강점기 때 한국에 오신 조 신부님은
일제관헌에 의해 투옥된 후 추방되시었고,
해방이후 돌아오셨다가 한국전쟁 때 공산군에 의해
북한으로 납북되어 포로생활을 겪으시는 등
반세기 동안 우리 민족과 애환을 함께 하신 분이십니다.

신부님은 목발을 집고 100여리를 찾아온 선친을 보고
그 신앙심에 감동을 느끼셨다고 합니다.
신부님은 한국전쟁 때 부군을 잃고 신앙에 귀의했던
임숙녀 회장님을 서석의 전교회장으로 파견하셨습니다.
선친은 공소회장, 임 회장님은 전교회장이 되어
조필립보 신부님의 지도아래 서석성당이 세워졌습니다.

서석성당의 개척사는 춘천교구에서도
매우 귀중한 사례로 생각하고 있다고 합니다.
선교사의 전도가 아니라 지역민의 요청으로 신앙이 전파된
드문 사례 중에 하나이고,
이것은 한국천주교회의 성립과정에 비유되기도 한다고요.

내가 제칠중학에 부임했을 때는
임숙녀 회장님이 전교회장 생활에서 은퇴하신 뒤였습니다.
회장님은 조필립보 신부님을 보좌하면서
전교회장으로 활동했던 시절의 생활을 기록한
육필 회고록을 내게 보내주셨습니다.

전교회장 시절 첫 결실이었던 서석천주교회에 대한 애정과
신앙의 동지였던 선친에 대한 우정을 생각하셨겠지요.
나는 서석면 최초의 천주교신자인 선친으로 인해
서석성당 최초의 유아세례자가 되었고,
주일학교 출신의 최초의 첫영성체자였습니다.
회장님은 그런 내게 각별한 사랑을 지니고 계셨고요.

회장님의 글을 본 나는 감개무량했습니다.
회고록의 내용은 나의 어린 시절의 추억이었고,

익히 알고 있던 사연이었습니다.
옛 사진첩을 다시 펼친 듯 가슴이 뭉클했지요.
또한 하느님 사업에 온몸을 바친 두 분의 생애는
한편의 드라마처럼 감동적이기도 했답니다.

나는 회장님이 보내주신 육필원고를
워드로 정리한 뒤 다시 보내드렸습니다.
회장님은 고마워하시면서 다른 내용을 더 보내주셨고,
나는 그것도 정리해서 다시 보내드렸습니다.

때로는 회장님께서 전화를 거시고
이 대목은 잘못된 것이니 바로 잡아라,
저 대목은 이렇게 고쳐라 등의 말씀도 해주셨습니다.

회고록은 A4규격의 100여 쪽으로 글이 정리되었고,
회장님은 몇 부 복사해서 지인들과 공유하셨답니다.
그 글을 보신 서석천주교회 정원일 신부님은
'이 글은 서석천주교회의 개척의 역사'라면서
책으로 발간하고 싶다는 제안을 하셨습니다.

임회장님은 처음에는 사양하셨고요.
하느님의 종으로 마땅히 할 일을 했을 뿐,
지난날을 자랑하고 싶지 않다는 마음이셨습니다.

정 신부님은 이 기록은 회장님 개인만의 추억이 아니라
서석천주교회 및 춘천교구의 역사니
반드시 남겨야 한다며 설득하셨고,
그래서 빛을 본 책이 『조신부님과 임회장님』입니다.

이 책은 회장님의 지인들뿐만 아니라
많은 분들에게 감동적으로 읽혀졌습니다.

이 책의 문맥을 다듬고 그것을 워드로 옮기는 데에는
국어교사이자 컴퓨터를 구사할 수 있는 나의 힘도
조금은 보탬이 되었겠지요.
나로서는 내 삶의 멘토인 두 분,
조필립보 신부님과 임숙녀 회장님의 삶을 알리는데
작은 힘이라도 될 수 있었던 것이 영광일 뿐입니다.
그리고 이런 생각도 했습니다.
"내가 국어교사가 되고 컴퓨터에 대해 소양을 갖춘 것은
조 신부님과 임 회장님의 삶을 세상에 남기려는
하느님의 의도가 아니었을까?"

2015년 9월 12일 토요일
새벽에 비가 내렸으나 곧 갰습니다.

교직에서 벗어나서 자유인이 된 뒤 12일이 지났습니다.
강원도교육청의 교원 국외여행의 일환으로
금강산 연수를 다녀온 사연을 적어보겠습니다.
이때는 육로가 개설되기 이전이라
속초항에서 설봉호를 타고 출발했습니다.

여행을 다녀온 후에 「금강산 문답」이라는 제목으로
현대아산 금강산관광 사이트에 기행문을 올렸는데
이 글이 우수기행문으로 선정되어서

현대아산 금강산 사이트에서 메인화면에 게시되었지요.
그로 인해 각종 포털사이트에서 금강산을 검색하면
내 글이 상위에 링크되곤 하였습니다.

금강산 관광에 대해 문답식으로 작성한 그 글은
기행문으로는 독특한 형식이기도 하고
아직 금강산 관광이 대중화되기 이전이었던 탓에
누리꾼들의 눈길을 끈 듯합니다.
많은 사람들이 이 글을 읽고 댓글을 달기도 했고요.

이 글은 어쩌면 내가 쓴 글 중에서
가장 많은 사람에게 읽힌 글인지도 모르겠습니다.
그 글에 대한 쪽지나 메일을 수십 통 받았으니까요.

나는 그 뒤로 금강산에 두 번을 더 다녀왔습니다.
김대중 대통령에 이어 노무현 대통령이 집권하면서
금강산 관광이 대중화되었다고는 해도
세 번이나 다녀온 경우는 많지 않을 것입니다.
아마도 나는 금강산과 깊은 인연이 있나 봅니다.

2015년 9월 13일 일요일

가을의 맑은 날씨입니다.

교직에서 벗어나서 자유인이 된 뒤 13일이 지났습니다.
교단을 떠난 지 열흘이 넘어서서 보름째로 접어들고 있지만
아직도 자유를 실감하지 못하고 있습니다.
다만 과거의 일들이 빨리 지워지고 있는 것이 다행입니다.

내가 교사였다는 기억도 아물거릴 정도로요.

직장생활이란 병역의무와 비슷한 것이 아닌가 싶습니다.
제대한 뒤에는 자신이 군대에서 마치 큰 공을 세웠거나,
위풍당당한 용맹을 발휘했던 것처럼 자랑하지만,
다시 군대로 돌아가라고 하면 대부분 펄쩍 뛰지요.

내 마음이 그렇네요.
이렇게 글을 통해 내가 큰일이라도 성취한 듯이 나열하면서
좀 더 열심히 하지 못한 것이 아쉽다는 듯이 쓰고 있지만,
다시 되풀이할 기회를 준다면 천리만리 도망갈 것입니다.
그런 의미에서 정년퇴직이 있다는 것이 고마울 뿐입니다.

2015년 9월 14일 월요일
날씨만은 맑았습니다.

교직에서 벗어나서 자유인이 된 뒤 14일이 지났습니다.
오늘부터 제팔중학 시절의 추억을 더듬어 보겠습니다.
이곳은 내가 근무했던 학교 중에서 가장 작은 학교입니다.

부임할 때 37명이던 전교생이,
4년 후에 떠날 때는 26명으로 줄었고요.
전교생이 시내의 한 학급도 안 될 정도의 작은 학교였지요.
사람이란 환경에 따라 생각이 다르다는 것을
새삼스럽게 느낀 사연이 있기에 소개합니다.

전교생이 1,300명이던 제육중학에서
3백여 명이던 제칠중학으로 갔을 때는

무언가 허전한 느낌이었습니다.
제칠중학에 비교하면 1/10, 제육중학과 비교하면 1/50인
제팔중학 학생들을 보니 이런 학교도 있나, 싶었고요.

부임하던 첫 해 1학년 첫 수업을 할 때였습니다.
신입생들에게 중학교에서 느낀 점을 적으라고 하니,
한 학생이 이런 내용의 글을 썼더군요.
'중학교에 들어오니 학생들이 너무 많아서 정신이 없다.'

그 글을 보면서 이해가 되지 않았습니다.
'얘가 제 정신인가. 무슨 생각으로 이런 글을 썼나?'

뒤에 알고 보니 분교에서 졸업한 학생이었습니다.
그 분교는 전교생이 4명이었습니다.
그 지역에 주둔하는 군부대 중대장의 남매와
일반 학생 2명이 분교 학생의 모두였지요.
자기가 졸업한 뒤에 신입생이 입학하지 않았으므로
전교생이 3명이 되었다고 하네요.
전교생이 5명 내외이던 분교만 보다가
30여 명의 학교를 보니 정신이 없었나 보지요.
천 명이 넘는 제육중학을 보았다면 기절했을까요?

2015년 9월 15일 화요일
걷기 좋을 만큼 맑은 가을날이었습니다.

교직에서 벗어나서 자유인이 된 뒤 보름이 지났습니다.
제팔중학에서는 아버지에 대한 추억이 떠올랐습니다.

원주에서 제팔중학이 있는 곳으로 가려면
내 고향인 서석과 아버지의 고향인 절골을 지나서
행치령을 넘어야 합니다.

아버지께서는 전쟁 이전에 국방군에 지원병으로 입대하셨고,
삼팔선 부근의 8연대에서 근무하고 계셨습니다.
그러나 삼팔선이 무너지면서 부대가 풍비박산이 났고요.
낙오되신 아버지는 고향으로 돌아오셨는데
주민 중에 공산당에 협조하는 사람도 있었다고 합니다.
아버지는 공산당을 피해서 행치령 무내미(수유동)에 있는
이모님 댁으로 피신하셨고요.

아버지를 숨겨주셨던 이모할머니는 돌아가셨지만,
이종아저씨는 생존해 계셨습니다.
찾아갈 때마다 그때 이야기를 들려주시더군요.

아버지는 낮에는 뒷산에 올라가 숨어계시다가
밤이 되면 이모님 댁으로 와서 주무셨다고 합니다.
새벽이 되면 주먹밥이나 감자 같은 먹거리를 들고
산으로 오르시기를 3개월 가까이 반복하셨고요.

아버지가 피신해 계시던 산을 바라보면서
많은 생각을 했습니다.
그로부터 반세기가 지난 지금 교사로 이곳에 와서
옛일을 떠올리고 있는 나를 보신다면
아버지는 어떤 말씀을 하고 싶으실까요?

2015년 9월 16일 수요일

가을을 느낄 수 있는 맑은 날씨였습니다.

교직에서 벗어나서 자유인이 된 뒤 16일이 지났습니다.
제칠중학에서 4년간 근무하는 동안
전교생이 가장 많을 때가 37명이고, 적을 때는 26명이었습니다.

제칠중학에서 가르친 학생들은
대개 서로 형제, 남매, 자매거나 친척이었습니다.
그러다 보니 대부분의 학생은 물론이고,
그들이 사는 곳과 부모까지도 헤아릴 수 있었습니다.

그래도 가장 선명하게 떠오르는 학생이 누구일까?
A양과 B양을 꼽을 수 있을 듯합니다.
서로 동급생인 두 학생을 3년간 가르쳤습니다.
A양은 성적이 우수한 편이면서 원만했고,
B양은 시골지역에서 보기 드문 천재형 학생이었습니다.

A양은 내가 처음으로 만난 제칠중학 학생입니다.
제칠중학에 부임했을 때 모임 친구들이 축하 차 찾아왔고
그들과 식사를 하는 옆자리에 A양네 가족이 있었습니다.

내가 교사인 것을 안 A양의 부모는 인사를 청하면서
그해에 입학하는 A양에게 술잔을 따르라고 했습니다.
비록 부모가 보는 앞이기는 했지만
여학생에게 술잔을 받기는 그때가 처음이자 마지막입니다.

제칠중학을 졸업한 뒤 이웃의 고교에 진학한 A양은
다음해에 스스로 목숨을 끊었습니다.

부모가 의지할 만큼 성실했던 아이가 왜 그랬을까요?
그 이유는 모릅니다.
다만 3년간 생활하는 동안 A양과 얽혔던 갖가지 인연과
옛날 같으면 종가집의 맏며느리로 어울릴 만큼
따뜻한 마음씨를 떠올리며 가슴이 아팠습니다.

2015년 9월 17일 목요일

맑은 날씨가 이어지는 가을입니다.

교직에서 벗어나서 자유인이 된 뒤 17일이 지났습니다.
어제에 이어 두 번째 학생인 B양에 대한 기억입니다.

B양는 내가 교단에서 만난 학생 중에서
나의 지도를 통해 가장 뛰어난 성과를 이룬 학생입니다.
문예부문인 시조에서 인제군종합실기대회 금상을 수상했고,
강원도에서는 장려상을 받았습니다.
한문경시대회에서는 인제군 금상, 강원도 장려상이었고요.
인제군 독서토론대회 금상, 인제군 독서 골든벨 대회 금상,
인제군 영어 경시대회 금상······.
그밖에 다른 단체에서 주최하는 글짓기대회의 입상은
헤아리기 힘들 만큼 많았습니다.

인제군이 비록 작은 곳이지만 1위가 쉬운 것이 아닙니다.
대회마다 6개 중학에서 정예 학생을 내보냈으니까요.
인제군에서 가장 작은 학교의 학생이
다방면에서 1위를 한다는 것은 매우 이례적이었지요.

B양이 받은 상들 중에서
글짓기와 한문은 나의 지도로 이루어졌습니다.
받은 상의 8할은 나의 지도로 이루어진 것이니
나는 B양을 발굴한 일등공신이라고 할 수 있을 것입니다.
B양의 존재는 학교의 자랑이자 나의 자랑이었지요.

그렇다면 B양은 내가 교단에서 만난 학생 중에서
가장 뛰어난 학생이었을까요?
어쩌면 시내에서 만난 학생 중에는
B양보다 더 뛰어난 학생도 있었을 것입니다.
다만 시내 학교에서는 한 교사가 특정한 학생에 대해
3년간 지속적으로 개인 지도를 하는 것이 불가능합니다.

학년이 바뀌면 교과 지도교사도 바뀌고,
그렇지 않다고 해도 한 학생에 대해 집중적인 지도는
편애한다는 오해를 받을 수도 있으니까요.
그러나 제팔중학은 전교생이 30명 이하였고,
국어교사는 나 한 명이었습니다.
3년간 지속적인 지도가 가능했고,
B양의 재질은 누구나 인정하고 있었으므로
그런 지도를 시기하는 학생은 없었습니다.

그곳에서는 관사에서 살고 있었고,
매일 자율적인 야간 학습이 있었습니다.
주야간 지도가 가능했던 제팔중학이기에
B양을 그렇게 지도할 수 있었던 것입니다.
한문경시대회 준비를 할 때는

다른 학생들이 밤 9시까지 교실에서 자율학습을 하는 동안
나는 교무실에서 B양에게 한문 지도를 하였습니다.
중학교 한문 교과서 5권을 구한 뒤에
그 책을 완전히 암기시키다시피 익히게 했는데,
B양은 즐거운 마음으로 그것을 따랐습니다.
제팔중학이라는 환경에서 가장 큰 혜택을 받은 것이
B양이 아닌가 싶습니다.

고등학교에 진학한 B양는 중학교 때 같이
발군의 실력을 보이지는 못했다고 들었습니다.
그 학교에서는 어떤 한 학생만을 대상으로 하는 개인지도가
쉽지 않았을 테니 어쩔 수 없는 일이었겠지요.

2015년 9월 18일 금요일
약간 더운 듯하지만 그래도 맑은 가을 날씨입니다.

교직에서 벗어나서 자유인이 된 뒤 18일이 지났습니다.
제팔중학의 생활에서 우취반 활동도 기억이 납니다.
나는 제팔중학에 온 이래
천안에서 매년 개최되는 우표문화반 연수에 다녀왔고,
춘천우취회장인 C선생님을 강사로 초빙해서
본격적인 지도가 이루어졌습니다.

제팔중학 우취반은 C선생님이 우취 작품을 지도하고,
내가 편지쓰기를 지도하는 이원체제로 진행했습니다.
C선생님은 방학 동안에 학부모 우취교실도 개최했고,

내가 지도한 학생들이 편지쓰기대회에서 입상을 했으며,
전교생의 편지문집을 발간하기도 했습니다.
그런 활동으로 인해 우정사업본부장의 표창도 받는 등
우취반은 대내외적으로 성공적인 활동을 했습니다.

가장 큰 성과는 내가 제팔중학을 떠난 뒤에도
D선생님에 의해 우취반이 지속되었다는 것입니다.
D선생님은 천안의 우표연수까지 참석하는 등
관심을 보이면서 우취반에 입문하신 것이고요.
제일중학~제칠중학까지는 내가 떠난 뒤에는
지도할 교사가 없으니 우취반이 사라지곤 했는데
제팔중학부터는 연계지도가 이루어진 것이지요.

2015년 9월 19일 토요일
강릉의 맑은 하늘을 즐길 수 있는 날씨입니다.

교직에서 벗어나서 자유인이 된 뒤 19일이 지났습니다.
제팔중학의 전교조 이야기를 적어보겠습니다.
제팔중학 8명의 교사 중에 조합원은 3명이었습니다.
첫해에는 3명의 단결이 공고했고,
관내에서 가장 모범분회라는 평가를 들을 정도였습니다.

그러나 두 번째 해에 A 선생님과 갈등이 있었습니다.
어느 술자리에서 그가 내게 주정을 부리더군요.
"니가 전교조 맞아.
너 같은 놈 때문에 전교조가 욕을 먹는 거야."

밑도 끝도 없이 나를 매도한 것이지요.
평소에도 주사가 있는 것은 알았지만
10여 년이나 연상인 내게 그렇게 할 줄은 몰랐습니다.
다른 교사들이 말려서 그 자리에서는 별 일이 없었지만
황당하기도 하고, 수치스러움을 견딜 수 없었습니다.
특히 참기 힘든 것은 다른 선생님들도 동석한 자리에서
조합원끼리 그런 일이 있었다는 것이었습니다.

다음날 A 선생님은 아무 일도 없었다는 듯 태연했습니다.
술이 깨고 나면 전날 일을 기억을 못한다고 하는 것이
그 선생님의 평소 발언이기도 했고요.

나는 그를 불러서 도대체 어떻게 된 일이냐,
내게 불만이 있으면 둘이서 조용히 얘기할 일이지
그럴 수 있느냐, 무슨 말을 하고 싶냐 등
진솔한 대화를 나눌까도 생각했으나 그만 두었습니다.
그런 말을 꺼내는 자체가 창피했던 것이지요.

그해 말에 A선생님이 제팔중학을 떠날 때까지
우리는 필요한 말 이외는 대화를 하지 않았습니다.
그는 정말 모르겠다는 듯이 이렇게 말하기도 했습니다.
"도대체 연부장이 나한테 왜 이러는지 모르겠다."
나는 그 말을 들으면서도 못들은 척 했고요.
마지막 송별연에서 술잔을 나누기는 했지만
그의 행위는 지금도 이해할 수 없습니다.

그 일이 일어난 후 전교조의 탈퇴까지도 생각했습니다.
그가 참교육의 동지라는 것을 받아드릴 수 없었고요.

그러나 내가 전교조를 떠난다면
제육중학 제칠중학에서 분회장으로 있으면서
전교조 가입을 권유했던 나의 지난날은 무엇이 될까?
나의 권유로 전교조에 가입한 동료들은 어떻게 생각할까?
블로그에 올린 글들을 보면서 감명을 받았다는
다른 학교 조합원 선생님들의 충격은 얼마나 클 것인가?
이런저런 생각을 하면서 무조건 참기로 했습니다.

어쩌면 A 선생님은 술에 취했을 때의 자신의 언행을
정말로 기억하지 못할 수도 있고,
그 분에 대한 나의 생각이 오해일 수도 있습니다.
아무튼 내게는 제팔중학의 어두운 기억으로 남았네요.

그 이후 한동안 전교조 활동에서 가급적 거리를 두었고
그것이 다른 일을 더 열심히 한 계기이기도 합니다.
결과적으로 A선생님과의 갈등으로 인해
나는 다른 방면에서 성취를 할 수 있었습니다.
그런 면에서 그 분 역시 내게는 은인이라고 할 수 있네요.

2015년 9월 20일 일요일
마음은 무거웠지만 날씨는 맑았습니다.

교직에서 벗어나서 자유인이 된 뒤 20일이 지났습니다.
제팔중학같이 작은 학교에서는
체육대회를 어떻게 하는지가 궁금했습니다.
전교생이 30명 내외니 단체경기를 할 때는

학년별로는 어떤 종목이건 팀을 구성할 수 없습니다.
그러므로 전교생을 청백군 두 팀으로 나눈 뒤에
모든 종목에 학년 구분 없이 함께 참가합니다.

그래도 남자축구나 여자피구는 팀을 구성할 수 없습니다.
남녀 모두 15명 내외이니 선수가 부족한 것이지요.
그러므로 축구건 피구건
모두 경기는 남녀혼성으로 선수를 구성했습니다.

경기 규칙도 제팔중학에 맞게 조정했더군요.
축구의 경우 골은 반드시 여학생만 넣을 수 있습니다.
남학생은 페널티에어리어 안에 진입이 불가능하고요.
어쩌다 남학생이 길게 공을 차서 골인이 되었다고 해도
골로 인정되지 않았습니다.

피구는 더욱 재미있더군요.
제팔중학에서는 '보디가드피구'라고 불렀는데
남녀학생이 한 조가 되고 반드시 함께 있어야 합니다.
여학생은 남학생의 허리나 옷자락을 잡고
같이 움직여야 하는 것이지요.
공격은 여학생만 할 수 있는데,
여학생이 공을 맞으면 남녀가 함께 죽기 때문에
남학생은 여학생을 보호해야 하는 것이고요.
그래서 보디가드피구라고 한 듯합니다.
졸업생들이 그리워하는 추억 중에 하나가
남친과 여친이 공식적으로 꼭 붙어서 경기를 할 수 있었던
보디가드피구라는 말도 들었습니다.

가장 즐거운 것은 먹거리였습니다.
체육대회 날에는 동창회에서 돼지를 한 마리 잡았고,
학생과 학부모에게 점심과 저녁식사까지 제공했습니다.
학생들은 경기만 없으면 수시로 와서
삼겹살과 간식 등을 포식할 수 있었지요.

마지막 종목인 릴레이는 전교생이 참가하면서
관내 기관장과 학부모도 같이 뛰었습니다.
그야말로 동네잔치라고 할까요.

선수단 구성과 심판은 학생들이 스스로 진행했습니다.
자신들끼리 누가 강하고 약한지 잘 알기 때문에
공정하고 무난하게 팀이 구성될 수 있었던듯합니다.

2015년 9월 21일 월요일
가을이 아름답게 느껴진 맑은 날씨였습니다

교직에서 벗어나서 자유인이 된 뒤 21일이 지났습니다.
제팔중학의 신앙 활동도 기억에 남습니다.
천주교에서는 신부님이 계신 성당을 본당이라고 하고,
신부님이 계시지 않은 작은 성당을 공소라고 합니다.
제팔면의 성당은 공소였습니다.
일요일 저녁에 본당의 신부님이 오셔서 미사를 드렸고요.
신자 외에 인근 군부대의 사병들이 나올 때도 있었습니다..

제팔지역 공소는 공소회장님을 중심으로 단합이 잘 되고
신자들 간에 가족적인 분위기로 친화가 이루어졌습니다.

마치 어린 시절의 서석공소를 보는 듯한 마음이었습니다.
공소의 분위기가 좋은 탓에
나는 대개 일요일 저녁에 이곳에 와서 미사를 보았습니다.

2015년 9월 22일 화요일

맑은 날씨가 추석이 다가옴을 느끼게 했습니다.

교직에서 벗어나서 자유인이 된 뒤 22일이 지났습니다.
제팔중학에서는 지역의 구석구석을 자주 걸었습니다.
용소폭포가 있는 김부대왕로를 서너 번 일주했으며,
미산의 내린천로는 매주 한 번 이상은 걸었습니다.
아홉사리로와 문안사가 있는 자포대길 등
관내 곳곳을 걷지 않은 곳이 없을 것입니다.
학창시절부터 걷는 것은 자신이 있었지만,
제팔중학에서 걷기에 대한 자신이 더 붙었다고 할까요?

특히 A선생님도 걷기를 좋아하셔서
직원회식을 교외에서 할 때는 2km 이내 거리라면
함께 걸어서 오가곤 했습니다.
이제 생각하니 아름다운 데이트였네요.

2015년 9월 23일 수요일

맑은 날씨가 이어지고 있습니다.

교직에서 벗어나서 자유인이 된 뒤 23일이 지났습니다.
펜팔로 사귄 A선생님이 생각나는군요.

그녀와의 인연은 제칠중학에서 시작되었습니다.

갑자기 내 블로그에 댓글이 달리더니
A선생님의 글이 메일로 오기 시작했습니다.
그녀는 자신이 서울의 초등학교 교사라고 밝혔지만
그것을 믿을 수 없어서 답장을 망설였습니다.
그러나 글이 오가면서 서로에 대해서 이해가 깊어졌고,
마음을 주고받을 만큼의 인연이 되었습니다.

A선생님은 내 고향인 서석에도 다녀갔다고 합니다.
내 블로그에서 서석성당의 역사를 보고
성지순례를 하는 마음으로 찾았다더군요.
그 말을 듣고 내가 오히려 감동했습니다.

그녀가 제팔중학을 방문하고 싶다고 했을 때
나는 언제든지 오시라고 했습니다.
그러면서도 설마 강원도의 심산유곡까지 오시겠는가,
서로 직장과 가정이 있는데, 라고 생각했습니다.

A선생님은 어느 가을에 제팔중학에 찾아오셨습니다.
전교생에게 줄 다과를 준비해 가지고…….
그날은 A선생님 학교의 개교기념일이었다고 합니다.
오후에 조퇴를 맡은 나는 함께 드라이브를 했습니다.

필례약수와 한계령을 둘러본 뒤,
한계령휴게소에서 커피도 마셨고…….
이곳은 우리가 글을 통해 주고 받으며 감동을 나눈
이순원 작가가 쓴 『은비령』의 배경이 되는 곳입니다.
은비팔경이 어디쯤인지 답사를 한 것이지요.

그날 저녁에는 포근한 만찬을 즐겼습니다.
아무리 우정의 만남이라도 남녀가 유별하므로
두 분 동료에게 부탁을 해서 4명이 함께 한 것이고요.
정담을 나누면서 식사를 마친 뒤에
A선생님은 여선생님 관사에서 함께 주무신 뒤,
다음날 일찍 서울로 돌아갔습니다.

그 해에 서울에서 네이버 명예지식인 초청 이벤트로
스펀지 공개방송을 할 때도 A선생님이 함께 했으니
펜팔이 오프라인으로 연결된 인연이라고 할까요?
그 후 그녀가 명퇴를 하면서 서로의 연락은 끊겼습니다.
우리의 인연은 거기까지였던 듯합니다.

2015년 9월 24일 목요일
맑은 날씨가 좋기는 하지만 가을 가뭄이 걱정되는군요.

교직에서 벗어나서 자유인이 된 뒤 24일이 지났습니다.
제팔중학에서는 나의 인터넷 활동이 절정에 달했었지요.
네이버지식인에서 59대 명예지식인이 되었고,
KBS2의 스펀지에 감정평가단으로 출연하기도 했으며,
교사스폰서 이벤트를 통해 전교생에게 방석을 선물했고,
삼성생명 등 여러 매체와 인터뷰를 하기도 했습니다.
이런 유명세는 네이버 지식인의 활동과 연관된 것입니다.

그 무렵의 나는 네이버 지식인에서 정상권이었습니다.
네이버 최고의 영예였던 네이버후드어워드를 비롯하여

명예지식인, 에디터, 지식스폰서, 지식사랑장학생 등
지식인의 각종 이벤트에서 대부분 뽑혔으니까요.
이중에 백미는 전국의 네티즌을 대상으로
인기투표를 통해 선정하였던 네이버후드어워드에서
지식인 분야 1위를 차지했던 영광이겠지요.
지식인에서의 왕성한 활동은
지적인 성장에 긍정적인 영향을 미쳤으리라고 봅니다.

2015년 9월 25일 금요일

한가위 명절에 어울리는 맑은 날씨이기는 합니다.

교직에서 벗어나서 자유인이 된 뒤 25일이 지났습니다.
제팔중학 인근에는 외갓집이 있었습니다.
내가 태어나기 전에 외할아버지와 외할머니가 돌아가셨고,
외삼촌은 공산당에 의해 납치되셨습니다.
초등학교 시절에 외숙모님이 외사촌들을 데리고
서석의 우리 집 옆으로 이사를 오셨으니
나는 자랄 때는 외갓집에 한 번도 가지 못했습니다.
내게 있어서 외숙모님댁이 외갓집이었지요.

제팔중학에 근무하면서 외사촌형으로부터
외갓집의 옛터 위치를 들은 뒤에 찾아가보았고,
집 뒤에 있는 외할머니 묘소에도 인사를 드렸습니다.

어머니께서는 생전에
외갓집이 대궐같이 웅장했다고 자랑하셨습니다.

실제로 보니 대궐은 아니라도 운치 있는 5칸 집이었습니다.
이런 깊은 산골에 이 정도의 집이라면
대궐 같았다는 어머니 말씀도 지나친 말이 아닐 것입니다.

놀라운 것은 그 집은 어머니가 태어나시기도 훨씬 전에
외할아버지가 지으신 집이라는 것입니다.
그러니 백여 년 전에 지은 집이지요.
10여 년 동안은 빈집으로 버려진 상태임에도 불구하고
아직도 집의 형태를 유지하고 있고,
청소만 하면 거주할 수도 있을 만큼 단단해 보였습니다.

주말에 제팔중학에서 원주까지 올 때는
가끔 외할머니 묘소에서 인사를 드리고 출발하였습니다.
할아버지와 아버지의 고향인 수하리,
우리 형제들의 고향이면서 아버님이 잠들어계신 자작고개,
아들과 딸의 고향이기도 한 원주의 집으로 올 때는
마치 추억여행을 하는 듯 감회에 잠기곤 했습니다.

2015년 9월 26일 토요일
가을 가뭄이 걱정되지만 명절에는 좋은 날씨입니다.

교직에서 벗어나서 자유인이 된 뒤 26일이 지났습니다.
그동안 함께 근무했던 선생님들 중에
내게 깊은 인상을 남긴 분이 A선생님입니다.
우리는 제삼중학에서 처음 만나서 3년을 함께 근무했고,
제팔중학에서 다시 만나 4년을 근무했습니다.

두 번에 걸쳐서 7년 동안 만남이 있었지만,
그는 처음이나 지금이나 변함이 없었습니다.

학생과 동료들에게는 최선을 다했으며,
자신을 희생하다시피 무엇인가 해주려고 노력했고,
어떤 계산을 따지지 않는 분이었지요.

제삼중학의 어느 해 스승의 날이던가,
'스승의 날' 노래를 들으면서 눈물을 닦던
A선생님의 모습이 떠오릅니다.
그분의 헌신적인 봉사가 제팔중학 시절
학교가 평온했던 이유 중에는 하나일 것입니다.

어머니에 대해서도 지극한 효성을 하던
그 선생님의 인간적인 모습도 생각이 나고요.
A 선생님과 같은 교사가 관리자가 되었다면
우리 교단이 얼마나 풍성했을까, 라는 생각을 해봅니다.

B교장선생님도 생각나는군요.
그분은 시골학교 학생들이 시내 학생 못지않게
공부하는 환경을 만들려고 노력하셨습니다.
이곳저곳에서 스폰서를 얻어
전교생에게 5개 과목 참고서를 구입해 주었으며,
향토출신으로 자수성가한 분을 초빙하여
강연회를 통해 학생들을 깨우치려고 애쓰셨습니다.
그 모든 활동이 보이기 위한 것이 아니라
진심에서 우러난 것이 느껴져서 존경스러웠습니다.

열렬한 독서광이기도 하셨던 B교장선생님은
학창시절부터 지금까지 독후감을 쓰셨는데
라면상자로 세 상자나 되는 분량에 놀랐습니다.

아, 인제군의 국어선생님들도 생각이 나는군요.
대학 동기였던 A선생님과 B선생님과 C교감선생님
그리고 인제군국어과협의회에서 함께 활동했던
D, E, F, G, H 등의 선생님들…….
동교과 활동의 일환으로 매년 발간했던
우리의 문집 『내설악 글벗』과
김유정문학촌을 방문한 뒤
전상국 작가 선생님과 함께 했던 시간은
아름다운 추억으로 남을 것입니다.

2015년 9월 27일 일요일
명절을 즐기는 사람들에게는 좋은 날씨입니다.

교직에서 벗어나서 자유인이 된 뒤 27일이 지났습니다.
교단을 떠난 지 한 달이 채 되지 않았는데,
학교생활이 거의 생각나지 않는군요.
심지어 내가 교사였다는 것마저 잊을 정도로…….

마지막 학교인 제십중학의 동료교사를 떠올리려니
60여 명의 중에 이름과 얼굴을 연결시킬 수 있는 분은
열손가락을 겨우 넘길 정도입니다.
황당한 것은 2주 전에 심사위원으로 참가했던

강원도학생종합실기대회 때 사연입니다.
3년을 함께 했고 20여일 전까지 동료였던 A선생님이
제십중학의 학생들을 데리고 지도교사로 오셨는데,
그분의 이름이 기억이 안 나는 것입니다.
대화를 마칠 때까지 겨우 성만 떠오르더군요.

학생들의 경우는 더욱 딱한 상황입니다.
내가 마지막으로 가르친 160여 명의 학생 중에서
이름과 얼굴이 기억나는 경우는 손가락으로 꼽을 정도네요.
주당 4시간이나 수업을 했으면서도 이러니
망각의 늪이라고 해야 할까요?

나의 기억력이 형편없는 탓도 있지만,
어쩌면 잊기 위해 스스로 세뇌시켰는지도 모르겠습니다.
지금에 와서는 누구를 원망할 것도 없지만,
3월에서 5월까지는 몹시 힘겨웠습니다.
이 글을 쓰기 시작한 이유 중에는
답답하고 서운했던 감정을 잊기 위함도 있었으니까요.

그렇다면 그 작전은 성공일 것입니다.
떠날 무렵에는 모든 서운함을 잊을 수 있었으니까요.
하지만 좋은 기억까지 망각의 늪에 묻혀서야…….

2015년 9월 28일 월요일
연휴동안 맑고 푸른 가을 날씨가 이어지고 있습니다.

교직에서 벗어나서 자유인이 된 뒤 28일이 지났습니다.

퇴직이후 긍정적인 변화를 굳이 찾는다면
커피 2잔 마시기 기록이 113일째 이어지고 있다는 것과,
기도와 체조와 세면까지 마친 뒤 아침식사를 하는 것이
13일째 이어지고 있다는 것 정도일까요?

변화와 개선이 별거겠습니까?
이렇게 작은 것이라도 하나하나 개선하다 보면
큰 발전도 따라올 것이라고 믿고 싶습니다.

2015년 9월 29일 화요일
맑은 날씨를 즐기기에는 가을 가뭄이 걱정됩니다.

교직에서 벗어나서 자유인이 된 뒤 29일이 지났습니다.
제2의 인생인 퇴직이후를 알차게 가꾸기 위해
나름으로는 생각과 함께 노력도 하고 있습니다.
퇴직 이후에 내가 중점적으로 노력할 분야는
블로그 가꾸기, 꾸준한 독서, 건강관리의 세 가지입니다.

블로그는 네이버와 예스24 두 곳이 있습니다.
네이버 블로그는 매일 1,500명 내외의 방문객이 있고,
이곳에는 7천여 개의 추억이 담겨 있습니다.
예스24는 독서에 열중하게 된 계기가 된 블로그이고,
그간 알게 된 여러 이웃들과의 인연도 있습니다.

두 곳을 운영하는 것이 부담스러워서
지금까지 네이버 블로그를 포기하려고 했던 적이 한 번,
예스24 블로그 포기를 시도했던 적이 두 번 있었습니다.

앞으로 어떻게 될까?
일단은 올해까지는 양쪽 모두에 최선을 다 하겠습니다.

2015년 9월 30일 수요일
비가 온다는 예보 속에서 맑은 날씨가 이어졌습니다.

교직에서 벗어나서 자유인이 된 뒤 한 달이 지났습니다.
퇴직 이후 내가 노력할 두 번째는 독서입니다.

2013년 한 해 동안 210권의 리뷰를 쓴 것이
믿어지지 않을 정도로 기적 같습니다.
독서와 리뷰는 나의 취미이자 자존심이기도 합니다.
좋아하는 것마저 목표를 이루지 못한다면
다른 일에서 무슨 핑계를 대겠습니까?
열정을 갖고 책을 읽으며 정성을 다해 씀으로써
리뷰에 대해서는 일가견이 있는 내가 되고 싶습니다.

2015년 10월 1일 목요일
반가운 가을비가 하루 종일 내렸습니다.

교직에서 벗어나서 자유인이 된 뒤 두 달째 접어들었습니다.
퇴직 이후 내가 노력할 세 번째 분야는 건강관리입니다.
나는 건강에는 자신이 없습니다.
어린 시절부터 건강한 편이 아니었고
운동도 잘하는 종목이 없는 것으로 보아 약골입니다.

우리 집안의 내력만 보아도
10촌 이내의 친척 중에서 90세 이상 장수한 어른은
단 한 분도 안 계십니다.
할아버지는 장사 소리를 들을 정도로 건강하셨다고 하지만
66세에 세상을 떠나셨고,
춘천숙부는 120세를 넘긴다고 스스로 장담하실 만큼
좋은 생활습관을 갖고 긍정적으로 생활하셨지만,
70대 초에 돌아가셨습니다.
남자 어른 중에서는 80세를 넘긴 분도 드뭅니다.

나도 아등바등 오래 살고 싶은 생각은 없습니다.
때가 되면 떠나야 하지 않겠습니까?
골골하면서 힘들게 연명하는 것보다는
그전에 세상을 떠나는 것이 좋다고도 생각합니다.

그러면서도 조금이라도 더 살려고 생각하는 것은
가장으로서의 책임감 때문입니다.
내가 없으면 연금의 삼분의 일이 삭감된다고 하더군요.
나는 그리 낭비를 하지 않는 편이므로
생전에는 연금의 삼분의 일을 못 쓸 것입니다.
그러니 조금이라도 더 살아야 가족에게 도움이 되겠지요.

언젠가 농담 삼아 이런 말을 한 적이 있습니다.
내가 중병에 걸리면 1년 수입 정도는 진료비로 써 달라.
가족을 위해 평생 노력했으니 그 정도는 해야 되겠지.
그렇게 했는데도 차도가 없다면 포기해라.
또한 기계에 의지해야 생명을 유지할 수 있다면

그 기계를 부착하지 말라.
가족에게는 물론 의료공단에게 민폐를 끼치고 싶지 않다.

내가 삶에 대해 어느 정도 관대할 수 있는 것은
어머니의 영향 때문인 듯합니다.

아우는 고1 때 불치의 병으로 진단을 받았습니다.
부모님은 몇 달 만에 치료를 포기하셨고요.
큰 병원에 갔다면 조금은 더 연장할 수 있었겠지만,
다른 아들들도 있으니, 한 아들에게 집중할 수 없다는 것이
부모님의 마음이셨습니다.

아버지께서 병석에 드셨을 때도 어머니는 단호하셨습니다.
1년 만에 치료를 중단하시면서 이런 말씀을 하셨고요.
"가는 사람은 가는 사람이고, 남은 사람은 살아야 한다."

나는 어머니의 그것만은 본받고 싶습니다.
"내 1년 연금으로도 치료가 안 되면 나를 포기하라.
남은 가족도 살아야 할 것이 아닌가?
그리고 의미 없이 국고를 축낼 것은 뭔가?
그만큼 정성을 보였다면 나는 고마운 마음을 품고
편안한 마음으로 저 세상으로 가겠다.
그 때가 되어서 혹시 내가 살려달라고 애원한다고 해도
나의 진정이 아니라 노망이 들어 판단력이 흐려진 것이니
흔들리지 말고 무시해라."

예전에도 그랬고, 지금도 그런 것처럼
나의 이 마음이 변하지 않았으면 좋겠습니다.

그러나 살아있는 그날까지는
건강을 위해서 최선을 다한다는 것이 내 생각이고요.

2015년 10월 2일 금요일
비는 어제 하루로 그쳤고, 다시 가을 날씨가 펼쳐졌습니다.

교직에서 벗어나서 자유인이 된 뒤 32일이 지났습니다.
어제는 건강에 대해 노력하겠다면서 글을 시작했지만
엉뚱하게 삶에 대한 생각만 쓰다가 글을 마쳤네요.
건강을 위해 내가 하고 싶은 노력은 다음과 같습니다.

- 일어나면 국민체조를 한 뒤 태권도 기본동작을 한다.
- 컴퓨터에 앉을 때는 기체조를 한다.
- 식후에는 가급적 10분 정도 산책을 한다.
- 30분 이내의 거리는 걷고, 그 이상도 가능한 걷는다.
- 관내의 각종 걷기 행사 등에 참석한다.
- 일찍 자고 일찍 일어난다.
- 실내 청결을 유지한다.

7가지 중에서 절반 정도는 지금도 실천하고 있습니다.
나머지의 실천도 생활화하고,
건강을 위한 다른 방법들도 찾고 싶습니다.

2015년 10월 3일 토요일
햇볕이 따갑게 느껴지는 가을날입니다.

교직에서 벗어나서 자유인이 된 뒤 33일이 지났습니다.
내가 노력할 네 번째 분야는 보학 연구입니다.
나의 성씨인 곡산연씨는 작은 문중입니다.
문중에서 뿌리에 대해 연구를 하는 이가 많지 않고,
정통사학이나 한문학의 단단한 배경지식을 갖고
뿌리찾기에 접목하는 분은 거의 없는 상황이고요.

그런 상황에서 조선왕조실록 등의 사료를 더듬고,
짧으나마 한문지식을 동원해서 자료를 조사하며,
족보와 비교하며 주석을 단 실적이 있는 나는
우리 문중에서는 몇 안 되는 연구가 중에 한 명입니다.

그런 실적을 알고 있는 대동종친회에서는
내게 기대하는 바도 있는 듯합니다.
이제 퇴직한 몸이니 시간에 구애받을 바도 없습니다.
문중의 뿌리찾기에 나의 정성을 보이고 싶군요.

2015년 10월 4일 일요일
여유가 있다면 모든 것이 즐겁기만 할 좋은 날씨입니다

교직에서 벗어나서 자유인이 된 뒤 34일이 지났습니다.
내가 노력할 다섯 번째 분야는 교재 연구입니다.
퇴직을 했지만, 국어는 나의 평생 전공입니다.
한가한 마음으로 국어교과서를 독파하고 싶습니다.
그렇게 정리한 자료를 블로그에 올리고,
그 글이 누군가에게 도움이 되는 것도 의미가 있겠지요.

또한 나는 명색이 네이버의 명예지식인입니다.
현직에서 다하지 못한 교재연구의 열정을
온라인을 통해서 만회하고 싶은 마음입니다.

2015년 10월 5일 월요일

맑은 가을 날씨가 이어지고 있습니다.

교직에서 벗어나서 자유인이 된 뒤 35일이 지났습니다.
내가 노력할 여섯 번째 분야는 시민기자 활동입니다.
원주투데이 시민기자는 현재로서는 10명 내외인데
그중에 매월 모이는 사람은 예닐곱 명입니다.
작년 9월에 기자가 된 후, 월 1건 정도 기사를 썼고요.

나의 시민기자 활동은 월 1회 정도 기사를 쓰고,
매월 시민기자 모임에 참석하는 정도입니다.
시민기자 모임에서는 원주투데이 사장님이
시민기자들이 쓴 기사에 대한 강평을 하고
각자의 느낌을 말하는 것으로 진행됩니다.
넓은 의미의 기자교육이라고 할 수 있겠지요.

내가 사는 지역을 사랑하는 마음과
나의 발전을 도모하는 마음으로
능력이 닿는 한 시민기자 활동을 계속하고 싶습니다.
또한 시민기자활동이 나의 블로그 활동과
서로 보완하는 효과도 있으니 일석이조인 셈입니다.

2015년 10월 6일 화요일

종일 집에 있었지만 맑은 날씨는 느껴졌습니다.

교직에서 벗어나서 자유인이 된 뒤 36일이 지났습니다.
내가 노력할 일곱 번째 분야는
마지막 학교인 제십중학의 학생들과 선생님들에 대한
기억의 저장입니다.

새삼스럽게 이 항목을 넣은 것은 오늘 길에서 만난
A양을 몰라본 충격 때문입니다.
A양이 누구이던가요?
작년 국어부장이자 우취반 최고의 도우미였습니다.
A양도 내게 친근함을 보였지만,
나 역시 A양이 있음으로 인해 학교생활이 즐거웠고요.
또한 졸업하고도 두 번이나 찾아오기까지 한 학생입니다.
그런데 길에서 만난 그를 몰라보다니
나의 기억력이 그것밖에 안 되는 것일까요?

하기는 보름 전에 종합실기대회에 심사위원으로 갔을 때
동교과 교사로 3년을 함께 근무했던
B선생님의 이름이 생각나지 않기도 했습니다.
3년 동안 거의 매일 같이 만나던 분인데
20일도 안 되어서 이렇게도 철저하게
망각의 늪 속에 빠진 이유가 무엇일까요?

교직을 떠나는 마음을 남기기 시작한 136일 전만 해도
앙앙불락하던 내 마음은 속 좁게도
교단을 완벽하고 철저하게 잊자고 다짐했었지요.

시간이 지나면서 마음은 풀어지고,
달관의 경지까지 이르렀다고 생각했지만……,
잊자고 한 사실만은 잊지 않고 있었나 봅니다.
제십중학의 거의 모든 것이
지우개로 지운 듯이 사라지는 듯 느껴지니까요.

이제 내가 가르친 학생들의 이름을 담아 두고 싶습니다.
길에서 만나면 기억의 공감대는 있어야 하겠지요.
동료 교사들의 모습도 정겹게 입력하고요.

돌이켜 보니 37년간 근무하면서
함께 근무한 선후배 동료들을 대부분 잊었지만,
함께 근무하던 기간에 정년퇴직을 했던
5명의 선생님은 기억하고 있습니다.
함께 근무한 분 중에 정년퇴직한 분은
교장 2명, 교감 1명, 교사 2명뿐이기 때문이지요.
어쩌면 마지막 해의 동료들도
내 모습을 긴 기간 동안 기억하실 분이 있지 않을까요?
그렇다면 나도 그분들을 기억함으로써
훗날 만나게 되면 좋은 인연으로 이어가고 싶습니다.

2015년 10월 7일 수요일
맑은 날씨가 이어지고 있습니다.

교직에서 벗어나서 자유인이 된 뒤 37일이 지났습니다.
오늘부터 제구중학의 추억을 더듬어 보려고 합니다.

제구중학과 제십중학은 최근에 생활한 곳이니
글로 옮기기가 좀 조심스럽습니다.
반면 기억은 더 생생할 것이라는 장점은 있을 것입니다.

만약 운명이라는 것이 정해져 있다면
내가 제구중학에 가게 된 것이 그것이 아닌가 싶습니다.
인제에서 원주로 전입할 무렵에 내가 바란 것은
가급적이면 신설학교를 피하자는 것이었습니다.
신설학교인 제사중학에 근무할 때 힘들었기 때문이지요.
교직에서 마지막 학교가 될 지도 모르는 제구중학은
가급적 무난한 곳이기를 바랐습니다.

애초에는 9년 전에 원주로 내신을 할 생각이었습니다.
그런데 내신서를 쓰려는 순간에 문득 생각하니
주말마다 원주와 인제를 왕복하면서 자주 보았던
'○○중학교 개교예정'이라는 현수막이 떠올랐습니다.
내신점수에 유리했던 나는 언제라도 전입이 가능했습니다.
그러나 9년 전에 들어왔다가는
'재수 없게' 신설학교로 갈지 모른다는 생각이 들었습니다.
까짓것 1년 늦더라도 '무난한' 학교로 가자는 생각으로
다음해에 내신을 썼고요.

그럼에도 불구하고 '제구중학'으로 갈 줄 어찌 알았겠습니까?
원주에 제구중학이 있다는 것도 그때 알았습니다.
그해에 신설된 학교였으니까요.
9년 전에 ○○중학교, 8년 전에 제구중학이 개교하였는데
나는 ○○중학을 피하려다가 제구중학에 가게 된 것이지요.

이럴 바에야 9년 전에 들어올 것이지 왜 1년을 미뤘던가,
그런 생각을 하니 한숨이 절로 나왔습니다.

아무튼 신설중학을 피하려고 1년을 기다렸는데
역시 신설중학을 만났으니 이것도 운명인가 봅니다.

2015년 10월 8일 목요일
맑은 날씨가 계속 이어지고 있습니다.

교직에서 벗어나서 자유인이 된 뒤 38일이 지났습니다.
제팔중학에 근무하던 2월 중순,
신입생 배치고사를 보기 전날입니다.
제구중학의 개교준비학교인 A중학에서 전화가 왔습니다.

"제구중학에 발령 받은 연선생님이십니까?"
그렇다고 하니까 내일 원주의 A중학으로 와서
배치고사 감독을 해달라는 것입니다.
그래서 반문했지요.

"아니, 저는 2월까지는 제팔중학 교사인데
제구중학도 아닌 A중학으로 오라고 하시다니요?
감독은 A중학교 선생님들이 하시는 것이 아닙니까?"

전화를 거신 선생님은 내 말이 맞은 말이기는 하지만
A중학교의 선생님들이 부족해서 그런다는 것입니다.
작년에 개교한 A중학은 현재 1학년밖에 없다고 합니다.
선생님들도 한 학년을 담당하는 정도의 규모라고 하고요.
한 학년 선생님들로 구성된 A중학으로서는

두 학교의 배치고사를 관리하려니
감독교사가 턱없이 부족하답니다.
어쩔 수 없이 제구중학에 발령받은 선생님들께 부탁하니
양해를 해 달라는 것이고요.

나는 거절했습니다.
제팔중학에서도 이런저런 할 일이 많았으니까요.
A중학 교무부장님은 알았다고 하면서 전화를 끊었습니다.

전화를 받는 소리를 들은 제팔중학 교장선생님이
무슨 전화냐고 물어보시기에 사정을 말씀드렸지요.

"연부장, 내일 A중학으로 가세요.
우리 학교는 떠날 학교이고, 그쪽은 근무할 학교입니다.
그쪽에 잘 보여야 할 거 아닙니까?
여기 걱정은 말고 오늘 끝나는 대로 원주로 가서
내일 그쪽으로 출근해요."
교장선생님의 말씀도 맞는 듯해서
그날 일과를 마친 뒤에 원주로 출발했습니다.
이제 와서 생각하니 내가 그날 조퇴를 맡은 것이
내 운명을 결정하는 순간이었던 듯합니다.

2015년 10월 9일 금요일

여행하기에 좋을 만큼 맑은 날씨입니다.

교직에서 벗어나서 자유인이 된 뒤 39일이 지났습니다.
신입생 배치고사 감독을 위해서

제구중학 개교준비학교인 A중학으로 가니
A선생님, B선생님 등 안면 있는 분들이 반겨주었습니다.
제구중학으로 발령을 받은 11명 중에 7명이 오셨고요.
나는 2시간의 감독을 했습니다.

배치고사가 끝난 뒤에 A중학에서 준비한 점심을 드는데
A중학 교장선생님이
제구중학에 발령받은 교사 7명을 불렀습니다.
제구중학은 아직 교장, 교감선생이 발령이 나지 않았고,
행정실 요원 4명만 발령이 난 상태라고 전했습니다.
지금 교장과 교감선생님이 안 계시는 상황이니
선생님들이 팀장을 선출해서 개교준비를 하라더군요.

듣는 우리들은 황당했습니다.
우리는 아직은 각자의 학교에 소속된 평교사입니다.
그런 우리에게 무엇을 어떻게 준비하라는 것입니까?
더구나 우리 일곱 명은 그때 처음으로 만났고,
인사도 제대로 나누지 못한 처지였고요.
교장선생님은 7명이서 교무팀장과 학생팀장을 뽑으라면서
자유스러운 분위기를 마련해주겠다면서 나가셨습니다.

우리는 일단 인사를 나눈 뒤에 팀장 선출을 논의했습니다.
피차 예기치 못한 일이라 시간만 흐르고 있었고요.
그날이 인제군 국어과 환송회를 하는 날이라
나는 급히 인제로 돌아가야 할 상황이었습니다.
어서 이 모임을 끝내고 가고 싶었지만,
내가 팀장을 하겠다거나 누구에게 하랄 수도 없었습니다.

마음이 급한 나머지 이런 요지의 제안을 했습니다.

"지금까지 개교학교의 팀장이라는 말은 들어보지 못했다.
팀장이 어떤 일을 하는 것인지도 모르겠다.
다른 분들도 마찬가지일 테니, 피차 난감한 상황이다.
우리 중에 가장 선임자가 교무팀장이 되고,
그 다음분이 학생팀장이 되면 어떻겠는가?"

모두 동의했습니다.
내가 교무팀장, C선생님이 학생팀장을 하기로 했습니다.
나는 그때 다짐하듯이 말했습니다.
"지금 우리가 결정한 것은
제구중학 교장선생님이 오실 때까지 한시적인 것이다."
그렇게 맡은 팀장이
3년을 이어지리라고는 꿈에도 생각하지 못했습니다.

2015년 10월 10일 토요일
15시 무렵까지 맑았으나, 그 후 밤새도록 비가 내렸습니다.

교직에서 벗어나서 자유인이 된 뒤 40일이 지났습니다.
제구중학에 발령받은 우리 11명의 교사는
2월 18일부터 출근은 했으나 딱히 할 일이 없었습니다.

아직 학교의 외부 공사가 끝나지 않은 것은 물론
교무실에는 컴퓨터 등 사무용품이 갖춰지지 않았고,
교실에는 책상도 들어오지 않았습니다.
이래가지고 입학식은커녕 수업도 힘들 듯했고요.

교장, 교감선생님도 발령이 안 난 상태에서
평교사인 우리가 할 수 있는 일은 아무것도 없었습니다.
행정실장과 직원들이 배치가 된 행정실 쪽은
어느 정도 정상적으로 움직이는 듯했지만
학생도 없고, 관리자가 안 계신 마당이니
그쪽도 막연하기는 마찬가지인 상황입니다.

학생도 없고, 교무실에 사무집기도 없는 상황에서
내가 팀장이라고 해도 무엇을 할 수 있겠습니까?
그런데도 A중학교의 교장선생님이나 교육청 교육과장님은
팀장을 중심으로 입학식 준비를 생각해 보라는 등
전화를 수시로 하시니 어떻게 할지 막막할 뿐입니다.
오직 교장, 교감 선생님이 발령을 받을 때까지
기다리는 것만이 유일한 대책이었습니다.
우리는 매일 학교에 출근해서 함께 점심을 먹고
앞으로의 대책을 생각했지만,
우리가 할 수 있는 일, 아니 할 일은 전혀 없었습니다.

생각할수록 짜증이 났습니다.
이제는 쉴까 하고 집으로 온 것인데
쉬기는커녕 이게 무슨 상황인지…….

2월 24일에 교감선생님의 발령이 있었습니다.
나는 축하의 전화를 드린 뒤에
우리가 어떻게 해야 하는지 지시를 부탁했으나
그분 역시 방법이 없다고 하셨습니다.
현재는 B중학교 교감이고, 발령장도 받지 않는 상황이니 자신이 할 수 있는 일이 거의 없다는 것입니다.

평소에는 2월 25일 무렵이면 교장 발령이 났는데,
그해에는 26일까지도 소식이 없었습니다.
교장발령은 대통령 결재가 나야 하는데,
취임식이 3월 1일이라 미뤄지고 있다는 것입니다.

그야말로 엉겁결에 팀장이라는 역할을 맡은 나는
이런저런 걱정이 태산 같았습니다.
그런 경황 속에서 교감회의에도 참석 했습니다.
각 학교의 수업시간을 교육청에서 조율하는 회의인데
관내 학교에서 교과별 교원의 과부족을 파악한 뒤
지원을 하거나 받는 중요한 회의입니다.
교장, 교감 선생님도 안 계신 상황이고,
명목상 팀장이라 참석은 했지만 당혹스러웠습니다.

신설학교는 학급수에 비해 교사배당이 많은 편입니다.
그러니 다른 학교에서는
제구중학에서 교사의 지원을 받으려고 하고,
나는 개교학교는 할 일이 많으니 안 된다고 하고…….
교육청 담당 장학사님이 다시 조율을 하고…….
생각할수록 내게 놓인 상황이 답답하기만 했습니다.

그러던 중 2월 27일에 교장선생님이 발령을 받으셨습니다.
나는 축하의 전화를 드린 뒤에
언제쯤 오실 수 있느냐고 여쭈어 보았습니다.
교장선생님은 내일 오시겠다고 하셨습니다.

2월 28일에 교장, 교감 선생님이 모두 나오셨습니다.
지난 열흘 동안의 상황을 문서로 정리하여 보고한 뒤,
이제부터 할 일을 지시해주시기를 부탁했습니다.
교장선생님은 교무분장이나 입학식 준비를 논의할 테니
내일 다시 전 직원이 출근하라고 하셨습니다.

2월 29일에 전 직원이 출근하니
교장선생님은 지금까지 교무팀장을 맡았던 내가 교무부장,
학생팀장을 맡았던 A선생님이 학생부장 등을 맡는 등
제구중학의 교무분장을 발표하셨습니다.
교무부장이라는 자리는 매력적인 것일 수도 있겠으나
승진과 거리가 멀었던 나로서는
반가울 것도 없었다는 것이 솔직한 마음이었습니다.
그러나 제구중학에 발령받은 모든 교사들이
개교학교로서 나름의 책임감을 공유하던 시기입니다.
사양을 하고 말고 할 분위기가 아니었고요.

아무튼 나는 열흘 동안 제구중학의 팀장이었습니다.
공식적인 직함도 아니고, 어쩔 수 없는 상황이지만……,
평교사로 나와 같은 처지에 놓인 것은 드문 경우겠지요.
어떤 의미가 있기는 하겠지만,
그때는 그 의미를 생각할 겨를이 없었습니다.
다만 지금까지 겪어보지 못할 일들이 끝없이 닥칠
한해 동안의 나날이 걱정되었을 뿐입니다.

2015년 10월 11일 일요일
종일 집에 있었지만 흐린 날씨는 느껴집니다.

교직에서 벗어나서 자유인이 된 뒤 41일이 지났습니다.
제구중학에서의 첫해 3~5월은 생각할수록 끔찍합니다.
19시 이전에 퇴근한 날이 별로 없었고,
토요일이나 일요일에도 가끔씩 학교로 갔습니다.
저녁은 집에서 먹은 적이 거의 없을 정도였지요.
무엇이 그리 바빴는지는 다 잊었지만,
신설학교의 교무부장으로 지냈던 3년 동안은
내 평생에 가장 분주한 기간이 아니었나 싶습니다.

나는 대인공포증이 있습니다.
공식적인 자리에서 청중 앞에 나서는 것을 싫어했지요.
친구의 결혼식 사회도 거절할 정도였는데,
제구중학에 있는 동안 별별 사회를 다 보았습니다.
입학식, 개교기념식, 방학식, 수료식, 무슨 기념식 등…….

국회의원과 원주시장, 그리고 원주시교육장과
관내 각 중학교 교장선생님들이 참석한 가운데
개교기념식 사회를 볼 때는 진땀이 흐를 정도였습니다.

그때는 순서와 사회자의 멘트를 미리 준비한 뒤
시나리오를 작성하고 그대로 읽다시피 했습니다.
그러니 잘하지도 못했지만, 특별한 실수는 없었습니다.
새삼스럽게 A교장선생님의 능력을 느꼈습니다.
시나리오 하나하나를 점검하면서 시간까지 체크해주었고,
예정했던 것보다 시간이 남으면 이쯤에서 무슨 말을 하고,

시간이 부족하면 여기는 건너뛰라는 등의 도움말이
각종 행사의 사회를 볼 때 큰 힘이 되었습니다.

제구중학에서 새로운 일이 닥칠 때마다
이게 무슨 날벼락인가 싶어서 불운을 한탄한 적도 많았지요.
그러나 지금은 모든 과정들이 그리운 추억처럼 느껴지니,
세상만사에서 세월이 약인가 봅니다.

2015년 10월 12일 월요일

맑은 날씨에 햇살이 따갑게 느껴지는 하루였습니다.

교직에서 벗어나서 자유인이 된 뒤 42일이 지났습니다.
퇴직 100일 전부터 지금까지 142일 동안
내 생활에서 달라진 점을 정리해 보겠습니다.

- 커피 2잔만 마시기 : 6월 8일부터 127일째 유지
- 아침마다 맨손체조와 기도 : 9월 16일부터 27일째 유지
- 아침 8시 이전 컴퓨터 자제 : 10월 1일부터 12일째 유지
- 아침 식사 전에 방 청소하기 : 10월 8일부터 5일째 유지

무슨 고행이나 한 것처럼 대단하게 나열하느냐 싶지만,
나름 긴장을 하며 시도해서 이룬 것들입니다.
기간이 연장되면 연장되는 만큼 신기록이 되는 것이고,
지금까지만 해도 충분히 의미 있는 기록들입니다.
이런 생활들이 평생 동안 습관화 된다면
내 삶의 질이 달라질 것이라고 기대합니다.

2015년 10월 13일 화요일
호박말랭이 말리기에 좋을 만큼 햇살이 따가웠습니다.

교직에서 벗어나서 자유인이 된 뒤 43일이 지났습니다.
퇴직 이전이나 퇴직 이후나 나의 목표 중에 하나는
주변을 깨끗하게 정리하는 것이 우선순위였습니다.
학교와 집의 책상과 책꽂이 및 서랍을 산뜻하게 정리!
그것이 꿈이었다고 할까요?

매월 초하루가 되면 생활목표 우선순위는 '정리'였습니다.
그러나 그 꿈은 늘 사라졌고,
'다음 달부터'로 미루는 사이에 퇴직을 하게 되었습니다.
직장에 있을 때는 업무 때문에 그렇게 되었다고 하더라도,
퇴직을 하고 40여일이 지난 지금도 주변 정돈이 안 되니
그 이유는 무엇일까요?
내 생활습관에 문제가 있는 것이라는 반성을 해보았습니다.

2015년 10월 14일 수요일
호박말랭이가 금방 마를 정도로 햇살이 따가웠습니다.

교직에서 벗어나서 자유인이 된 뒤 44일이 지났습니다.
퇴직 이후 나의 꿈 중에 하나는
시골에서 작은 텃밭을 가꾸며 책을 실컷 보는 것입니다.
지금 그 꿈이 펼쳐지고 있지만,
텃밭과 잔디밭이 너무 넓은 것이 문제네요.

제팔중학에서 근무할 때

관사 주변에 있는 텃밭을 가꾼 적이 있습니다.
그때의 경험을 되새겨 보면,
우리 집 텃밭과 잔디밭을 제대로 관리하려면
어쩌면 하루 종일 일을 해도 부족할 정도입니다
내가 퇴직한 것이 맞나, 라는 생각이 드네요.

내 생각은 행복한 고민이고, 배부른 투정이겠지요.
아마 이렇게 욕을 하실 분이 있는지도 모르겠습니다.
"누구 약을 올리느냐? 그럼 나를 다오."

아무튼 나를 위해서는 물론이고
퇴직을 앞두고 있는 후배들의 본보기가 되기 위해
이상적인 퇴직자의 생활을 가꾸고 싶습니다.

2015년 10월 15일 목요일
무엇을 해도 좋은 날씨가 이어지고 있습니다.

교직에서 벗어나서 자유인이 된 뒤 45일이 지났습니다.
나는 인제에서 근무할 때 7년간 자취를 했습니다.

예전에 자취를 할 때 내가 쌓은 경험 중에
성공적이라고 생각하는 것 몇 가지를 되새겨 보겠습니다.
이 글은 네이버에서 핫토픽에 오른 글이기도 합니다.

1. 청소는 나누어서 한다.
나는 방 1칸 거실 겸 주방 1칸에
화장실이 딸린 관사에서 살았습니다.
2~3일만 밀려도 여기저기 어수선해지더군요.

청소나 정리를 하는 것도 시간이 걸리고요.
월요일에는 방, 화요일에는 주방, 수요일에는 화장실,
목요일에는 화장실과 방, 금요일에는 주방과 방을 정리했고,
토요일과 일요일에는 대청소(사실은 종합)를 했습니다.
나눠서 하니 시간이 많이 걸리는 것이 아니고,
늘 깨끗한 상태가 유지되더군요.

2. 설거지는 즉시 한다.
식사 후 바로 설거지를 하면 기름때 등이 쉽게 닦이는데,
시간이 지나면 절어 붙어서 잘 닦이지 않더군요.
특별한 일이 없는 한 식사 후 설거지부터 하였습니다.
이것이 처음에는 좀 번거롭지만 반복하면 습관이 됩니다.

설거지를 할 때는
'그릇은 겉의 밑바닥까지 닦기'를 실천했습니다.
시간이 없다고 대충 닦다 보면
겉은 안 닦고 안에만 닦게 되는데
이것이 불결의 첫걸음이 되더군요.
그릇 바깥의 밑바닥까지 닦는 것이 습관화 되어야
기본적인 청결이 유지되는 것이고요.

3. 식사는 제 때에 한다.
나는 7년간 자취를 하면서 끼니를 거른 적이 없습니다.
과음을 해서 다음 날 몸을 가누기 힘들어도
아침을 건너 뛴 적은 없었지요.
그리고 식사 때마다 과일을 반드시 먹었습니다.
과일을 좋아하기도 하고, 영양을 생각한 면도 있지만,

내가 살던 지역의 물건을 사주기 위한 나눔이었습니다.

4. 매일 저녁마다 무엇인가 세탁을 한다.
나의 경우는 양말과 속옷(특히 팬티)을 매일 빨았습니다.
그리고 자기 전에 방에다 널었고요.
방의 습도를 유지하고, 청결과 건강을 위해서 실천했습니다.

5. 방에 화분을 하나 정도 둔다.
나는 서양란을 키웠습니다.
특별히 꽃을 좋아하는 것은 아니지만,
아침저녁으로 분무기로 물을 뿌려주었지요.
무엇엔가 정을 붙이려는 마음과 함께
방의 습도를 조절하려는 생각이었습니다.

2015년 10월 16일 금요일
가을의 아름다움을 느낄 수 있는 날씨였습니다.

교직에서 벗어나서 자유인이 된 뒤 46일이 지났습니다.
제구중학에서 가장 힘겨웠던 것은 학생 지도였습니다.
중학교 1학년 학생들이 어쩌면 이럴 수가 있을까요?
남학생이건 여학생이건 한 반에 4~5명 정도는
그야말로 통제 불능의 막가파였습니다.
통제는커녕 수업 진행 자체가 불가능할 정도였지요.

그 무렵에는 학생 인권을 강조하면서
체벌은 물론 언어폭력까지도 금지하던 시기였습니다.
교칙으로는 학생들을 제제할 아무런 방법이 없었고요.

모든 선생님들이 고통스러워했습니다.
오죽했으면 전 교직원이 고사까지 지냈을까요?
명목은 개교한 학교의 무궁한 발전과
학생들의 사고 방지를 위한다는 것이었지만……,
실제는 너무 힘겨웠기 때문입니다.

학생들로부터의 시달림에서 헤어나게 해달라는
그런 기원을 담은 고사를 지낸 학교는
내가 근무한 학교 중에는 제구중학 뿐이었습니다.

2015년 10월 17일 토요일
종일 집에 있었으나 맑은 날씨는 느껴졌습니다.

교직에서 벗어나서 자유인이 된 뒤 47일이 지났습니다.
제팔중학 이전까지 교단생활에서 나의 우선순위는
나나 학생들의 발전, 가족이나 참교육 활동이었습니다.

그러나 제구중학에서는 학교 전체를 생각했고,
그것을 위해서 나의 역량을 집중하기 위해 노력했습니다.
최소한 첫해는 그렇게 생활했고,
교무부장이던 3년 동안의 생활도 그랬던 듯합니다.
개교학교 교무부장이라는 자리가 그렇게 만들었을까요?

집단 전체를 생각하게 했던 제구중학의 생활은
그 뒤에도 한동안 영향을 끼친 듯하고요.
어떤 일을 할 때는 내가 속한 집단을 생각하면서
하고 싶은 말을 참거나 행동을 접기도 했지요.

2015년 10월 18일 일요일
여전히 맑은 날씨가 이어졌습니다.

교직에서 벗어나서 자유인이 된 뒤 48일이 지났습니다.
제구중학에서 마음에 남는 것 중에 하나는
전교조 활동에 대한 멈칫거림이었습니다.
제팔중학에서 전교조 조합원이었던 A선생님에 대한 앙금과
교무부장을 맡으면서 교총과 전교조를 아울러서
동반자로 바라봐야겠다는 입장도 있었기 때문입니다.

첫해에는 교총회원보다 전교조 조합원이 더 많았습니다.
전교조 7명, 교총 3명, 무소속이 4명이었으니까요.
제구중학에서의 전교조라는 형식으로 이루어진 활동은
내가 주선했던 단 한 번의 식사 모임과
연말의 원주횡성중등지회 조합원 총회 때
나 혼자 참석한 것뿐이었습니다.
내가 좀 더 적극적으로 활동했다면
참교육 활동이 활성화 되었을 지도 모르겠습니다.

2015년 10월 19일 월요일
무엇을 해도 좋을 만큼 편안한 가을 날씨였습니다.

교직에서 벗어나서 자유인이 된 뒤 49일이 지났습니다.
제구중학에서 가장 힘겨웠던 것은 학생 지도였습니다.
5년 동안 내가 가르친 학생들은 1학년과 2학년이었습니다.
그래봤자 열넷이나 열다섯 살인 아이들인데,

그런 아이들이 어떻게 이럴 수가 있을까라는 물음을
수없이 하면서 보낸 나날이었습니다.

지금도 생각나는 한 가지 일화가 있습니다.
기간제 여선생님이 수업을 하는 교실에
다른 반 학생이 들어오더니
어떤 학생을 때리면서 가방을 달라고 하더랍니다.
그 선생님이 "너는 누군데 여기에 왔냐?"라고 물으니
자기의 물건을 찾으러 왔다고 당당하게 대답했고요.

그 학생이 찾는 '자기 물건'이라는 것이 담배였습니다.
자기의 담배를 다른 반 학생의 가방 속에 넣었다가
피우기 위해 찾으러 온 것이지요. 그것도 수업시간에…….

이것이 문제가 되어서 학생부에서 그 학생을 부르고,
학부모도 소환을 했지만……, 그뿐이었습니다.
아이를 학교로 보냈으면 학교에서 알아서 지도를 할 것이지
왜 부모를 오라 가라 하느냐고 오히려 항의를 하더군요.

그 학생은 이미 징계를 받을 만큼 받았으므로
더 이상 징계를 할 것도 없었습니다.
그때는 이미 강제 전학 제도가 사라진 뒤였고요.

선생님들은 분노했으나 달리 방법이 없었습니다.
학생인권은 신장되었는지 몰라도
교권은 깊은 늪에 빠졌던 답답한 시기였습니다.

2015년 10월 20일 화요일
오전에는 안개가 끼었으나 대체로 맑은 날씨였습니다.

교직에서 벗어나서 자유인이 된 뒤 50일이 지났습니다.
어느새 퇴직을 한 것이 반백일이 되었습니다.
학교에 있을 때로 따지면 한 학기도 안 지난 기간이지요.
그럼에도 불구하고 먼 옛날의 신화인 양
내가 가르쳤던 학생들이 누구인지
함께 근무했던 동료가 누구인지도 생각이 나지 않습니다.
어쩌다 만나는 친지들은 퇴직해서 섭섭하지 않느냐 묻지만,
그런 마음은 전혀 느껴지지 않는군요.
다시 학교로 돌아가라고 한다면 극구 사양할 것이고요.
이런 내가 정년까지 어떻게 버텼는지 궁금할 정도입니다.

2015년 10월 21일 수요일
움직이기 좋은 맑은 날씨였습니다.

교직에서 벗어나서 자유인이 된 뒤 51일이 지났습니다.
제구중학에서 호텔과 친숙해진 사연을 적어보겠습니다.
지금까지 호텔에서 투숙을 한 것은 신혼여행뿐이고,
식사를 한 것은 네이버와 예스24에서
명예지식인의 날이나 올해의 책 시상식 등에
초대를 받았을 때 정도입니다
그러나 제구중학이 개교할 무렵에
학교 주변에 원주 최초의 특급호텔이 개업을 했습니다.

학교와 가깝다 보니 직원 회식을 비롯하여
이런저런 행사에서 호텔의 식당을 이용하기도 했습니다.
호텔의 음식값은 비쌌습니다.
일반 식당의 짜장면 가격이 3천원 내외일 때
호텔의 중화식당에서는 9,900원이었으니까요.
그래도 깔끔한 요리와 잘 훈련된 종업원들의 서비스는
색다른 경험이었습니다.

호텔 판촉 차원이겠지만 이웃학교의 교무부장이라고 해서
호텔 측으로부터 케이크를 선물로 받은 적이 있었습니다.
고마운 마음에 20여만 원 정도인 회원권을 구매했습니다.
나로서는 회원권이 거의 의미가 없다고 생각했지만
비싼 케이크를 샀다고 생각한 것이고요.

회원의 혜택에는 1일 무료 숙식, 10여장의 목욕탕 이용권,
골프장 할인권, 각종 쇼핑 할인권 등이 있었습니다.
집이 원주인데 이곳에서 숙식을 할 이유가 없으며,
호텔 목욕탕이 쾌적하기는 했지만
굳이 여기서 목욕을 할 일도 없었습니다.
골프는 아예 배우지 않았으며,
호텔에서 비싼 물건을 살 일도 없으니
각종 할인권도 의미가 없다고 생각했습니다.

그러나 뜻밖에도 무료숙식권은 활용을 했습니다.
아들의 결혼식 때 신부측 하객들을 호텔에 모셨는데
숙박에 대해 만족해하며 매우 고마워하더군요.
회원권은 다음해에는 연장을 하지 않았으나,

호텔의 숙박비 등을 곰곰이 생각하니
회원권 가격은 결코 비싼 것이 아니었습니다.
제구중학을 떠나면서 호텔 이용과 멀어졌으나
나로서는 모처럼 호텔을 가까이 했던 시기였습니다.

2015년 10월 22일 목요일
오전에는 안개가 끼었으나 차차 맑아졌습니다.

교직에서 벗어나서 자유인이 된 뒤 52일이 지났습니다.
제구중학에서 학생지도에 힘겨웠다고 적었으나,
통제 불능의 문제 학생들만 있었던 것은 아닙니다.
교사들 못지않게 바로 잡으려는 학생도 많았습니다.
그런 학생들이 문제 학생들보다 더 많았는지도 모르고요.
그런 학생들과는 눈빛으로 동지애를 나누기도 했지요.

문제는……, 통제 불능의 학생들은
하고 싶은 언행을 거침없이 하는데 비해서,
그 반대쪽의 학생들은 침묵을 지켰다는 것입니다.

예전의 학교 분위기는
학생의 본분을 지키려는 모범적인 학생들과
기존의 질서를 무너뜨리려는 도전적인 학생들이
거의 호각지세였습니다.
질서를 무너뜨리려는 학생들은
심정적으로 지지하는 친구들의 공감대가 있었을지 모르지만
교칙이나 사회의 분위기가 그것을 억누르고 있었습니다.

따라서 학교의 분위기는 균형을 유지할 수 있었지요.

하지만 지금은 사회가 학생인권지상주의로 변화했습니다.
학교의 질서를 지키려는 교사들의 큰 버팀목이었던
교칙이나 사회가 학생인권 쪽으로 돌아선 것입니다.
통제 불능의 학생들에 대해
학교는 물론 부모나 사회도 어쩔 수 없는 상황…….
이런 분위기를 안타까워하는 학생들을 보면서
교사로서도 도와줄 수 없는 현실이 슬펐습니다.

2015년 10월 23일 금요일
오전에는 미세먼지로 인해 햇살이 보이지 않았습니다.

교직에서 벗어나서 자유인이 된 뒤 53일이 지났습니다.
원주로 나올 때 정년까지 근무할 생각은 하지 않았습니다.
집 가까이 가서 서너 해 동안 근무하다가
학교를 옮길 때쯤에는 명퇴를 신청할 생각이었지요.
개교 멤버로 간 제구중학에서 퇴직을 한다면
그것도 의미가 있으리라고 보았습니다.

그런 내가 정년까지 간 이유는 무엇일까요?
당시 대통령이던 A씨 시절에 퇴직을 하지 않으려는 마음?
그런 마음이 상당한 영향을 주었습니다.
나는 박정희 씨 시절에 교단에 섰습니다.
그런데 박정희 씨와 비슷한 A씨 시절에
교단의 마지막을 보내고 싶지 않았지요.

다음 대선에서는 좀 더 민주적인 사람이 당선되지 않을까,
그런 기대가 있었습니다.
결국 그 꿈은 2%가 부족하여 무산 되었지만요.

사명감을 갖고 마지막까지 교사로 근무하겠다는 집념?
그것도 없지는 않았을 것입니다.
그러나 더 큰 이유는
나의 교직생활이 만족스럽지 않았기 때문입니다.
단 한 해라도 모범적인 교사로 살고 싶었습니다.
이 정도면 마음에 흡족하다고 느낄 때 떠나고 싶었습니다.

학기 초에는 그런 교사가 되겠다고 다짐했지만
그 꿈은 1학기가 가기 전에 무너지곤 했습니다.
마지막까지 교사로서 모범적인 모습을 보이지 못한 것…….
"내년 한 해 만이라도……."
그런 다짐을 되풀이하다 보니
정년까지 오게 되었다는 것은 너무 부끄러운 이유일까요?

2015년 10월 24일 토요일
아침까지 비가 내렸으나 9시 무렵부터 맑았습니다.

교직에서 벗어나서 자유인이 된 뒤 54일이 지났습니다.
제구중학의 첨단시설이 인상적으로 떠오릅니다.
특히 교실마다 7개의 칠판이 설치된 것이 신기했습니다.
본 칠판 외에 보조칠판이 양쪽으로 3개씩 있었는데
원고지, 세계지도, 백보드칠판, 그래프칠판 등이었습니다.

또한 스크린을 내려서 컴퓨터의 동영상을 켜면
영화화면 못지않을 정도로 화면이 선명했습니다.
교무실과 특별실 등도 당시로서는 최신식이었고요.

제구중학에서 5년을 마친 뒤에 제십중학으로 가니
이곳은 아직도 옛 교실의 모습이었습니다.
예전 그대로인 제십중학의 교실에 서니
두어 달 동안 적응이 되지 않을 정도였지요.

2015년 10월 25일 일요일
다시 맑은 날씨가 이어지고 있습니다.

교직에서 벗어나서 자유인이 된 뒤 55일이 지났습니다.
제구중학에서 내가 한 일 중에 보람을 찾는다면
걷기 활성화에 공헌을 한 것을 들 수 있습니다.
원주는 전국적으로 유명한 걷기의 선진도시입니다.
개인적인 취미가 걷기이기도 한 나는
교장, 교감선생님께 걷기의 효과를 역설했습니다.

"사람들이 고향을 그리워하는 것은 고향이 아름다웠거나
고향에서 행복했기 때문이 아닙니다.
지금보다 예전이 아름다울 것이 뭐가 있고,
가난했던 시절이 행복할 것은 무엇입니까?
예전 사람들이 고향을 그리워한 것은
자주 걸으면서 정이 든 고향을 잊을 수 없기 때문입니다.
그들은 학교에 오갈 때도 걸어갔고,

친구네 집에 갈 때나 논밭으로 갈 때도 걸었고,
소풍을 갈 때도 동네 부근의 명소까지 걸어갔습니다.
그러면서 정이 들고 사랑이 스며든 것이지요.

지금 아이들은 걷는 것이 거의 없습니다.
버스나 승용차가 생활화 되어 있으니까요.
아이들을 걷게 하는 것이 애향심을 심어주는 것입니다."

교장선생님과 교감선생님은 전폭적인 공감을 나타냈고,
걷기는 제구중학의 특색교육이 되었습니다.
매월 실시되는 웰빙걷기 대회마다 한 학급씩 참가를 했고,
매년 10월 마지막 주에 실시되는 국제걷기대회에는
전교생이 공식적으로 참가하기도 했습니다.

걷기대회 참가 권장은 학생들에게도 호응을 받았습니다.
그들이 걷기를 좋아했기 때문이 아니고요.
대한걷기연맹에서는 걷기대회에 참가한 학생들에게
2시간의 봉사시간을 인정해 주었기 때문입니다.
학생들은 20시간의 봉사시간을 부담스러워 했습니다.
그러니 걷기만 하면 2시간을 인정하는 이 행사는
상당히 매력적이었던 듯합니다.

나의 활동이 제구중학은 물론 원주시 걷기 활성화에
도움이 되었다는 것은 보람입니다.

2015년 10월 26일 월요일
약간 쌀쌀했지만 맑은 날씨가 이어졌습니다.

교직에서 벗어나서 자유인이 된 뒤 56일이 지났습니다.
10명의 학생들과 제주도 올레길을 걸은 것이 생각나네요.
대한걷기연맹의 학생걷기 연수에 제구중학이 선정되어서
3박 4일 동안 올레길 연수의 행운을 얻은 것이고요.

이 연수는 걷기활동에 모범적인 제구중학에 대한 격려와
걷기 지도자 최종남 선생님의 배려로 이루어졌습니다.

우리는 최선생님이 인솔한 올레길 걷기에서
첫날은 2km정도 야간 걷기를 했고,
둘째 날과 셋째 날에는 1코스와 18코스를 완주했으며,
마지막 날은 숙소에서 제주박물관까지
2km정도 걸은 뒤에 관람하고 돌아왔습니다.
올레길 걷기 연수는 참가한 학생들에게는 물론
내게도 교직생활에서 잊지 못할 추억으로 남아있습니다.
특히 참가자 중에 유일한 2학년이었던 A양과
지금까지 이어지는 인연이 고맙게 느껴집니다.

2015년 10월 27일 화요일
오전에 비가 내리다가 오후에 그쳤습니다.

교직에서 벗어나서 자유인이 된 뒤 57일이 났습니다.
제구중학에서 걷기로 인해 얻은 혜택으로는
네이버에서 지식원정대에 선정된 것도 들 수 있습니다.
네이버에서는 뛰어난 지식인 활동을 보여 준 회원에게
2백만원의 활동비를 지원하는 이벤트가 있었는데

내가 1기 지식활동대에 포함된 것이지요.

여기에서 받은 지원금으로 제구중학의 걷기 활동을 담은
『아름다운 동행』이란 책을 발간했습니다.
원주시의 걷기 활동의 각종 자료도 책속에 담았고요.
이 책은 제구중학 최초의 문집이자,
학생들의 걷기활동을 담은 전국 최초의 책이기도 합니다.

2015년 10월 28일 수요일
미세먼지는 끼었지만 햇살이 보이는 맑은 날씨였습니다.

교직에서 벗어나서 자유인이 된 뒤 58일이 지났습니다.
제구중학의 교단생활은 고단한 나날의 연속이었습니다.
고단함의 원인은 다음 세 가지인 듯합니다.

첫째, 개교학교의 교무부장을 맡았다.
피하고 싶었던 자리였지만,
일단 맡으니 마치 학교 역사의 주인공이라도 된 듯
나름의 사명감에 사로잡혀서 열심히 노력했습니다.
교무부장을 하던 3년 동안은
19시 이전에 퇴근한 적이 별로 없을 정도였지요.
일을 많이 했다기보다는 이곳저곳에 관계하다보니
자리를 지켜야 할 때가 많았던 탓도 있고요.

둘째, 학생들이 드셌다.
교단에서 만난 학생들 중에 가장 힘든 아이들이었습니다.
중학교 학생들이, 겨우 1학년인 학생들이,

더구나 여학생까지 이럴 수 있었을까,
그런 생각을 수없이 하였지요.

셋째, 주말에도 고단했다.
주말마다 결혼식 등 어떤 행사가 아니면
시골집에 가서 일을 해야 했습니다.
시골일이라는 것이 해도 해도 끝이 없는 법이니
새벽부터 해가 질 때까지 움직였습니다.
그러다 보니 몸과 마음이 파김치가 되었습니다.

주중에는 학교일, 주말에는 텃밭에서 시달리다 보니
피로가 가실 틈이 없던 나날이었습니다.
시력, 피부, 치질, 설사에다 혈압까지
신체적인 각종 이상이 급격히 시작되거나 악화된 것이
제구중학부터입니다.

2015년 10월 29일 목요일
정신없는 하루였지만, 맑은 날씨는 느껴졌습니다.

교직에서 벗어나서 자유인이 된 뒤 59일이 지났습니다.
제구중학에서 내가 얻은 것 중에 하나는
관리자의 마음자세로 학교 일에 임했다는 것입니다.
나의 교단생활에서 내가 해야 할 일의 우선순위를
학교의 발전에 두고 전력투구했던 시기였습니다.

그야말로 멸사봉공의 자세로 생활했습니다.
이것도 하나의 체험이나 깨달음이라고 할까요?

그런 체험이나 깨달음을 좀 더 빨리 얻었다면
내가 교단에서 이바지할 일이 있었을 지도 모르지만…….

한편 다른 면에서 생각하면 그런 깨달음들이
꼭 교단에서만 발휘해야 하는 것은 아닐 것입니다.
퇴직 이후 다른 분야에서도 유용하게 활용할 기회가
분명히 있으리라고 봅니다.

2015년 10월 30일 금요일

맑은 날씨가 이어지고 있습니다.

교직에서 벗어나서 자유인이 된 뒤 60일이 지났습니다.
제구중학의 특기할 점은 리뷰쓰기가 정착된 점입니다.
어린 시절부터 독서가 취미를 넘어 중독이다시피 했지만,
독후감이나 리뷰를 쓴 적은 거의 없습니다.
블로그나 네이버 지식인 활동을 열심히 하기는 했지만,
제구중학 이전까지 내가 주력한 것은
개인 홈피와 블로그 및 네이버 지식인 활동이었습니다.

특히 지식인의 경우 명예지식인, 제1기 네이버후드어워드 등
회원으로서 얻을 수 있는 거의 모든 것을 성취했습니다.
네이버 초창기 전설 중에 한 명으로 꼽힐 정도였지요.

독서 및 리뷰 활동을 열심히 하게 된 동기는
각종 이벤트에서 책상품권 혜택을 받았기 때문입니다.
나의 독서는 주로 학교도서관을 이용했습니다.
책의 구입보다는 읽기에 주력했지요.

새 책을 구입한 경우가 거의 없는 나로서는
이 상품권들이 처치 곤란이라고 여겨질 때도 있었습니다.

그러던 중 예스24 인터넷 서점에서 책을 구입함으로써
블로그 활동을 시작하게 되었고요.
스타 블로그가 되면 책을 구입할 때 혜택이 많다고 하니
좀 더 좋은 조건으로 상품권을 활용하기 위해
예스24블로그 활동을 시작했다고 할까요?

예스24 블로그 활동으로
서평단을 통한 책과의 만남으로 이어졌고,
어쩔 수 없이 리뷰를 쓰게 된 측면이 있습니다.
한 번 쓰기 시작하니 리뷰 역시 생활화 되었습니다.
지금까지 쓴 리뷰가 천여 권을 넘나드는 듯하고,
특히 2013년에는 210권의 리뷰를 쓰기도 했습니다.

그런 습관이 제구중학에서 시작되었습니다.
집에서 학교까지 걸어서 35분 정도인데
출퇴근을 할 때면 책을 읽으면서 걸었습니다.
걸으면서 책을 읽는 것이 위험하지 않느냐고 하는데……
아는 길을 인도로 걷는데 위험할 것이 무엇입니까?
또한 제구중학 시절부터 피부과 등
여러 병원에 들락거리기 시작했는데,
진료를 기다릴 때면 책을 통해 무료함을 달래곤 했고요.

요즘은 한 해에 200권에는 미치지 못하지만,
150권 내외는 읽고 쓰고 있습니다.
150권의 기록도……, 대단하다고 생각합니다.

거의 이틀에 한 권을 읽는 것이니까요.
이런 생활의 시작이 제구중학에서 정착된 것입니다

2015년 10월 31일 토요일
좀 쌀쌀하지만 맑은 날씨가 이어지고 있습니다.

교직에서 벗어나서 자유인이 된 뒤 61일이 지났습니다.
제구중학의 독서활동과 관련하여 특기할 일은
책나누기가 생활화 되었다는 것입니다.
네이버 명예지식인 초대의 날에서
100만원의 책상품권을 선물로 받은 것을 포함해서
에디터 활동비(2개월에 5만원 책상품권),
각종 이벤트에서 받은 책등이 자주 있었으니
나는 책에 대해서만은 넘치도록 복을 받았습니다.

이런 책상품권과 선물 받은 책들을 활용해서
책을 나누는 활동을 활발히 할 수 있었고요.
제구중학 도서관에 50만원어치의 새 책을 기증했고,
딸아이 동료들에게 30만원어치의 새 책을 선물했으며,
동료교사나 학생들에게 선물한 책은 2백여 권입니다.
책을 받기도 많이 했고, 리뷰를 쓰기도 많이 했지만
나눔도 활발한 셈이지요.

독서와 리뷰와 책나누기라는 측면에서만 볼 때는
나의 생활은 모범적이라고 할 수 있을 듯합니다.

2015년 11월 1일 일요일

여행하기에 좋을 정도로 맑은 날씨가 이어지고 있습니다.

교직에서 벗어나서 자유인이 된 뒤 62일이 지났습니다.
제구중학의 개교원년 멤버로 모인 동료들과
지금까지 모임을 함께 하고 있다는 것도 특기할 일이군요.
개교 원년 멤버는 교장, 교감 선생님과 14명의 동료 선생님,
교육행정실의 실장님과 네 분의 주무관이 계십니다.
그중에 아홉 분이 만나고 있는 것이고요.

교직에서 만난 인연이 모임 형식으로 이어지는 것은
20년째 이어지고 있는 제오중학의 3학년 담임 모임과
제구중학의 개교원년모임의 두 곳입니다.

2015년 11월 2일 월요일

쌀쌀하지만 맑은 날씨가 이어지고 있습니다.

교직에서 벗어나서 자유인이 된 뒤 63일이 지났습니다.
제십중학은 교단에서 마지막으로 근무했던 학교입니다.
부임할 때는 떠나는 자취를 아름답게 남기고 싶었지요.

퇴임 백일을 앞두고 이 글을 처음 시작할 때는
가슴속에는 분노의 파도가 울렁이고 있었습니다.
그러나 글을 쓰는 동안 마음은 가라앉기 시작했고,
퇴임할 무렵에는 평정심을 찾게 되었습니다.
이제 모든 섭섭한 마음은 사라졌습니다.

2015년 11월 3일 화요일
가을과 겨울 사이의 날씨, 햇빛은 있지만 쌀쌀했습니다.

교직에서 벗어나서 자유인이 된 뒤 64일이 지났습니다.
제십중학에서 유종의 미를 거두지 못했다면
그 이유는 다음 다섯 가지를 들 수 있을 듯합니다.

첫째, 나의 무능과 태만
둘째, 학생의 문제
셋째, 가정의 문제
넷째, 동료들의 문제
다섯째, 건강 문제

나의 무능과 태만이야 어쩌겠습니까?
타고 난 천성으로 인한 과오이니 업보로 남겠지요.

둘째인 학생의 문제는 제십중학 첫해의 일입니다.
나의 무능으로 인한 지도력 미흡 때문이기는 하지만,
그것은 나의 한계이니 거론하지 않겠습니다.
제십중학 첫해에 내가 맡은 세 반 중에
두 반은 그런 대로 무난했으나 A반은…….
지금까지 맡았던 학생들 중에서 가장 강적이었습니다.

힘겹기야 제구중학의 학생들이 더 했는지 모르지만,
그곳은 남녀공학이고 남학생들이야 그럴 수도 있겠지요.
그러나 여학생들이 어떻게 이럴 수가 있는지
지금도 이해가 안 됩니다.

A학급에서는 5명 정도의 학생들은

그야말로 속수무책으로 바라봐야 했습니다.

학생부에서도 이렇다 할 방안이 없었습니다.
이미 처벌을 받을 대로 받은 학생들이고,
교사는 체벌이건 욕설이건 금지였으니 어찌하겠습니까?
학생부장님은 교과시간은 담당선생님이 지도하셔야지
수업시간까지 학생부에서 관계할 수 있느냐고 했고요.
그해 그 교실에서는 세월이 흐르기만 기다렸습니다.

A반의 담임선생님이 2학기 때 병가를 맡기도 했는데,
선생님들 사이에서는 얘들 때문에 속이 상해서
병이 든 것이 아닌가, 라는 말도 돌았습니다.

2015년 11월 4일 수요일
쌀쌀하면서 맑은 날씨가 이어지고 있습니다.

교직에서 벗어나서 자유인이 된 뒤 65일이 지났습니다.
가정 문제로 영향을 받았다는 것은 민망하긴 합니다.
나의 무능함을 밝히는 것이기도 하고요.
그러나 솔직한 기록으로 자료가 되도록 하자는 취지에서
이곳에 나의 생각을 적어보겠습니다.

시골집에 천여 평의 텃밭이 있는데
우리 내외의 힘으로는 모두 관리할 수는 없었습니다.
백 평 정도만 농사를 짓고,
나머지는 이웃에 부탁했는데, 그것도 쉽지 않았습니다.
특별한 일이 없으면 주말마다 가서 집을 정리하고,

잔디밭에 잡초를 뽑으며 텃밭을 가꾸었지만,
해도 해도 끝이 나지 않았고요.

나는 농사를 즐기지는 않지만, 싫어하지도 않습니다.
제팔중학 시절 관사에 딸린 텃밭을 가꿀 때는
열성을 다하면서 재미를 느끼기도 했습니다.
지금 생각하면 기적적으로 느껴질 정도로
무농약과 무비료의 유기농 농사도 성공했고요.

하지만 시골집에서는 사정이 달랐습니다.
주중에는 학교에서 이런저런 일에 시달리고
주말에는 왕복 2시간이 소요되는 시골로 갔는데…….
육체적으로도 고달팠지만
나로서는 여기에 투자하는 시간이 너무도 아까웠습니다.

나를 고단하게 한 가정문제란 시골집 농사였습니다.
아내에게 이런 말을 하고 싶었습니다.
"제발 마지막 한 해만이라도 농사를 포기하자.
능력이 달리는 것은 어쩔 수 없지만,
할 수 있는 모든 것을 교단에서 하고 싶다.
내게 단 1년만이라도 시간 좀 달라."

시골집에 목숨을 걸다시피 하는 아내에게
그 말을 차마 못하는 가운데 정년을 맞았습니다.

2015년 11월 5일 목요일
쌀쌀하면서도 맑은 초겨울이 시작되나 봅니다.

교직에서 벗어나서 자유인이 된 뒤 66일이 지났습니다.
오늘 시골집에서 잔디밭을 정리하던 중에
벌에 쏘여서 정신을 잃은 아내를 응급실로 후송했습니다.
시골의 삶에는 갖가지 위험이 곳곳에 있다는 알았지요.

그래도 나는 홀로 시골집에서 살 생각입니다.
퇴직을 하면 자유를 누리겠다는 것이 꿈이었으니까요.
아내는 원주의 집을 관리하고,
나는 시골집을 관리한다는 것은
우리 부부의 무언중의 약속이기도 했습니다.
홀로 감당하지 못할 위험이 닥칠 지도 모르지만,
도시라고 해서 안전이 보장되는 것은 아닙니다.
어떤 일이 닥치더라도 나의 운명이겠지요.

2015년 11월 6일 금요일
비가 약간 뿌리면서 흐린 날씨입니다.

교직에서 벗어나서 자유인이 된 뒤 67일이 지났습니다.
동료문제로 힘겨웠다는 것은, 아무튼 민망한 일입니다.
정년까지 근무했으면서 어떻게 생활하였기에
동료들로 인해 곤란을 겪었단 말인가?
이런 물음에 대해서는 할 말이 없고,
가장 큰 책임은 그렇게 처신한 내게 있을 테니까요.

이런 글을 남긴다면 누군가에게
어떤 부담이 되지는 않을까 두렵기도 하지만……

이 글의 목적은 나의 생각을 그대로 적는 것입니다.
퇴임 백일 전의 시점에서
내가 느꼈던 마음을 적어보겠습니다.

첫해와 두 번째 해에는
동료들과 관계에서 특별한 어려움이 없었습니다.
문제는 교단에서 마지막 해인 올해입니다.
학기 초에 동교과 선생님들에게
섭섭함을 넘어서 분노를 느꼈는데…….
교과배정에서 내가 맡은 시간표 배정이
불리하다는 생각이 들었기 때문입니다.

거기까지는 이해하려고 했습니다.
1학기만 지나면 교단을 떠나는 처지입니다.
좀 고생스럽다고 한들 어떻겠습니까?
문제는 배정된 교실마저
나 혼자만 모든 수업을 3층으로 배정한 것이지요.
1학년 두 반은 본관 3층,
2학년 세 반은 별관 3층, 그것도 맨 끝 교실…….

1학년교실이 모두 3층에만 있는 것이 아닙니다.
1층에도 세 반이나 있었지요.
2학년교실 역시 모두 3층에만 있는 것이 아닙니다.
1층에서 3층까지 골고루 배치되어 있었습니다.

시간표를 보면서 이런 생각이 들었습니다.
자신들은 교무실 가까운 교실에서 수업을 하고,
가장 연장자인 나는 3층에 배치하다니…….

내가 근무하는 도서실에서 3층까지는 3분이나 걸렸습니다.
나는 수업 때마다 6분 정도는 3층 교실까지 오가면서
남보다 몇 배나 많은 길을 걸어야 했던 것이지요.

결국 4월에 동교과 모임에서 섭섭함을 토로했습니다.
"나는 올해 들어서 세 가지를 후회하고 있다.
제십중학에 부임한 것과,
명예퇴직을 하지 않고 정년까지 간 것과,
지금 과목을 전공한 교사가 된 것을…….
교과배정을 이렇게 할 수가 있는가?"

그러면서 이런 말을 덧붙였습니다.
"올해 교과 업무에서 나를 제외시켜 달라.
내가 가장 연장자니 편의를 봐달라는 것이 아니다.
최소한 올해 교과배정에서는 가장 힘든 처지이니
형평성을 생각해서 빼달라는 것이다."

후배 선생님들은 오해라고 했습니다.
그러면서 이런저런 해명을 했고요.

- 교과를 그렇게 배정한 것은 교감선생님의 방침이다.
  (교감선생님이 내게 힘든 교과배정을 하라고 했단 말인가?
  납득할 수 없었지요.)

- 교실배정은 자신들은 전혀 의도하지 않은 우연이다.
  담임위주로 교실을 배정하다 보니 그렇게 되었다.
  (그 말도 이해가 되지 않았고요.
  그렇다면 비담임인 나는 1~2학년 모두 뒷반이어야 하는데,

왜 1학년은 3층인 중간반이고, 2학년은 3층인 뒷반인가?

1학년 뒷반은 1층이었고, 2학년 중간반은 2층이었으니까요.)

- 나도 작년에 똑같은 처지였다.

(그 선생님은 올해의 나보다는 좋은 여건이었습니다.)

- 선생님뿐만 아니라 우리 과목 선생님들이 모두 힘들다.

코피가 날 정도로…….

(선생님들이 힘겨워하는 것은 사실입니다.

그러나 힘든 원인은 학기 초이기 때문이지

교과배정이 불리해서 그런 것은 아니었고요.)

즉, 내가 힘들다는 것을 동료선생님들은 인정하지 않았고,
나는 동료선생님들의 해명을 납득하지 못했습니다.
별다른 일이 없이 시간이 흘러갔지만
아마도 앙금은 가시지 않았을 것입니다.

지금은 그 무렵 동료선생님들을 이해하고 있습니다.
선생님들은 앞으로도 긴 기간 교단에 있어야 하지만,
나는 한 학기만 지나면 떠나는 사람입니다.
곧 굴레에서 벗어날 몸이 좀 수고를 하면 어떻겠습니까?

교과 교실을 배정할 때도
선생님들은 자신이 담당할 학급의 교실이
어디인가만 신경을 썼을 것입니다.
동료가 어떤 교실인지는 생각할 여유가 없었을 것이고요.
각각 편리한 교실을 찾다보니
내가 들어갈 교실이 그렇게 된 것일 뿐이고,

일부러 누군가를 힘들게 할 생각은 없었을 것입니다.

가장 큰 책임은 교과편성을 협의하는 날
내가 참석하지 않고 출장을 갔다는 것입니다.
학교일로 인한 출장이기는 하지만,
의사를 정확히 밝히지 못한 것은 나의 책임입니다.

퇴직을 한 지금 시점에서 생각하니
내가 불만을 말한다고 해도 바뀔 것이 없을 바에야
조용히 조금 더 수고하는 것이 순리였다는 것입니다.
40년 가까이 견딘 교단인데
몇 개월을 참지 못했다는 것이 부끄럽기만 합니다.
마음이 불편했을 선생님들께 죄송한 마음이고요.

아, 내가 인내심을 발휘하지 못한 원인 중에는
치질 후유증도 크게 작용했습니다.
계단을 오르내릴 때마다 통증이 느껴지면서
그때마다 섭섭함이 더 크게 느껴졌나 봅니다.
다른 선생님들이야 내 몸 상태를 알 리가 없으니
그에 대한 배려는 당연히 생각을 못했을 것이고요.

아무런 감정도 없다면서 굳이 이 글을 쓰는 이유는
정년퇴직을 앞둔 교사가 그 무렵에 어떤 생각을 하고,
어떤 경우에 섭섭함을 느꼈던가를 남기는 것도
의미가 있다고 생각하기 때문입니다.

2015년 11월 7일 토요일

종일 흐리면서 가끔 비도 내렸습니다.

교직에서 벗어나서 자유인이 된 뒤 68일이 지났습니다.
동교과 동료들보다는 관리자에 대한 섭섭한 마음이
더 큰 부담이었을 수도 있습니다.
6월 무렵까지만 해도
섭섭하게 느끼는 마음이 적지 않았습니다.

올해 부임한 교장선생님의 경우
나는 퇴직할 때까지 단 한 번도 대화를 나눈 적이 없습니다.
새로 부임한 상사를 찾아보지 않은 나도 잘한 것은 없지만,
정년퇴직을 몇 개월 남긴 교내 최고 연장자인 교사와
아무런 대화도 없었다는 것은
관리자로서도 무심했다고 보았고요.
하지만 교장선생님이 모든 교사와 대화를 나눠야 할
의무가 있는 것도 아니니 괜한 트집입니다.
떠날 때는 마음이 옹졸해지는 모양입니다.

나는 올해 1학년과 2학년을 담당했습니다.
그렇다면 1학년 야영이나 2학년 수학여행 중에
어느 곳이든 동반하면서 마지막 추억을 갖고 싶었습니다.
블로그에 올려 의미 있는 기록을 남기고 싶었고요.
내게 함께 가자고 하지 않을까, 그런 기대도 했지요.
결과적으로 나는 두 곳 다 가지 못했습니다.
거기까지는 큰 문제는 아닐 것입니다.
퇴직을 앞둔 교사라고 해서

체험활동에서 배려를 해야 하는 것은 아니니까요.

그럼에도 불구하고 나는 지극히 옹졸했습니다.
운동장에서 체험활동을 떠나는 버스가 출발할 때,
학교에 남는 교사들은 대부분 환송을 나갔지만,
나는 그 시간에 운동장 쪽을 바라보지도 않았으니까요.
체험활동에서 돌아올 때도 얼굴을 비추지 않았습니다.
2년 동안 각종 행사가 있을 때마다
마치 사진기자라도 된 듯 모든 장면을 담던 나로서는
특이한 경우라고 할까요.

체험활동 첫날 조퇴를 맡은 나는 고향으로 갔습니다.
고향을 떠난 지 30여 년이 되었습니다.
그동안 성묘나 벌초로 다녀오기는 했지만,
별다른 목적이 없이 평상시에 오기는 처음입니다.

부모님이 계신 선산과 아우가 묻힌 공동묘지에 다녀왔고,
내가 태어난 집과 자라난 동리,
또 모교인 초등학교와 중학교의 교정도 거닐었지요.
내 추억이 서린 고향의 모든 곳을 구석구석 걸었습니다.
면소재지의 작은 동리이니
한 시간 남짓이면 충분히 돌아볼 수 있습니다.

이렇게 고향 땅 곳곳을 걷기는 꽤 오랜 만입니다.
그러면서 이런 생각을 했습니다.
그래 이것이 체험활동보다 더 좋을 수 있다.
평생직장이었던 교단을 떠나기 전에
나를 키워 준 고향을 돌아보는 것도 좋지 않은가?

그 후 1회고사와 2회고사의 정기고사 때도 연가를 맡고
학창시절을 보냈던 춘천과
내가 근무했던 학교들을 돌아보고 왔습니다.
추억여행을 하면서 많은 것을 느꼈습니다.
학창시절과 초임 시절의 추억이 서린 곳을 돌아보면서
이런저런 감회에 잠길 수 있었고요.
물론 이런 여행은 퇴직을 하고도 갈 수 있을 것입니다.
하지만 그때 가는 것과 교단에 있으면서 가는 것은
느끼는 마음의 차이가 클 것입니다.

교사들은 시험 때 더욱 고달픕니다.
내가 연가를 맡고 빠짐으로 인해
동료들은 내가 감독을 할 시간까지 떠맡았습니다.
그때는 속 좁게 이런 생각을 했습니다.
나는 지금까지 시험 때 연가를 맡은 적이 없다.
3년 동안 체험활동을 갈 때마다 남아서 보강을 했다.
말없이 그들의 수업이나 감독을 대신 해준 것이다.
그런 내가 퇴직을 앞둔 마지막 학기에
개인적인 체험활동을 할 수도 있지 않은가?
학교에서 그 정도 배려도 못해준단 말인가?

6월까지는 교장선생님과 교감선생님에 대해
섭섭한 감정이 상당히 컸습니다.
이분들을 상사로 생각할 수 없다, 라고 여겼으니까요.
그러나 시일이 지나면서 나름의 이해가 생기더군요.
교장선생님의 나에 대한 태도는 그분 입장에서는

부담을 주지 않으려는 배려일 수도 있을 것입니다.
편안하게 해주자는 생각일 지도 모르고요.

교감선생님이 체험활동에서 나를 제외한 것은
내 마음을 몰랐을 수도 있을 것입니다.
모든 교사가 체험활동을 좋아하는 것은 아니니까요.
어쩌면 나를 배려해서
부담 없이 쉬라고 생각해 준 것일 수도 있을 것입니다.
그것이 아니라고 하더라도
체험활동에 가고 싶다는 내 의사를
전달하지 못한 내 책임이 더 클 수도 있겠고요.

아무튼 관리자선생님들이 나에 대한 억하심정에서
일부러 골탕을 먹이려고 그런 것은 아닐 것입니다.
그분들 나름으로는 교단의 마지막 해를 보내는 나를
편하게 해주고 싶었을 것입니다.
다만 해야 할 일이 많으니 세세히 살피지 못했고,
내가 어떤 생각을 하는지 알지 못했으니
그렇게 된 것이겠지요.

잘해주고 싶었지만 그럴 여유가 없었던 분들을
원망한다는 것은 잘못이라는 것을 깨달았고요.
아쉬운 것은 이런 이해의 마음들은
퇴임 직전에 떠오른 것이고,
6월 무렵까지는 섭섭함이 더 컸다는 것입니다.
그런 마음들이 교사로서 유종의 미를 거두려는
내 발목을 잡은 원인 중에 하나였을 듯싶네요.

체험활동을 가고 싶어 한 가장 큰 이유는
여행이 좋아서도 있겠지만,
기록을 남기고 싶었던 마음이 첫째입니다.
지금까지 내가 근무했던 학교들의
수학여행 등 각종 활동을 블로그에 올렸거든요.
내가 올린 포스팅들은
학생들의 추억에 도움이 되리라고 생각했습니다.

하지만 그것은 내 생각일 뿐입니다.
연선생 블로그의 기록은 그리 대단하지 않다,
교직에서 오래 근무할 사람이 가는 것이 효과적이다,
이렇게 생각할 수도 있을 것입니다.
그것이 그르다고 할 수는 없는 것이고요.

학교의 일에는 여러 가지가 있습니다.
관리자 선생님이나 동료선생님들은 그런 많은 부분에서
나를 위한 배려를 했을 것이고, 느끼기도 했습니다.
그런 것들은 잊은 채 섭섭한 한두 가지에 집착하는 것은
성숙한 태도가 아닐 것입니다.

2015년 11월 8일 일요일
비는 오전에 그쳤고, 잠깐 햇살이 보였으나 흐렸습니다.

교직에서 벗어나서 자유인이 된 뒤 69일이 지났습니다.
교직에서 유종의 미를 거두지 못한 원인으로
건강문제를 빼놓을 수 없겠군요.

건강에서는 이렇다 할 문제점이 없었던 나였지만,
제구중학 시절부터 노화를 느끼기 시작했습니다.

피부그림증으로 인해 5년째 진료가 이어지고 있고,
안구건조증과 비문증으로 인해
인공눈물과 안약을 6년째 복용하고 있는 상황입니다.

특히 최악의 고통을 당했던 것이 치질이었습니다.
치질 증세는 10여 년 전부터 있었습니다.
겨울이 되거나 과음을 하면 고통을 느꼈고요.
그러나 잠시 쉬거나 좌욕을 하면 완화되곤 했지요.
하지만 작년 10월부터 시작된 치질 증세가
11월에는 걷기도 힘들 정도로 악화되었습니다.
결국 작년 12월에 입원을 해서 수술을 받았고요.

치질수술의 고통에 대해서 나는 너무 무지했습니다.
막연하게 며칠 아프면 될 줄 알았는데,
그것은 어림없는 생각이었습니다.
한 달 동안은 지옥 같은 고통이 이어졌고,
두 달 동안은 대변이 힘겨웠습니다.
올해 3월에 새 학년도를 맞을 때까지도
계단을 오르내릴 때는 통증이 느껴졌습니다.
수술 부위가 따끔할 정도로…….
육체적인 고통보다 더 힘든 것은
이러다가 재수술을 하게 될지 모른다는 공포였습니다.

교과배정에서 3층 교실에 배정받았을 때
분통을 터뜨린 가장 큰 원인은

치질 후유증으로 인한 고통이었던 듯합니다.
하루에 4~5시간씩 3층을 오르내려야 하다니,
7명의 교사 중에 오직 내게만 그렇게 배정했다니
그렇게 생각하니 울화를 참기 힘들었던 것이지요.
동료교사들은 나의 이런 애로사항을 몰랐을 테니
그분들은 그분들대로
내가 너무한다, 속도 좁다 등의 생각을 했겠지요.

치질 후유증은 5월초까지 이어졌습니다.
4월쯤에는 고통은 사라졌지만 용변이 불편했고,
무언가 부담스러운 작용이 지속된 것이지요.
안구건조, 피부질환이 불치의 고질로 정착된 터에
치질후유증까지 겹치니 하루하루가 힘겹기만 했습니다.

"작년에 명퇴를 안 한 것이 후회가 된다."
이런 말이 입버릇처럼 나온 가장 큰 원인은
아마도 치질후유증 때문일 것입니다.

2015년 11월 9일 월요일
오전에 비가 내리다 그쳤으나 오후에도 흐렸습니다.

교직에서 벗어나서 자유인이 된 뒤 70일이 지났습니다.
제십중학에서 유종의 미를 거두지 못한 원인을
무능과 태만, 학생, 가정, 동료, 건강의 다섯 항을 들었는데,
한 가지 더 덧붙인다면 우취반 지도도 들 수 있습니다.
원주우체국과 제십중학 사이에 체결 된 우체국 문화반 협약에

의해 2년 동안 많은 지원을 받았습니다.

문제는 내가 1학기를 마치고 정년퇴직을 하면
마무리를 할 수 없다는 것입니다.
지도교사가 없을 경우 이 혜택은 이어지지 않을 수도 있었고요.
포기하고 편히 쉴 것인가,
제십중학을 위해서 맡을 것인가, 나로서는 고민이었지요.

A선생님이 내 뒤를 이어 우취반을 지도하기로 한 것도
우취반 지도를 계속하기로 한 결정적인 원인이었지요.
이로 인해 교과시간표를 협의하는 날에
강원체신청에 출장을 가게 되었습니다.
그날 출장을 가지 않았다면
내 시간표가 그렇게 엉망이 되지는 않았겠지요.

우취반은 교단생활의 추억이었습니다.
그런 나로서는 우취반 사업에 마지막까지 매진한 것이
보람이자 뜻 깊은 선물이라고 생각합니다.
그러나 1학기 내내 몹시 고단했습니다.

무능과 태만, 학생, 가정, 동료, 건강, 우취반…….
이 여섯 가지 중에서
첫째와 둘째는 어쩔 수 없는 숙명이겠지만,
다른 네 가지가 겹친 것은 운명일까요, 불운일까요?
지금에 와서야 그렇거니 여기면서 웃고 있지만,
1학기 내내 몹시도 힘겨웠습니다.

2015년 11월 10일 화요일
햇살은 보였으나 흐린 날씨였습니다.

교직에서 벗어나서 자유인이 된 뒤 71일이 지났습니다.
제십중학을 떠날 때 보람과 아쉬움이 함께 느껴지는 일 중에
하나는…….
다시 생각해도 독서상품권 획득과 활용입니다.

퇴직을 할 무렵을 전후해서
나는 140만원의 도서상품권을 얻었습니다.
A인터넷 서점에서 3개월 동안 90만원,
B인터넷 서점에서 6개월 동안 30만원,
C인터넷 서점에서 우수독후감으로 13만원,
그밖에 여러 인터넷 서점에서 이런저런 포인트 10여만 원,
이것이 모이니 거액의 포인트가 된 것이고요.

이것의 활용 방안으로 처음 떠오른 생각은
퇴직기념으로 담임반 학생들에게
책을 한 권씩 선물로 주고 싶었습니다.
내가 맡은 부담임 학급이 2학년 두 반이었습니다.
두 반에게 선물을 하려다가 생각하니
부담임이 아닌 다른 한 반이 걸렸습니다.
2학년 세 반에게 선물을 하려니
내가 담당을 하는 1학년 두 반이 또 생각났습니다.
그렇다고 해서 5개 반 170여 명에게 선물을 하기에는
140만원으로는 부족했고요.

내 돈을 약간 보태서

내가 가르친 모든 학생에게 선물을 할까도 싶었지만
아이들에게 원하는 책을 신청 받고
구입을 하는 과정도 상당히 번거로운 일입니다.
여러모로 심란한 터에 그런 부담까지 안고 싶지 않았고요.

그렇다면 모든 교직원 동료들에게
책 선물을 하는 것도 생각해 보았습니다.
교사와 행정실의 사무직을 모두 합쳐도 70명 내외니
책값은 충분히 부담할 수 있었습니다.
그러나 이것도 포기했습니다.
그렇게 하는 것이 오히려 이상한 것이 아닌가 싶었고,
선물을 할 책을 신청 받는 것도 번거롭고
굳이 그렇게까지, 라는 생각이 들었지요.

마지막으로 1년 동안 부담임을 하며 정을 나눴던
작년 졸업생인 3학년 A반도 생각했습니다.
내게는 마지막 학생들이라는 마음으로
나름으로 정을 주었고, 아이들도 나를 따랐습니다.
그러나 올해의 학생들을 제외하고
졸업생에게 선물을 하는 것은 도리가 아닌 듯했습니다.

이렇게 홀로 탁상공론을 되풀이하다가
지금까지 교직에서 만났던 여러 인연들에게
선물을 하는 것으로 결정했습니다.
제십중학의 전교조 분회 선생님들,
교직에서 두터운 인연을 나눈 두 모임의 선생님들,
그밖에 이런 저런 인연이 얽힌 동료와 학생들……..

추억이 어린 분들과 주소를 묻는 통화를 하면서
목소리도 듣고, 책 선물을 하면서
이런저런 감회 속에 잠기는 시간이 즐거웠습니다.

나의 선택이 과연 옳았는지는 잘 모르겠습니다.
하지만 이미 지난 일, 더 이상 생각하지 않겠습니다.

2015년 11월 11일 수요일
새벽녘에는 잠을 이루지 못할 정도로 쌀쌀한 날씨입니다.

교직에서 벗어나서 자유인이 된 뒤 72일이 지났습니다.
제십중학을 떠나면서 기억을 하나 덧붙인다면
송별연에서 「늙은 군인의 노래」를 완창 했다는 것입니다.
나는 애국가도 제대로 할 수 없을 만큼 음치이고,
지금까지 공개석상에서 노래를 한 적이 없을 정도입니다.
노래방에 가면 가사를 보면서 소리나 지르는 수준이었지요.

그런 내가 길고 긴 이 노래를 4절까지 완창했습니다.
리듬이야 당연히 맞추지 못했겠지만,
비록 예전부터 노래를 알고 있었다고 하지만
어떻게 이 긴 노랫말을 암송할 수 있었을까요?

군인을 선생님, 삼십년을 사십년으로 바꾸는 등
몇 곳을 고쳐서 불렀지만, 그거야 의도적인 것이고요.
늙은 군인의 모습에서 나의 삶이 연상된 때문이기도 하고
무언가 울컥한 심정을 표현하고 싶었나 봅니다.
하지만 음치의 노래를 4절까지 들어야 했던 동료들에게

미안한 마음도 드네요.

2015년 11월 12일 목요일
가을을 느낄 수 있는 편안한 날씨였습니다.

교직에서 벗어나서 자유인이 된 뒤 73일이 지났습니다.
퇴직을 하면서 고마움을 느낀 분들이 많지만,
특히 전교조 선생님들이 생각납니다.
나는 전교조가 합법화되면서 전교조 조합원이 되었고,
어찌 하다 보니 여러 학교에서 분회장을 맡았고,
지부의 임원이나 대의원이 된 적도 있습니다.

그러나 나는 참교육에 대해 어떤 의식이 있거나
열정에 불타는 투사는 아니었습니다.
떠밀리다시피 그 자리에 선 경우가 대부분이고요.
마음속으로는 몇 번이나 다짐했고요.
학교를 옮기면 다시는 앞장을 서지 않겠다고…….

돌아보니 내 모습이 떳떳하지는 않았습니다.
일어서야 할 때 침묵을 지킨 적이 많았고,
누군가가 앞장서기를 바라면서 미적거리기도 했습니다.

그렇게 생활한 나였음에도 불구하고 퇴직을 할 때,
제십중학 분회원 선생님들이 따뜻한 배웅을 해주었고,
지회와 지부에서는 환송행사를 해주었으며,
본부에서도 기억해주었습니다.

'좀 더 용감했다면 더 떳떳했을 텐데…….'

표현은 하지 않았지만 그런 생각을 했습니다.
그러나 과거는 지나갔고, 미래가 다가오고 있습니다.
아마 퇴직을 한 뒤에도 연대하는 방법은 있을 것입니다.
참교육의 마음을 기억하면서 바라보는 것만으로도
법외노조의 고된 길을 가야 할 동지들에게
작으나마 힘이 되리라고 믿습니다.

2015년 11월 13일 금요일
가을비가 내리는 쓸쓸한 풍경입니다.

교직에서 벗어나서 자유인이 된 뒤 74일이 지났습니다.
제십중학 교정에는 계절마다 새로운 꽃이 피었습니다.
자연적인 풍광이 가장 아름다웠던 학교가
학교 옆에 솔밭과 백사장과 강이 있었던 제삼중학이라면
제십중학의 아름다움은 인위적인 것이라고 할 수 있습니다.
개나리, 진달래, 철쭉, 산수유, 백목련, 자목련, 벚꽃 등
수십 종의 꽃과 나무가 계절마다 아름다움을 겨루었고,
겨울에는 눈꽃마저 아름다웠던 제십중학이었습니다.

그중에서 가장 마음에 드는 것은 운동장의 솔밭길입니다.
사백 미터 트랙 주변의 동쪽과 남쪽으로 조성된 그 길은
가장 이상적인 산책코스였습니다.

2015년 11월 14일 토요일
비를 맞으며 낙엽을 밟는 마음이 포근했습니다.

교직에서 벗어나서 자유인이 된 뒤 75일이 지났습니다.
제십중학에서 마음에 들었던 것 중에 하나는
나의 근무실인 상담실과 도서관이었습니다.
첫 해 1년 동안 근무했던 상담실은 눈으로 즐거웠고,
다음해부터 근무했던 도서실은 마음으로 즐거웠습니다.

3층 본관의 가운데 있는 상담실에서는
원주시내의 남쪽 전경이 대부분 보였습니다.
계절마다 바뀌는 경치도 아름다웠지만
운동장에서 청춘을 노래하는 학생들을 보면서
마음으로나마 함께 호흡을 하는 것도 좋았지요.

1층 도서관은 첫해에는 불만이 많았습니다.
이곳은 겨울에는 춥고 여름에는 더웠으니까요.
창문을 열어도 보이는 것은 본관의 벽뿐이었고,
각종 공사를 할 때는 먼지가 나서 문도 열 수 없었지요.

하지만 도서관에는 몇 만 권의 장서가 있었습니다.
그 책들을 바라볼 때는 가슴이 설레었고,
어쩌다 도서관 수업을 하는 학생들의 독서 풍경을 볼 때는
그 모습도 예쁘더군요.
그 아름다움을 진작 알아채고 즐기지 못한 것이
후회가 될 정도로 아쉬움이 느껴졌습니다.

2015년 11월 15일 일요일
가을비가 내리는 주말입니다.

교직에서 벗어나서 자유인이 된 뒤 76일이 지났습니다.
제십중학의 즐거움 중에 하나는 점심식사였습니다.
전천후 식성이라 어떤 음식이든 맛있게 먹는 체질이지만,
제십중학의 급식에서는 맛과 함께 멋도 느껴졌습니다.
3교시 무렵부터 오늘의 급식은 무엇일까 기다려졌고,
점심을 먹고 나면 내일이 기다려지기도 했습니다.

2015년 11월 16일 월요일
우산을 써야 할 정도의 비가 조용히 내렸습니다.

교직에서 벗어나서 자유인이 된 뒤 77일이 지났습니다.
특별히 잘하는 운동이 없는 나지만
가장 즐겼고, 자신도 있는 운동은 걷기였습니다.
어디에 가더라도 30분 이내는 걷는 것이 생활이었고,
시간 여유만 있다면 1시간 내외도 걸었으니까요.

어느 학교에서 근무하든 점심식사를 한 뒤에
20분 정도는 교정을 걸었는데
가장 즐겁게 걸은 곳이 제십중학이었습니다.
운동장의 솔밭오솔길은 환상적인 걷기코스였고요.
방과 후에는 주민들이 와서 걷는 모습도 볼 수 있을 정도로
이곳은 많은 사람의 사랑을 받는 매력적인 곳이지요.

혼자 걸을 때가 많았지만,
일주일에 한두 번은 A선생님과 함께 걸었습니다.
점심시간에는 대출업무를 보아야 했던 A선생님은

4교시 때 점심식사를 하셨지요.
내가 4교시에 수업이 없을 때는 자연스럽게 함께 걸었고요.
혼자 걸으면서 책을 읽는 것이 나의 습관인데
A선생님과 함께 걸으며 대화를 나누는 것도 즐겁더군요.

2015년 11월 17일 화요일
가을비가 연일 내리고 있네요.

교직에서 벗어나서 자유인이 된 뒤 78일이 지났습니다.
제십중학 학생들에게는 정말 미안한 말이지만,
나는 정을 주지 않으려고 노력했습니다.

학생들에게는 내년의 교정이 있지만
떠날 날이 얼마 남지 않은 내게는 그것이 없습니다.
정이 깊어지면 떠나는 발걸음이 무거울지도 모르니까요.
어떤 인상을 주거나 받지도 말자고 다짐하곤 했지요.

그래도 만남이란 것이
있는 듯 없는 듯 지나칠 수는 없더군요.
"어떤 학생이 가장 인상에 남는가?"
교사로서 당연한 말이겠지만,
누가 인상적이거나 마음에 남는다기보다
모든 학생들이 예뻤고 사랑스러웠습니다.

그래도 기억나는 학급이나 학생은
작년의 3학년 A반입니다.
1년 동안 부담임을 맡았던 마지막 학생들이었지요.

그 친구들 모두를 기억하고 싶은 마음이지만,
특히 국어부장이었던 A양!
지금까지 나와 인연을 맺었던 국어부장 중에서
가장 협조적인 학생이었습니다.
국어부장으로서 과제물이나 전달사항 공지뿐만 아니라
우취반 활동에서 최고의 도우미였고요.
학생에게 정을 주지 말자, 라고 다짐했지만,
A양은 쉽게 잊힐 것 같지 않습니다.

또한 원주투데이의 학급신문 콘테스트에 응모해서
입상을 했던 B, C, D, E양!
그들은 상금의 일부로 마련한 자축연에서 나를 초대했지요.
내가 학생에게 저녁을 대접받은 드문 경우!
올해가 가기 전에 그 빚을 갚을 생각입니다.

2015년 11월 18일 수요일
계속 내리지는 않았지만, 비가 그치지 않네요.

교직에서 벗어나서 자유인이 된 뒤 79일이 지났습니다.
제십중학을 생각할 때 미안하게 느끼는 것은
관리자 선생님들께 서운한 감정을 지녔다는 것입니다.

교감선생님에게 섭섭한 감정을 지닌 결정적인 계기는
체험활동에서 나를 제외했다는 것이었지요.
교장선생님에게 그런 감정을 지닌 이유는
퇴직할 때까지 단 한 번도 개인적인 대화가 없었고,

송별식에서 송별사를 하실 때도
아무 준비가 못하실 만큼 무관심했다는 것이고요.

그러나 정년퇴직을 앞둔 교사라고 해서
체험활동에서 배려를 해야 하는 것은 아니고,
교장선생님이 나와 같은 교사와 면담을 하거나
송별사를 정성껏 준비해야 하는 것은 아닙니다.

아마도 그분들도 내게 잘해주고 싶었을 것입니다.
상사가 아무런 관심을 보이지 않는 것이
편안하게 해주는 것이라고 생각하셨을 수도 있고요.
내 입장에서 서운한 감정을 느꼈을 뿐,
그분들에게 어떤 잘못이 있는 것은 아니었습니다.

문득 제칠중학의 A교장선생님이 생각났습니다.
그분을 보면서 나는 개인적으로 이런 생각을 했습니다.
"예전에는 정말로 못된 분들이 많았는데
이런 인품이라면 괜찮은 관리자가 아닐까?"
아마 본인도 그렇게 생각하셨을 것입니다.
선배들에 비하면 나는 괜찮은 교장이라고…….

못된 관리자를 경험한 사람들은
A교장선생님 정도를 괜찮은 관리자로 생각하겠지만
못된 관리자를 보지 못한 젊은 교사들은 아니었습니다.

A교장선생님이 10년 전에 교장으로 마치셨다면
아마 모든 선생님들이 존경했을 것입니다.
그러나 참교육의 열풍이 부는 시점에서는

적절하지 않게 보였을 수도 있는 것이고요.

제십중학의 관리자 선생님들도 그럴 것입니다.
나는 퇴직교원에게 여러 가지 배려를 했던
제육중학의 B교감선생님과 제구중학의 C교장선생님에게
좋은 표양을 보면서 존경의 마음을 느꼈고,
많은 관심을 보여주셨던 제십중학의 전임 D교장선생님과
지금의 관리자분들을 비교하며 섭섭하게 느꼈습니다.
사실은 훌륭한 점이 많은 분들인데도
개인적인 서운함만 갖고 그 점은 외면한 것이지요.

 B교감, C교장, D교장 선생님은 옳은 분들이고,
제십중학 관리자 선생님들은 그른 것이 아닐 것입니다.
사람은 자신이 경험했던 관점에서 벗어나기 어렵고,
자신의 생각 범위에서 남을 평가한다고 하더군요.
이 글에서 부정적으로 묘사한 분들에 대한 나의 생각이
사사로운 판단이나 오해였을 수도 있을 것입니다.
그러나 당시 그렇게 생각했다는 것도
기록으로서의 의미가 있으리라는 생각에서
혹시 이 글이 발표가 된다고 해도
아마도 고치지는 않을 것입니다.
행여 부담을 느낄 지도 모를 무수한 분들에게
죄송한 마음을 전하고 싶습니다.

2015년 11월 19일 목요일
가을비가 길게 내리고 있네요.

교직에서 벗어나서 자유인이 된 뒤 80일이 지났습니다.
제십중학에서 가장 힘겨웠던 순간은
퇴직 9개월을 앞두고 치질수술을 받았던 때입니다.
수술이니까 아프기야 하겠지만, 수술 후에 사나흘,
길면 한두 주 정도면 끝날 줄 알았습니다.

그러나 내 생각은 이만저만한 오산이 아니더군요.
일주일은 잠도 제대로 못 할 정도로 힘겨웠고,
두 달 동안은 운동은커녕 걷는 것마저 힘겨웠습니다.
수술 이후 5~6개월이 지나서야
수술 이전의 정상적인 몸으로 돌아왔고요.

수술을 받고 3개월이 된 올 3월에
내가 수업을 하는 학급이 모두 3층으로 배정되었을 때는
그 고통을 참지 못하고
애꿎게도 후배 선생님들에 분노를 터뜨렸습니다.

뒤늦게 그때 모습이 부끄러웠습니다.
후배 선생님들이 나의 몸 상태를 알 리가 없을 테니까요.
평교사로 교단을 마무리하는 동교과 선배를
가능하면 배려를 하려고 했던 후배 선생님들의 마음을
생활하는 가운데 여러 번 느끼곤 했습니다.
그런 고마움들은 잊은 채 사소한 감정에만 잠겨 있었으니
아마도 나의 그릇이 그것밖에 안 되었나 봅니다.

2015년 11월 20일 금요일

가을비가 왜 이렇게 오래도록 내리는 것일까요?

교직에서 벗어나서 자유인이 된 뒤 81일이 지났습니다.
추억의 현장을 확실하게 기록하지 못한 아쉬움도 있군요.
5년 동안 근무했던 제구중학의 경우에는
학교의 구석구석 내 카메라에 담기지 않은 곳이 없고,
교내에서 어떤 행사가 있으면 의도적으로 찾아가서
나름의 사명감을 갖고 셔터를 누르곤 했습니다.
내 블로그에는 제구중학의 사진이 5천 여 장 담겼는데
학교의 역사가 대부분 기록된 것이지요.

그러나 제십중학의 경우에는 내가 가르치는 학생과
내 눈길이 닿는 곳만 담았을 뿐입니다.
셔터를 누르면서도 기록을 남긴다는 사명감은 없었습니다.
체험활동이야 가지 못했으니 어쩔 수 없었지만
그밖에 대부분의 행사는 내가 마음만 있었다면
얼마든지 참관할 수 있었을 것입니다.

내가 사진을 찍거나 블로그에 올리는 것을
많은 선생님들이 알고 있었습니다.
전임교장이신 A선생님은 행사가 있을 때면
일부러 나를 부르셨는데, 기록하라는 의미셨겠지요.

그러나 언제부터인가 이런 생각이 들더군요.
"연연하지 말자. 관심을 갖지 말자."

어쩌면 중요한 의미를 지녔을 지도 모를 많은 순간들이

나의 의도된 무관심으로 기록을 못 남겼는지도 모릅니다.
기록자의 의무를 소홀히 한 것이 아닌가, 라는
나만의 자책을 이제야 느끼고 있습니다.

2015년 11월 21일 토요일

가을의 쓸쓸함을 느끼게 하는 흐린 하루였습니다.

교직에서 벗어나서 자유인이 된 뒤 82일이 지났습니다.
제십중학에서 힘들었다기보다는 아쉬움이 느껴지는 것은
학생들에게 최선의 정성과 사랑을 주지 못한 것입니다.
학생들에게 깊은 정을 주지말자고 생각했지만
정이나 사랑이라는 것이 주자고 해서 깊어지고,
주지말자고 해서 쌓이지 않는 것은 아닐 것입니다.

어차피 자라는 그들은 나를 잊을 테고,
나는 마지막 교단의 모습을 간직할 것입니다.
그럴 바에야 뜨거운 사랑을 쏟을 것을……,
그런 아쉬움도 남습니다.

2015년 11월 22일 일요일

가을비가 다시 시작되었습니다.

교직에서 벗어나서 자유인이 된 뒤 83일이 지났습니다.
제십중학에서 아쉬움이 남는 것 중에 하나는
교재연구 등 교사의 본분에 매진하지 못했다는 것입니다.
마지막 학기의 나는 심신이 지쳐 있었습니다.

끔찍한 치질수술의 여파가 이어지고 있었고,
이런저런 서운한 감정으로 평정심을 잃었으며,
우취반 등 생각하지 않았던 일이 발목을 잡았습니다.
게다가 힘겨움을 더했던 것은 시골집의 농사였습니다.

이제 와서 공연히 이 핑계 저 구실을 대고 있지만,
내가 할 일을 완수하지 못한 것은
내 책임일 뿐 누구에게 돌릴 일이 아닐 것입니다.
그런 일이 없다고 하더라도
나는 다른 구실을 찾으며 변명을 했겠지요.

2015년 11월 23일 월요일
폭우는 아니지만 비는 매일 내리고 있습니다.

교직에서 벗어나서 자유인이 된 뒤 84일이 지났습니다.
내가 농사일에 관심이 없다기보다는
어린 시절에 읽었던 어떤 책의 영향도 있습니다.

어느 관리가 집 뒤 공터에 작은 채마밭을 일구고
배추, 무, 상추, 쑥갓 등 소소한 채소를 심었습니다.
어느 날 그 관리의 아버지가 그 밭을 보더니,
당장 그 밭을 없애라고 했습니다.
"너는 조정에서 녹봉을 받고 있지 않느냐?
네가 농작물을 가꾸면 농사꾼들은 어떻게 하란 말이냐?"

국가에서 봉급을 받는 사람이라면
농작물이나 여러 가지 가공품을 팔아주는 것이

백성들을 위하는 도리라는 것이지요.

나는 예전에는 교사로서 봉급을 받았고,
퇴직을 한 지금은 연금을 받고 있습니다.
갑부라고 할 수는 없지만 생활은 가능하고요.
그렇다면 내 역할은 농작물 생산이 아니라
그 생산물을 사고, 건전하게 소비를 해야 한다는 생각…….
아내는 말도 안 되는 논리라고 하지만,
아무튼 이웃과 더불어 사는 자세로 살고 싶습니다.
요즘 서민적인 업소에서 외식을 자주 하는데
어린 시절에 읽은 그 일화의 영향인가 봅니다.

2015년 11월 24일 화요일
비는 멈췄지만 구름이 많이 보이는군요.

교직에서 벗어나서 자유인이 된 뒤 85일이 지났습니다.
제십중학에서 동료들과 자주 만나지 못한 것이 아쉽군요.
나는 이전 학교에서는 식사를 함께 하기를 즐겼고,
만남의 자리를 자주 만들었던 듯합니다.
모임 때문이 아니라도 동료들과 자주 식사를 했는데,
그것이 나로서는 화합을 위한 노력이었습니다.

하지만 제십중학에서는 그런 모임에 소극적이었습니다.
떠날 몸이니 정을 남기지 말자, 라는 생각으로
스스로 자제하였던 것이지요.
날이 갈수록 업무가 과중해지다 보니

직장의 분위기도 모임을 자제하는 쪽으로 바뀌었고요.
이래저래 모임이 있어도 참석에 소극적이었습니다.

후회의 감정이 느껴지지만 이미 지난 일입니다.
앞으로의 만남에서 타산지석으로 삼으면 되겠지요.

2015년 11월 25일 수요일
눈이 내리는 아름다운 겨울이 시작되었습니다.

교직에서 벗어나서 자유인이 된 뒤 86일이 지났습니다.
제십중학에서 기억나는 선생님은 누구더라 *^^*
그분들은 나를 어떻게 생각할지 모르지만
교단의 마지막 교무실 멤버였던 A선생님과 B선생님
행복을 기원하며 좋은 모습으로 간직하고 싶습니다.
동교과 선생님들 한 분 한 분도
미안한 마음을 기도로 대신하며 기억하고 싶고요.
그리고 세 학교에서 함께 했던 C수석선생님!
사랑의 마음을 전합니다.
내 뒤를 이어 우취반을 지도하기로 하신 D선생님
건강과 행운이 함께 하기를 기원합니다.

2015년 11월 26일 목요일
이틀을 연이어 눈이 날렸습니다.

교직에서 벗어나서 자유인이 된 뒤 87일이 지났습니다.
나의 교단생활은 공식적으로는 39년이지만

군대 생활을 제외하면 37년입니다.
조선 시대까지도 평균수명이 이 정도가 안 되었다는데
정말로 긴 시간이었다는 생각이 듭니다.

하느님이 주셨던 아름다운 선물을
나는 얼마나 잘 활용했을까를 생각하다 보니
까닭 없이 눈물이 흘렀습니다.
슬플 것도 없는데 요즘은 왜 눈물이 자주 나올까요?

2015년 11월 27일 금요일
햇빛이 보이기는 했지만 구름이 많았습니다.

교직에서 벗어나서 자유인이 된 뒤 88일이 지났습니다.
퇴직만 하면 무한한 시간을 마음껏 즐길 줄 알았습니다.
그 시간에 무엇을 할지 미리 고민도 했고요.

하지만 시골에서 생활하고 있는 지금
교단에 있을 때 보다 더 바쁘네요.

겨울이라 해는 짧고 시골은 더 춥습니다.
이제 겨울의 초입인데 체감온도는 한겨울이고요.
앞으로 내내 분주한 삶이 펼쳐지는 것이 아닌가 싶어서
은근히 두려움을 느끼기도 했습니다.

묶음 다섯

걷고 싶은 길

예까지 걸을 수 있었던 것을 고마워하면서
새롭게 펼쳐진 길을 바라보았습니다.
그 길도 아름답기를 기도하면서······.

걷고 싶은 길

2015년 11월 28일 토요일
겨울을 알리는 눈이 내렸습니다.

교직에서 벗어나서 자유인이 된 뒤 89일이 지났습니다.
내가 남보다 많이 가진 것이 무엇일까 생각해 보았습니다.
입신양명을 했다고 할 수도 없고,
경제적으로 남보다 많이 가진 것도 없으며,
인간관계에서 많은 벗을 사귄 것도 아닙니다.
무엇 하나 내세울 것을 찾기 힘드네요.
그러나 최소한 책에 대해서는 기득권자가 아닌가 싶습니다.

너나없이 살기가 어려웠고,
책은 물론 모든 물건이 보물처럼 느껴지던 시대에
나는 시골에서 어린 시절을 보냈습니다.
면소재지에 있던 나의 모교인 초등학교는
전교생이 600여 명이니 시골에서는 큰 학교였습니다.

그런 학교임에도 도서관은 물론 도서실도 없었고요.
다만 도서 담당 선생님의 학급교실에
몇 백 권쯤 넣을 수 있는 책장에 도서를 보관하고
가끔 책을 빌려주는 정도였습니다.

학교장서가 몇 백 권이라고는 해도
어린이들이 읽을 만한 책은 1~2백 권에 불과했습니다.
나머지는 선생님들이 보는 교육 잡지거나
한자가 많아서 우리가 볼 수 없는 책이었지요.

학급마다 학생들에게 책을 가지고 오게 해서
나름대로 특색 있는 학급문고를 운영했지만
대부분의 학생들이 책을 가져올 형편이 안 되었습니다.
학급문고 역시 볼 만한 책은 20~30권 정도였고요.

그런 상황에서 나는 가장 많은 책을 읽은 학생입니다.
우리 집은 고향에서 유일한 서점이었으니까요.
정확히 말하면 시골의 터미널이었습니다.

그 때는 터미널이라고 하지 않고 차부라고 했는데
차부에 딸린 매점에는 먹거리와 함께 도서도 취급했습니다.

터미널 매장에 있는 책은 한 2~3백 권 정도
많은 장서라고 할 수는 없지만
학교 도서실의 책보다는 훨씬 재미있었고요.

특히 좋았던 것은 월간지도 취급했다는 것입니다.
아리랑, 명랑, 사랑 등 대중잡지가 대부분이지만,
당대 최고의 시사 잡지였던 '사상계'와

중고생을 독자로 하는 잡지 '학원'도 있었습니다.
시골이라 이 잡지들은 대부분 팔리지 않았습니다.
한 달이 지나면 도시의 도매점으로 반품하곤 했지요.
그러나 우리 집에서 한 달 정도 머물었으므로
나는 모든 잡지를 섭렵할 수 있었답니다.

내가 또래에 비해 월등할 정도로 독서량이 많았던 것은
우리 집이 부유한 편은 아니지만
책만은 마음껏 볼 수 있게 해주신 부모님 덕분입니다.

그것이 꼭 좋은 것만은 아닙니다.
나이에 맞는 책을 읽어야 하는데
우리 집에 있는 책들은 대부분 성인용이었습니다.
'학원' 같이 교육적으로 바람직한 잡지도 있었지만
그것마저도 초등학생이 아닌 중고생용이었고,
'사상계' 같이 당대 최고의 잡지도 있었지만,
초등학생에게는 맞지 않는 책이었습니다.
대부분 통속적인 성격이었다고 할까요.
내 글에서 가끔씩 이상한 표현이 있는 것은
어린 시절 조숙한 내용의 책을 탐독한 때문 *^^*

지금 생각해도 이해가 안 됩니다.
장준하 선생이 만든 사상계는 지금 읽어도 재미가 없는데
초등학생인 내가 그것을 읽었다는 것이 신기합니다.
언젠가 교실에서 친구들과 말을 할 때
여당, 야당, 한일회담, 함석헌, 윤보선 등을 화제로 삼아서
담임선생님을 놀라게 하기도 했지요.

여당과 야당은 물론 장준하, 함석헌 같은 분들도 몰랐지만
그래도 초등학생의 입에서 그런 용어나 인물들이 나오니
담임선생님께서는 기이하게 느끼셨나 봅니다.
어느 날 우리집에 오신 선생님은 애는 보통이 아니다,
벌써 함석헌, 장준하 선생의 글을 읽더라고 해서
부모님을 놀라게 하기도 했습니다.
다시는 그런 책을 보지 말라고 하시더군요.
보수적인 부모님은 그분들의 위험하다고 생각하셨겠지요.
그렇다고 해서 보는 것을 막지는 않으셨습니다.

중학교 때는 역사시간에 선생님을 놀라게 하기도 했지요.
삼국통일을 말할 때 내가 연개소문의 세 아들 이름을 대며
고구려의 멸망 과정을 설명하자 국사선생님은 놀라시더군요.
네가 어떻게 그 이름을 아냐고?
그때는 인터넷은 물론 변변한 사전도 없던 시절입니다.
교과서에는 연개소문 까지는 나왔지만
아들들 이름은 나오지도 않았고요.
내가 그 이름을 알 수 있었던 것은
조흔파 선생의 『소설국사』를 읽었기 때문이고요.
단군에서 고려 초까지의 역사가 담긴 그 책을 통해
정사는 물론 야사까지도 머릿속에 담고 있었습니다.

남보다 더 많은 책을 읽을 수 있었던 환경,
나의 어린 시절은 책에 있어서는 기득권자였던 셈이지요.
시골의 친구들은 물론 도시의 또래들과 비교해도
독서량에서만은 나를 능가하는 경우가 드물 테니까요.

2015년 11월 29일 일요일
이틀째 눈이 휘날렸습니다.

교직에서 벗어나서 자유인이 된 뒤 90일이 지났습니다.
오늘은 고교와 대학시절의 책이야기를 해보겠습니다.
전기도 안 들어오는 시골에서 당시의 명문고로 알려진
춘천의 고등학교에 진학한 나는 몹시 위축되었습니다.
전교생 백여 명인 중학교와 달리
전교생이 1,500명(학급당 60명 이상 24학급)인 고등학교는
그야말로 정신이 없을 정도였습니다.

친구들은 조폭, 선생님들도 두목처럼 무서웠습니다.
친구가 없으니 오나가나 아마도 책만 보았나 봅니다.
읽는 책이 무협지 등의 소설이었으니
성적에는 별로 도움이 안 되었지만요.

고교시절 내가 가장 많이 간 곳은 서점이었습니다.
신간서적은 서점에 서서 읽었고,
더 읽고 싶은 책은 헌책방에서 사서 보았지요.

대학은 국어교육과로 진학했습니다.
국어교육학과니 당연히 책을 많이 읽었고요.
아무튼 이런저런 환경으로 인해
또래에 비해서는 책을 많이 읽을 수 있는 기득권은
대학시절까지 유지가 되었습니다.

2015년 11월 30일 월요일
가을비로는 막내, 겨울비로는 맏형인 비가 내렸습니다.

교직에서 벗어나서 자유인이 된 뒤 92일이 지났습니다.
대학 졸업과 동시에 군대에 입대했습니다.
대학 졸업식은 2월 초였고, 군대 입대는 3월 초였으니까요.

전반기 교육을 받은 논산훈련소와
후반기 교육을 받은 대전의 병참학교에서는
당연히 독서는 못했고요.

전반기와 후반기 교육을 마친 나는
순천에 있는 95연대로 배속되었습니다.
후방 연대이므로 병력은 백여 명을 겨우 넘긴 규모였지요.
아무리 후방이라도 사병이 영내에서 독서를 한다는 것은
쉬운 일이 아닙니다.

그러나 내가 맡은 보직은 작전과 상황병이었습니다.
낮에는 작전과에서 작전사병으로 근무를 하고,
밤에는 2시간 정도 상황실 근무를 했습니다.
상황근무가 별게 아니고 대부분 전화를 받는 일인데,
2시간 동안 전화가 서너 번 올까,
대부분 책상에 앉아서 자리를 지키는 역할이었고요.
딱히 할 일이 없으니 책만 읽었지요.

책을 어떻게 구했는가?
부대 안에 교회와 성당이 없었으므로
신앙이 있는 사병들은 일요일에

순천시내의 교회나 성당으로 보내 주었습니다.
갈 때는 부대에서 차를 태워주었지만
올 때는 각자 알아서 들어오는 것이고요.

순천시내에서 부대까지는 4km 정도였습니다.
돌아올 때는 대부분 걸어서 왔지요.
순천시내의 헌책방에서 헌책을 산 뒤
그것을 보면서 걷곤 했습니다.
걸으면서 책을 읽는 것은 그때부터 생긴 습관입니다.

그 때 사병 봉급이 2천원 정도, 헌책은 2백원 내외였지요.
나의 봉급의 절반은 일요일의 점심 식사,
절반은 헌책을 사는데 투자했습니다.
내 평생에 가장 열심히 책을 샀던 시기입니다.
수입의 절반 이상을 책 구입에 썼으니까요.

그러던 내게 그야말로 기막힌 행운이 찾아왔습니다.
당시 어떤 사병이 무언가 큰 잘못을 해서
영창에 갈 상황이 되었습니다.
그 전우는 집이 상당히 부유했다고 합니다.
부모들이 부대에 찾아와서 백배사죄하면서
간절하게 용서를 빌었다고 하는데…….
그 과정에서 장병들의 정서 순화를 위한 성의 표시로
신간 서적 수백 권을 기증했습니다.
연대장님은 그 책을 정훈과에 비치했고요.

상황근무로 인해 매일 2시간 정도 독서가 보장되었고,
정훈과에 책은 충분히 있었으니…….

내가 할 일은 독서뿐이었지요.
부대 안에서는 내가 국어과 출신이라니까
책을 보는 것을 어느 정도 용인하기도 했고요.
군대 생활 동안 매년 100권 이상은 읽었을 것입니다.

제대할 무렵에는
한 달 동안 각종 업무를 면제시켜 주었습니다.
그렇다고 외출이나 외박을 시켜주는 것은 아니고
부대 안에서 어슬렁거리는 정도였습니다.
그 시간에 대부분 독서를 하였습니다.

군대 생활을 하면서 그것도 사병으로 복무하면서
나와 같이 책을 실컷 읽은 경우는 많지 않을 테니
이것 역시 책의 기득권이라고 할 수 있겠지요.

2015년 12월 1일 화요일
무언가 내릴 듯하면서 흐리기만 했습니다.

교직에서 벗어나서 자유인이 된 뒤 92일이 지났습니다.
군대에서 제대하자마자 바로 교단에 섰습니다.
제대는 9월 중순, 발령은 10월 초였으니까요.
그때는 중고등학교에 교사들이 부족하던 시절이라
교사가 되는 것이 어렵지 않았지요.
임용고사는커녕 국립사대를 나온 뒤에 교직을 포기하면
등록금을 반환해야 한다는 규정도 있었습니다.
그때의 국립사범대는 등록금이 저렴했습니다.

그 이유는 교사를 양성하기 위한 혜택이라고 하더군요.
그렇게 혜택을 받고도 교사가 되지 않는다면
감면 받은 등록금을 반환해야 한다는 것이지요.

교사가 되기 위해서는 치열한 경쟁을 뚫어야 하는
지금의 시점에서는 꿈같은 시절의 이야기입니다.

나의 전공은 국어였습니다.
국어교과서의 상당 부분이 문학이니
교재연구가 독서일 때도 많았습니다.
또한 학교에는 여러 가지 업무가 있는데
그중에 도서관 업무는 대부분 국어교사가 맡았습니다.

교직에 근무하는 동안 교재연구를 겸해 책을 읽기도 했고,
도서 업무를 맡았으니 책을 만나기도 했으니,
책에 대한 기득권은 여전히 이어졌습니다.
또한 도서업무를 맡은 교사가 하는 일 중에는
매년 신간도서를 구입하는 것도 있습니다.
그때는 읽고 싶은 책을 포함시키기도 했지요.

이래저래 다른 과목의 동료 선생님들보다는
책을 읽기가 쉬운 환경이었습니다.
책에 대한 기득권이 끈질기게 이어진 것이지요.

2015년 12월 2일 수요일
겨울비가 뿌리는 하루였습니다.

교직에서 벗어나서 자유인이 된 뒤 93일이 지났습니다.

지금까지 살아오면서
내가 남보다 뛰어나다고 생각한 적이 없습니다.
당연히 이렇다하게 내세울 만한 것도 없고요.
그래도 자랑할 것이 있다면 네이버 지식인 활동입니다.

지금은 지식인의 영향력이 과거 같지는 않은 듯하지만,
네이버 지식인이 많은 국민들로부터
백과사전과 같은 역할을 하던 시절도 있었습니다.
그때는 "모르면 지식인에 물어 봐."라는 말도 유행했고요.
숙제의 대부분을 지식인에 의존하는 학생도 있었지요.
모르는 문제를 물어 보면
전국의 고수들이 득달같이 답변을 했으니까요.

그 시절 나는 지식인의 전설(legend) 중에 한 명이었습니다.
지식인 에디터, 제7회 지식사랑 장학금 우수장학생,
59대 명예지식인, 지식스폰서, 1대 네이후드어워드,
1기 파워지식인, 1기 지식활동대, 1기 모바일 서포터즈 등
지식인의 이벤트 거의 모든 분야에서 이름을 올렸으니까요.
나 정도의 이력은 다섯 손가락 내외일 것입니다.

자랑을 하자는 의도가 아니고요.
네이버에서는 이런 활동에 대해 대부분 대가를 주었습니다.
에디터 활동비 5만원을 비롯하여
명예지식인의 날 선물 1백만원 등 푸짐했지요.
그런 대가는 현금이 아니라
인터넷 서점에서만 사용가능한 책상품권이었습니다.

네이버에서 받은 책상품권을 활용하기 위해

인터넷서점인 예스24에서도 블로그도 만들게 되었는데
여기에서도 각종 혜택을 받았습니다.
문학기행, 오늘의 책 시상식, 저자와의 만남 등
여러 이벤트도 참관했으며,
파워문화블로그 등에서 각종 포인트를 받았고요.
예스24에서 받은 것도 책이 아니면
책만 살 수 있는 포인트이니
최근 10년 동안 이래저래 책은 싫도록 만났습니다.

2015년 12월 3일 목요일
작년처럼 12월 초에 눈이 내리네요.

교직에서 벗어나서 자유인이 된 뒤 94일이 지났습니다.
내가 책을 나누기 시작한 것은 2008년부터입니다.
딸이 첫 직장에 취업하던 무렵에
명예지식인 초대의 날에 100만원 책상품권을 받았습니다.
딱히 사고 싶었던 책이 없던 나는
절반은 그 무렵 취업한 딸의 상사와 동료들에게
당시 베스트셀러를 일괄적으로 선물했고,
절반은 내가 근무하던 학교의 도서구입비로 기증했습니다.
그 학교가 신설학교라 도서관이 텅 비었었거든요.

그때부터 친지와 동료들에게
매년 수십 권 정도는 선물을 했습니다.
새 책이 아니라 내가 받은 책을 읽은 뒤에 나눴으니,

기부천사라고까지 할 수는 없을 것입니다.

그러다가 2년 전부터 이런 깨달음이 떠올랐습니다.
어린 시절부터 지금에 이르기까지의 삶을 돌아보니
최소한 책에 있어서는 나는 혜택을 받은 기득권자다.

노블레스 오블리주(noblesse oblige)!
높은 사회적 신분에 있는 이들이
거기에 상응하는 도덕적 의무를 뜻하는 말이지요.
그렇다면 이제 돌려줄 때가 된 것이 아닌가?
노블레스 오블리주를 실천할 상황이다.
그것은 좀 더 확실하게 책을 나누는 것이다,

어줍지 않은 자만인지는 모르지만,
그로부터 내가 받는 각종 포인트의 1/2은
누군가가 원하는 책을 선물하기로 한 것입니다.

교직에 있는 동안,
친지와 동료와 학생들과 이런 나눔을 계속했습니다.
2015년에는 나의 퇴직 기념과 맞물려서
각종 이벤트에서 백여만 원의 포인트를 받았으므로
교단에서 만난 각종 인연에게 100여 권을 선물했지요.

2015년 12월 4일 금요일
흐리면서도 겨울답게 추운 하루였습니다.

교직에서 벗어나서 자유인이 된 뒤 95일이 지났습니다.
연극의 3요소는 무대, 배우, 관객입니다.

아무리 훌륭한 극본이라도
무대가 있어야 희곡의 내용을 펼칠 수 있고,
배우가 있어야 연기를 통해 보여줄 수 있다는 것이지요.
연극의 3요소에 관객이 들어가는 이유는
훌륭한 희곡을 훌륭한 무대에서 훌륭한 배우들이
최고의 연기를 펼친다고 해도
관객이 없으면 의미가 없다는 의미일 것입니다.

그렇다면 책의 3요소, 아니 작품의 3요소는 무엇일까요?
개인적으로 작가, 출판사, 독자라고 생각합니다.
아무리 훌륭한 내용도 작가가 없으면 엮을 수가 없고,
작가가 뛰어난 걸작을 썼다고 하더라도
출판사가 없으면 책으로 나올 수 없을 것입니다.
좋은 작가가 좋은 작품을 좋은 출판사를 통해
세상에 펴냈어도 독자가 읽지 않으면 의미가 없을 테고요.

나는 작가나 출판사와는 인연이 없지만,
훌륭한 독자가 되어서
작품을 세상에 알리는데 도움이 되고 싶었습니다.
그것이 어린 시절부터 지금까지
책에 대해서 다양하게 기득권을 누린 사람으로서
당연한 의무가 아닌가 싶습니다.

훌륭한 독자가 되는 길은 여러 가지 있겠지만
책을 많이 읽고, 그 책에 대한 리뷰를 남겨서
공유하는 것도 한 방법이라고 생각합니다.

즉, 노블레스 오블리주를 실천하는 길은

훌륭한 독자가 되는 것이라고 믿습니다.
그러기 위해서는 만난 책을 열심히 읽고,
정성껏 리뷰를 쓴 뒤,
그로 인해 만난 책을 이웃과 자주 나누고 싶습니다.

2015년 12월 5일 토요일
구름 속에서 가끔 해가 보인 하루입니다.

교직에서 벗어나서 자유인이 된 뒤 96일이 지났습니다.
퇴직 날짜를 헤아리기 시작한 것이 196일이 되었군요.
그렇다면 이글을 쓸 날도 닷새가 남은 셈인가요?
2백일이 순식간에 흘러간 듯한 느낌입니다.
하기는 37년이라는 교단생활도 그렇게 흘렀으니까요.

2015년 12월 6일 일요일
해와 구름이 번갈아 보인 하루였습니다.

교직에서 벗어나서 자유인이 된 뒤 97일이 지났습니다.
이제 이 글을 마무리 할 때가 가까워졌습니다.

이 글을 왜 쓰기 시작했을까?
쓰고 나서 무엇을 얻었을까?

떠오르는 답이 없군요.
그렇다면 이 글은 실패한 것일까요?
기록을 남겼다는 자체만으로도

소중한 의미가 있는 것이니 실패도 아닐 것입니다.

오늘이 이 글의 마지막 기록일은 아니지만
잊기 전에 나를 칭찬해 주고 싶군요.
37년 동안 완주하느라고 고생했고,
2백일 동안 이 글을 쓰느라고 수고했다고…….

2015년 12월 7일 월요일
구름보다는 햇빛이 더 밝은 하루입니다.

교직에서 벗어나서 자유인이 된 뒤 98일이 지났습니다.
2백일 동안 이 글을 쓰는 동안
나의 성장에 어떤 도움이 되었는지는 모르겠지만
확실한 것은 마음의 평화를 주었다는 것입니다.

글을 시작할 무렵에는 누군가를 향하는 분노와
대상도 명확하지 않은 섭섭함이 가득 차 있었습니다.
지금은 득도나 달관까지는 아니라도
최소한 분노나 서운한 감정에서는 벗어나 있고요.
이 글이 그렇게 되는 도우미였을 것이다, 라는 생각에서
글의 힘을 느끼고 있습니다.

2015년 12월 8일 화요일
맑으면서도 구름이 보이는 하늘입니다.

교직에서 벗어나서 자유인이 된 뒤 99일이 지났습니다.

지금 쓰고 있는 이 글이 혹시 책으로 나오지는 않을까,
그런 생각을 해보았습니다.
그리 내세울 것도 없는 평교사의 퇴직 일기에
관심을 가질 독자도 많지 않을 것입니다.

하지만 이런 형태로 퇴직 전후의 2백일을 담은 책은
지금까지 없었던 듯합니다.
어쩌면 세계 최초의 책인지도 모르고요.
그렇다면 가치는 충분한 것이지요.

지금까지 블로그에서 많을 글을 썼지만
그 글들의 가장 열성적인 독자는 바로 '나'였습니다.
책으로 나온다면 최소한 한 명의 독자는 확보한 것이니
외롭지는 않을 것입니다.

2015년 12월 9일 수요일
하늘이 낮게 보이지만 햇빛이 있어 춥지 않은 하루입니다.

교직에서 벗어나서 자유인이 된 뒤 100일이 되었습니다.
드디어 백일, 아니 2백 일인가요?
마지막 날의 글을 멋진 문장으로 장식하고 싶지만
내 문장력으로는 무리입니다.

그저 37년의 교단과, 200일 동안의 글쓰기를 무사히 마친
내게 칭찬의 말을 전하고 싶습니다.

그동안 애썼고, 정말 잘했다.
지금까지처럼 백세시대의 남은 여정도 열심히 가꿔 보렴.

나의 교단생활은 몇 점이나 될까도 생각해 보았습니다.
점수는 모르겠지만, 합격은 분명합니다.

주행시험을 볼 때
정해진 점수를 획득하고 코스를 완주했다면 합격이듯이, 아무튼 정년까지
코스를 무사히 완주했으니 나는 교단의 길을 합격으로 통과한 것이지요.

어쩌면 아슬아슬하게 합격했는지도 모르지만
그러면 또 어떻습니까?
고교입시에서 아슬아슬하게 합격했더라도, 열심히 공부해서 원하는 대학에 가면
되듯이, 이제부터 전개 될 백세시대에서 보완하면 되니까요.

나의 교단생활이 만점 합격인가, 위태했던 합격인가는 생각할 필요가 없겠지요.
이제부터 걷게 될 퇴직이후의 길을 자랑스러운 합격으로 꾸미면 되니까요.
아름다운 길로 만들겠다는 다짐으로 글을 맺습니다.

어떤 의미 있는 일을 성취한 사람이 기자 회견 때면 이런 말을 하더군요.
그동안 도와 준 가족과 동료들이 고맙다고요.
나 역시 똑같은 마음의 인사를 남깁니다.
가족과 동료들, 그리고 나와 인연이 있는 학생들에게…….

정말 고마웠고, 그동안 받은 사랑과 도움이 너무 커서
기쁜 마음으로 떠날 수 있다고…….

아름다운 표지를 꾸며주신 서영준 화백님
추천의 글을 주신 민병희 강원도교육감님,
격려의 글을 주신 네이버 명예 지식인 운치토끼 님,
부족한 글을 멋진 책으로 꾸며주신 고글출판사 관계자분께
감사의 마음을 전합니다.

저자와 협의하여 인지생략합니다.

아름다운 길

2016년 09월 26일 박음
2016년 09월 30일 펴냄

지은이 | 연영흠
펴낸이 | 연규석
펴낸곳 | 도서출판 고글

서울특별시 용산구 한강로2가 144-2
등록 | 1990년 11월 7일(제302-000049호)
전화 | (02) 794-4490

* 잘못된 책은 판매처에서 교환해 드립니다.

값 12,000원